TIERRA FIRME

TRES NOVELAS

DIAMELA ELTIT

TRES NOVELAS

Prólogo de
SANDRA LORENZANO

FONDO DE CULTURA ECONÓMICA

Primera edición,   2004
Primera reimpresión, 2011

Distribución mundial

D. R. © 2004, Fondo de Cultura Económica
Carretera Picacho-Ajusco, 227; 14738 México, D. F.
Empresa certificada ISO 9001: 2008

Diseño de forro: R/4, Vicente Rojo Cama
Ilustración: Mauricio Gómez Morín

Comentarios: editorial@fondodeculturaeconomica.com
www.fondodeculturaeconomica.com
Tel. (55) 5227-4672 Fax (55) 5227-4694

ISBN 978-968-16-7248-5

Impreso en México • *Printed in Mexico*

ÍNDICE

A MIRIAM MORALES
por los viajes terrestres y simbólicos

les, sociales y textuales– es lo que caracteriza la literatura de Diamela Eltit (Chile, 1949). Propuesta transgresora porque se niega a establecer cualquier tipo de pacto que no provenga de la propia tensión de la escritura; es en ella, al interior de la propia materialidad del texto, donde queda establecida la trama que sostiene desde un lugar *otro* el decir literario. En este sentido, el margen no es sólo el lugar elegido para la enunciación sino, fundamentalmente, el espacio donde se ponen en juego las rupturas de sentido, las rupturas léxicas, las rupturas sintácticas que harán que los códigos de lectura dominantes, las lecturas "domesticadas", resulten insuficientes o francamente inútiles para aproximarse al texto. Es a través de esta opacidad donde se manifiesta una política narrativa que obliga a una mirada diferente, a una mirada desautomatizada, alejada de las convenciones establecidas dentro de la institución literaria, de la Literatura con mayúsculas. Es a través de esta opacidad donde la escritura despliega su "capacidad de dispersión más subversiva", en el quiebre de códigos impuestos que la llevan a una exploración y a una experimentación permanentes sobre los límites de la narración. Hay un diálogo implícito con ciertos elementos vanguardistas (o posvanguardistas), pero hay, sobre todo, la construcción minuciosa, obsesiva, de una poética del texto en la cual la estética fragmentaria, rupturista, provocadora, está indisolublemente vinculada a una postura ética. Esta trama densa y compleja así construida, minoritaria, antiautoritaria en el sentido más creativo del término, tiene un perfil, como lo ha destacado la propia Eltit en diversas ocasiones, eminentemente latinoamericano. Me refiero, fundamentalmente, al deseo que circula por la letra, al deseo que le da nacimiento a la letra, cargado de una historia, una tradición, una referencialidad y una densidad estética particulares. Desde el barroco demencial de Severo Sarduy hasta las profundas fracturas de José María Arguedas; desde los silencios de Juan Rulfo hasta la ironía transgresora de José Donoso, están presentes como marcas, como huellas, en la escritura de

Diamela Eltit. Y hablar de huellas nos remite a la materialidad del trabajo literario, a la arcilla, al barro con el que, como un artesano, el escritor, la escritora en este caso, construyen su universo narrativo. ("Para cualquier país latinoamericano, la greda es un sustrato cultural importante...")[3] La escritura vista como artesanía por un lado desacraliza la figura del creador, del artista, y lo vuelve a las raíces, a los orígenes del arte, volviéndolo asimismo parte de la masa trabajadora. Y por otro lado, se inserta en las entrañas de la cultura de América Latina; aquella ocupada por las culturas populares urbanas, por los grupos indígenas, por los sectores históricamente excluidos de los "programas de desarrollo", por los que han sido "borrados" por el sistema. En este sentido, Eltit plantea en sus novelas una suerte de épica —o contraépica en sentido más estricto— de la marginalidad ("Por eso, tal vez, desde mi infancia de barriobajo, vulnerada por crisis familiares, como hija de mi padre y de sus penurias, estoy abierta a leer los síntomas del desamparo, sea social, sea mental. Mi solidaridad política mayor, irrestricta, y hasta épica, es con esos espacios de desamparo...")[4] Politizar la palabra escrita no es adscribirla a programas partidarios o convertirla en directa denuncia referencial, sino exasperar las incertidumbres e interrogaciones del signo, proponer un ejercicio incómodo por cuestionador, por inasible, por urticante; es privilegiar la fuga por sobre la norma, el intersticio por sobre la totalidad. Allí, en el recodo, está el riesgo; allí está la apuesta; allí se ponen en crisis las expectativas; allí la escritura y la lectura se hacen incómodas, difíciles, tensas.

[...] pongo más interés en todo lo que está reprimido por el poder central dominante. Creo que ahí hay un punto político [...] Lo que

[3] Leonidas Morales T., *Conversaciones con Diamela Eltit*, Santiago, Cuarto Propio, p. 52.
[4] Diamela Eltit, "Errante, errática", en Juan Carlos Lértora (ed.), *Una poética de literatura menor: la narrativa de Diamela Eltit*, Santiago, Cuarto Propio, 1993, p. 21.

más me importa es el asunto del poder y cómo se manifiesta en ciertos sectores oprimidos ya sea en forma de la violencia, el desamparo, el desarraigo, la discriminación sexual, el silenciamiento.[5]

Dentro del panorama latinoamericano, las obras de Diamela Eltit pueden ser vistas como parte de un conjunto de propuestas que, aunque independientes unas de otras, interfieren en el fluir literario hegemónico obligando a la vez a una relectura de la propia tradición y a un replanteo del perfil de la literatura contemporánea. Pienso, por ejemplo, en las novelas de Ricardo Piglia, o de Sylvia Molloy, o en la obra poética de Raúl Zurita o de Marosa di Giorgio, por poner unos pocos ejemplos del Cono Sur. En todos estos casos, más que de obras aisladas estamos hablando de proyectos literarios complejos y de largo aliento.

En este conjunto es quizás Eltit la que explora con mayor intensidad los límites, y en esta exploración se arriesga a destejer en cada uno de sus libros la tenue trama de certezas dentro de la cual se inscriben, y a retejer un paisaje de incertidumbres a partir de lo residual, de lo minoritario, de todo aquello que se halla a contrapelo del poder.

Desde la aparición de *Lumpérica* (1983), su primera novela, el tema del poder es uno de los puntos clave de su trabajo creativo; el poder como instancia que permea la totalidad de las relaciones sociales, es decir, no se trata sólo de los poderes centrales, sino de los "micropoderes", en el sentido que les daba Foucault, y de la constelación de resistencias que generan. La precariedad, la inestabilidad, caracterizan a aquellos individuos o sectores que deciden no pactar, no sumarse a ninguno de los "arreglos" sociales. Esta resistencia implica costos, tanto para L.Iluminada, protagonista de la novela y su ritual nocturno en una plaza de Santiago, como para quien se

[5] Guillermo García-Corales, "Entrevista con Diamela Eltit: una reflexión sobre su literatura y el momento político-cultural chileno", *Revista de Estudios Colombianos*, núm. 9, 1990.

fuga de la institución literaria a través de la deriva y la dispersión, desintegrando —en un festín de gestos y de escrituras tránsfugas, fronterizas— la unidad que como sujetos se pretende que posean, poniendo en cuestión las imágenes totalizadoras y vociferantes, y reivindicando el retazo como goce excedentario contrario a las normas del sistema. Cuando se ha optado por no pactar, por rechazar la "oferta occidental", como se dice en *Los vigilantes*, "entonces ya no queda casi nada, sobrevivir precariamente".[6]

Para Diamela Eltit ese "sobrevivir precariamente" comienza a hacerse consciente en un contexto determinado: la dictadura impuesta en Chile en 1973 a través de un golpe militar que destituyó y asesinó a Salvador Allende.

> Escribí en ese entorno, casi, diría, obsesivamente, no porque creyera que lo que hacía era una contribución material a nada, sino porque era la única manera en la cual yo podía salvar —por decirlo de algún modo— mi propio honor. Cuando mi libertad —no lo digo en su sentido literal, sino en toda su amplitud simbólica— estaba amenazada, pues yo me tomé la libertad de escribir con libertad [...] Pero eso tampoco reparó ni por un instante ni las humillaciones ni el miedo ni la pena o la impotencia por las víctimas del sistema, escribir en ese espacio fue algo pasional y personal. Mi resistencia política secreta. Cuando se vive en un entorno que se derrumba, construir un libro puede ser quizás uno de los escasos gestos de sobrevivencia.[7]

El autoritarismo cancela las voces, los cuerpos, los espacios de goce y productividad, las tramas de solidaridad social, lo divergente, lo múltiple, a través de la violencia, del miedo, del silencio. La muerte cubre todos los espacios, es como una bruma permanente que agobia, que paraliza, que destruye. Y sin embargo, por los intersticios asoman las "resistencias políticas secretas", el gesto de sobrevivencia. Un cierto tipo de resisten-

---

[6] *Conversaciones con Diamela Eltit*, cit., p. 54.
[7] "Errante, errática", cit., pp. 18-19.

cia en el campo del arte en Chile da origen a una "nueva escena", dentro de la cual se ubica el trabajo de Diamela Eltit. Las
obras de esta "nueva escena" o "escena de avanzada",[8] tanto
literarias como visuales, propiciando el cruce de géneros y dis-
ciplinas, cuestionan al mismo tiempo la institucionalidad de lo
político y el sistema artístico dominante. La ruptura y dispersión de códigos como modo de enfrentar la imposición de un
lenguaje único, la relectura de la tradición, el descentramiento,
la multiplicidad, la exasperación de la pose, el autocuestiona-
miento, la deconstrucción de las estrategias canónicas del arte,
el cuerpo como lugar de enunciación, son algunos de los caminos por los que se internaron. Frente a la amenaza de ani-
quilación de la cultura, frente al brutal silenciamiento de la
sociedad, buscaron la fisura desde la cual seguir respirando,
seguir creando. Desde la radicalidad más absoluta de la letra y
la imagen fundaron un nuevo universo de sentidos —quebrados, inciertos— en el que la solidaridad se constituyó en la
marca primordial de la politización del signo. En esta escena se
encuentran los trabajos del grupo CADA (Colectivo de Acciones de Arte), formado hacia 1979, y en el cual participó Diamela Eltit, junto al poeta Raúl Zurita, los artistas visuales Lotty
Rosenfeld y Juan Castillo, y el sociólogo Fernando Balcells. El
grupo llevó a cabo *performances* o "acciones de arte" que de-
safiaron el orden represivo: rompiendo y trascendiendo los for-
matos —libro, cuadro— en que la tradición encierra los objetos
artísticos, cuestionando los marcos institucionales de consa-

---

[8] La "escena de avanzada" o "nueva escena", llamada así por la crítica
cultural Nelly Richard, la principal especialista sobre el tema, se caracteriza por su "experimentalismo posvanguardista". Tanto desde la plástica
(Eugenio Dittborn, Carlos Leppe, Juan Dávila, Carlos Altamirano, Catalina
Parra, Alfredo Jaar) como desde la literatura (Diamela Eltit, Raúl Zurita,
Diego Maquieira, Juan Luis Martínez, Gonzalo Muñoz, entre otros) "plan-
tean una reconceptualización crítica de los lenguajes, técnicas y géneros,
del arte y de la literatura heredados de la tradición artística y literaria".
Nelly Richard, *La insubordinación de los signos*, Santiago, Cuarto Propio,
1994, p. 53.

gración del arte, ocupando los espacios públicos cancelados por la dictadura como puntos de encuentro e intercambio social. En la propuesta grupal, tanto como en los trabajos que cada uno realiza de manera individual, pueden intuirse también las marcas de ciertas lecturas de teoría contemporánea. Freud, Benjamin, Derrida, Foucault, Lacan, son resignificados desde el paisaje político y cultural chileno posgolpe.

La primera acción del CADA, "Para no morir de hambre en el arte", trabajó sobre el cuestionamiento a las fronteras entre arte, vida y política. Para llevarla a cabo se entregaron bolsas de leche en zonas marginadas de Santiago, en las que se había estampado la frase "medio litro de leche": "El proyecto del gobierno de la Unidad Popular había sido que cada niño chileno tomara por lo menos medio litro de leche diario; fue una gran campaña la que hizo Allende en este sentido".[9] Al mismo tiempo se publicó en una revista, como parte de la obra, el texto "imaginar esta página blanca como la leche diaria a consumir/imaginar cada rincón de Chile privado del consumo diario de leche como páginas blancas para llenar",[10] y se leyó, frente a la sede de la ONU, un documento en cinco idiomas que denunciaba la situación de hambre en que vivían los chilenos. La entrada del Museo de Bellas Artes fue virtualmente clausurada con una manta porque "el arte estaba afuera, y se habló del hambre; en el fondo el objetivo era hablar del hambre y de las carencias".[11] También se instalaron allí los camiones que habían hecho el reparto de leche. Finalmente, en una galería de arte se depositó una caja de acrílico que contenía la leche no distribuida, un ejemplar de la revista que había publicado el texto y la grabación hecha frente al edificio de las Naciones Unidas. El párrafo que la acompañaba decía "Para permanecer

[9] Sandra Lorenzano, "Textos que no arman un mural. Entrevista a Diamela Eltit", en *La Jornada Semanal*, núm. 20, México, noviembre de 1994, p. 24.
[10] Nelly Richard, *Márgenes e instituciones*, cit., p. 138.
[11] "Textos que no arman un mural", cit., p. 24.

hasta que nuestro pueblo acceda a sus consumos básicos de alimentos. Para permanecer como el negativo de un cuerpo carente, invertido y plural".

La exasperación del gesto vanguardista desafía los límites que demarcan territorios aislados en la relación de lo privado con lo público, del activismo social con la producción artística, de la metáfora con la realidad, de los espacios consagrados con la calle.

La espléndida actividad condensada en contar historias, no está en la línea de mis aspiraciones, y por ello permanece fuera de mis intereses centrales. Más importante me resulta ampararme en todas las ambigüedades posibles que me otorga el hábito de escribir con la palabra y desde allí emitir unas pocas significaciones.[12]

Durante la dictadura, Diamela Eltit escribió cuatro libros: *Lumpérica, Por la patria* (1986), *El cuarto mundo* (1988) y *El padre mío* (1989), en los que problematiza, a través de un ejercicio limítrofe y sutil a la vez, su propuesta de construcción de una poética alejada de la "espléndida actividad condensada en contar historias". Frente al silenciamiento impuesto desde el poder, todos ellos propondrán el derroche lingüístico. El exceso escriturario fagocitará entonces las características de la narración tradicional y las pondrá nuevamente en juego re(des)construidas. Los cuatro se desarrollarán "...en torno a un discurso de la fragmentación, la duda, la ambigüedad, la negación...".

El primero de ellos, *Lumpérica*, se construye como una "épica" del lumpen, de los desclasados. Desde el título, que puede ser leído como una conjunción de "lumpen" y "América" —se habla de lúmpenes latinoamericanos, pero también de América Latina como lumpen frente a los centros hegemónicos—, Eltit pone en escena algunas de sus obsesiones: el cuerpo, el

[12] "Errante, errática", cit.. p. 20.

lenguaje, la tensión entre el poder y los gestos de resistencia. La acción, con fuertes reminiscencias fílmicas y teatrales, tiene lugar en una plaza de Santiago; se habla así de la disputa por la carga simbólica de la ciudad: la plaza considerada como espacio de poder, metáfora, en su desnudez, de múltiples cancelaciones, se recupera como espacio alegórico de los intercambios sociales por y para los desclasados. En el transcurso de una noche tendrá lugar un ritual-bautizo-sacrificio que busca suturar las heridas del cuerpo social —asustado bajo la mirada controladora del "luminoso" que impide los resquicios penumbrosos de la intimidad— a través de la sangre que "hermana", en un acto de erotismo y escritura amalgamados, a L.Iluminada y a los "desarrapados de Santiago".

Por la patria es, por su parte, quizás la novela más extrema de Diamela Eltit en términos de ruptura discursiva. Poética del dislocamiento, de la fractura, que se sumerge en la memoria social de Chile, hecha de contradicciones y violencias, para crear sentidos móviles, indeterminados, contradictorios. Cualquier ilusión de linealidad o funcionalidad del discurso narrativo queda aquí aniquilada.

Una propuesta similar en términos de quiebre del lenguaje, pero llevada al terreno del "testimonio" como género literario, es la que realiza en *El padre mío*. A partir de la grabación del discurso trizado, fragmentario, atravesado por múltiples hablas, de un indigente de Santiago, Eltit construye una metáfora del país bajo la dictadura. La opacidad de este flujo discursivo esquizoide habla de la pauperización social, del quiebre del sentido de lo comunitario, de la fragmentación absoluta del sujeto.

Por esas desigualdades que experimentan hombres y mujeres chilenos y que son ya viciosas, es que, quizás, deposito mi único gesto posible de rebelión política, de rebeldía social al poner una escritura en algo refractaria a la comodidad, a los signos confortables. Quizás me equivoque en todo lo que he dicho y más aún, parece que el febril y comercial curso de los tiempos me desmiente, pero sigo pensando lo literario más bien como una disyuntiva que como una zona de respuestas que dejen felices y contentos a los lectores.[13]

La caída del régimen militar transforma el escenario cultural chileno. Sin embargo, aunque la postura antagónica y de resistencia se transforma en el paisaje de la transición, muchas de las obsesiones estéticas y sociales que marcaron casi veinte años de producción artística y literaria conservan su radicalidad. Sin duda, esto es lo que sucede con la obra de Diamela Eltit, marcada ahora además por el duelo y la necesidad de la memoria.

Vaca sagrada (1991) es la primera novela de Eltit del periodo posdictadura. En ella, la sangre femenina funciona como núcleo simbólico y productivo de un cuerpo-texto desgarrado que pone permanentemente en escena sus condiciones de ficcionalización. El poder del cuerpo y el poder de la palabra se generan a partir del deseo.

En el año 1994 aparece una obra inquietante: *El infarto del alma*. Heterogéneo, fronterizo, se trata de un libro que exaspera la poética de la marginalidad en tanto gesto político. En él se encuentran una escritora y una fotógrafa: Diamela Eltit y Paz Errázuriz. Las fotografías y las palabras se imbrican de manera compleja para construir un discurso sobre el "amor loco"; es decir, sobre la locura y el amor, o sobre el amor entre locos, o sobre las parejas de enamorados "en el hospital más legendario de Chile, el manicomio del pueblo de Putaendo". El autoritarismo de cualquier tipo busca cuerpos disciplinados, cuerpos dóciles, cuerpos amoldados a los patrones de comportamiento dominantes; aquellos que desafían este orden son marginados –cuerpos psicóticos, cuerpos carenciados...– o directamente suprimidos, "desaparecidos". Alrededor de la rebelión corporal que se gesta en la precariedad de los márgenes, Eltit inscribirá

---

[13] "Errante, errática", cit., p. 21.

una y otra vez su palabra. *Lo corporal no sólo es frontera de lo decible; deviene el territorio de lo indecible.*

En este escenario posdictadura se inscriben también las novelas *Los vigilantes* (1994), *Los trabajadores de la muerte* (1998) y *Mano de obra* (2002), en las que se van dibujando nuevos mecanismos de control por parte del poder donde el espacio urbano −presencia constante en la obra de Eltit− agudiza sus contradicciones. La violencia de la economía de mercado genera nuevas exclusiones sociales, nuevas marginalidades que son incorporadas de manera cómplice a una textualidad narrativa desgarrada.

Me gustaría detenerme brevemente en cada una de las tres obras seleccionadas por la propia Diamela Eltit para este volumen.

"EL CUARTO MUNDO"

En *El cuarto mundo* el cuerpo es el lugar de subversión de la institución familiar, desde la sexualidad, la genitalidad, la escatología que surgen a través de la palabra de una pareja de mellizos: "Porque no había pareja en el mundo más pareja, más malditamente pareja, que los mellizos".[14] Las voces del varón travestido, María Chipia (nombre tomado, al igual que el de María de Alava, hermana menor de los mellizos, de mujeres condenadas por la Inquisición en el siglo xvi español, época cuya textualidad y lenguaje Eltit admira especialmente), y de su hermana inician la narración, desde el útero materno, del deseo que será a la vez incesto y obra literaria ("Quiero hacer una obra sudaca terrible y molesta"). María Chipia, nombrado así por la madre, para vengar la violencia que el padre ejerció sobre su cuerpo la noche en que ambos hermanos fueron concebidos, encarna el cuestionamiento a las identidades sexuales y a los roles socialmente asignados a hom-

---

[14] *Conversaciones con Diamela Eltit,* cit., p. 65.

21

bres y mujeres. Pero el travestismo y las sexualidades múltiples, nómades, indiferenciadas, al igual que el mestizaje –surgido en América Latina también de una violación– tienen que ver al mismo tiempo con lo cultural y con lo lingüístico. Toda construcción identitaria normada, establecida por los poderes hegemónicos, por los "primeros mundos", se transgrede así a partir de devenires inciertos, móviles, periféricos: sudacas. A través de una ironía desgarrada, la novela resemantiza el término que se aplica despectivamente en España a los latinoamericanos, para convertirlo en signo de resistencia. La segunda parte de la novela será enunciada por la voz de la hermana, desde el exceso y la violencia de sus propias pulsiones eróticas; el placer y el dolor marcarán su cuerpo y su lenguaje. La fuerza abyecta de su palabra se constituirá en deseo literario. Su hermano varón y ella –diamela eltit, con minúscula, como un objeto más en el mercado– engendrarán la novela cuyo nacimiento se registra en la última página del libro; la "niña sudaca", metáfora de esa obra literaria –marginal, nacida en "el cuarto mundo"–, como todo, "irá a la venta".

"Los vigilantes"

Los espacios de la cotidianeidad se vuelven opresivos ante los embates del poder en las novelas de Diamela Eltit; podemos verlo en la plaza de *Lumpérica*, en el útero donde se gestan los mellizos de *El cuarto mundo*, o en la casa que madre e hijo comparten en *Los vigilantes*. En estos espacios el cuerpo aparece tensionado entre la presión normalizadora y la resistencia más radical. Tensiones y fugas que se manifiestan en el estallamiento del signo, como sucede en los monólogos que abren y cierran esta novela, en la "no-habla" del hijo ("Mi pensamiento está cerca de mamá y a distancia de mi lengua que de tanta saliva no habla. No habla"); extraño personaje fronterizo cuyos saberes primitivos, absolutamente corporales, buscarán la sobrevivencia, más allá del frío, del hambre y de la mirada controladora de los habitantes de la ciudad, que acechan a la pareja madre-hijo permanentemente. Con un físico que pareciera indeterminado, deforme, quizás, en el límite de lo humano, tiene una relación de necesariedad y complementariedad por un lado con la figura materna —lazo complejo de amorodio— y, por otro lado, con unas vasijas que parecieran remitir a la greda, al barro, a lo primigenio. Los saberes del hijo lo conectan, así, con lo artesanal, con la tierra, con lo latinoamericano —mestizo, rico, pero también violento y contradictorio— que tanto y de maneras tan diversas aparece en las obras de Eltit. El triángulo edípico se completa con la figura de un padre ausente, cómplice de los mecanismos de control social, al cual la madre le escribe cartas que denuncian la vigilancia extrema a la que son sometidos ella y su hijo. A través de estas cartas el deseo femenino —subalterno, marginal— busca fisurar la ley encarnada por el discurso masculino. Ellas forman el cuerpo de la novela, enmarcadas por los dos monólogos del hijo que, de este modo, parecieran proteger el discurso cada vez más desesperado, cada vez más acorralado de la madre. El vínculo entre ambos aparece como uno de los últimos espacios de resistencia ante "la oferta de Occidente", con la cual ha pactado ya la sociedad completa; pero cualquier resistencia debe ser castigada, controlada, disciplinada. Los vecinos se constituyen para ello en quienes *vigilan*; son *los vigilantes*. *Vigilantes* son también quienes *guardan vigilia* ante la presión del afuera, y defienden con su insomnio enlutado un mínimo resto de autonomía. La vigilia está entonces en la escritura de la madre ("...la escritura de mamá necesita oscurecerse más, más para defendernos") que al ser finalmente vencida será retomada por el hijo ("Debo tomar la letra de mamá y ponerla en el centro de mi pensamiento."). Se trata de figuras residuales en el nuevo orden represor y excluyente que la economía de mercado ha impuesto. La novela, en este sentido, puede ser leída como la historia de una derrota, la derrota de los desposeídos,[15] quebradas las redes de solidaridad, aniquilada cualquier posibilidad de gesta colectiva, sólo queda el intento individual de sobrevivencia.

"Mano de obra"

En esta novela, Diamela Eltit exacerba la imagen de los nuevos poderes impuestos brutalmente por el neoliberalismo en nuestras sociedades, y los textualiza a través de la metáfora del supermercado, visto como un microcosmos de la realidad. En un mundo en el que todo es desechable, incluidos los seres humanos, el fantasma de la desocupación provoca la ruptura de las alianzas y las solidaridades entre trabajadores para sustituirlas por la búsqueda de salvación individual, ya no desde el desafío que se da en la letra y la opción por el margen como en *Los vigilantes*, sino desde un espacio que se dibuja más cerca de la claudicación que de la resistencia y que pareciera remitir a la vez a lo político y a lo estético. En este sentido, también el papel del arte se pone en cuestión; ¿cuál es la literatura que no será pasteurizada, banalizada, aplastada, devorada por el mercado? La explotación, la humillación, la violencia contra los cuerpos, la imposición de modelos de identidad y consumo, dibujan la cartografía íntima de los excluidos por las nuevas reglas. El presente de obediencia y servilismo es contrastado con la memoria de movilizaciones y reivindicaciones históricas de los trabajadores expresada en los títulos de los capítulos, a través de antiguos encabezados periodísticos: "Autonomía y solidaridad" (Santiago, 1924), "El proletario" (Tocopilla, 1904), "Nueva Era" (Valparaíso, 1925), "Acción directa" (Santiago, 1929), o de diarios obreros como "El despertar de los trabajadores" (Iquique, 1911) y "Puro Chile" (Santiago, 1970).[16] En esta novela nuevamente, como en obras anteriores, un ojo

[15] Remito a la lectura que propone Idelber Avelar en su obra *Alegorías de la derrota: la ficción postdictatorial y el trabajo del duelo, op. cit.*
[16] Véase Nelly Richard, "Tres recursos de emergencia: las rebeldías

vigilante controla los espacios público y privado. Ante la imposibilidad de realizar cualquier tipo de repliegue en la intimidad, el cuerpo y el lenguaje se rebelan; las excreciones, los fluidos y los exabruptos, tanto fisiológicos como verbales, desafían el disciplinamiento y el control "manchando" la límpida imagen de la sociedad de consumo trasnacional.

El punto crítico se enclava en cómo el mandato de la industria despolitiza la letra y la convierte en mera zona referencial, en simple ilustración de una determinada oportuna realidad que resulta conveniente y funcional al proyecto mercantil que hoy nos cerca y comprime. Desde luego —lo sabemos— una extensa parte de la literatura ha habitado siempre un campo minoritario. Y eso es interesante. Sólo que hoy la irrupción triunfante del libro–mercado, subsidiario del libre mercado construye sensibilidades que rasan y alteran las problemáticas más complejas, mediante la generación de estereotipos que, al consolidarse, consolidan el sistema [...] No es mi propósito emplazar las literaturas neoliberales, ni menos cuestionar a sus autores. Más bien la idea que me moviliza es la posibilidad, en los estrechos fronterizos espacios disponibles, de atraer la letra hasta la letra sin más rentabilidad que su choque y su infinita combinatoria interna. Me refiero a una productividad anclada en el rigor apasionado de continuar pensando lo literario en términos de un oficio acotado, y rebatir así la expectativa espectacularizante que promueve el libre mercado cultural.[17]

populares, el desorden somático y la palabra extrema", en *Proyecto patrimonio. El salón de lectura en español de internet.*

[17] Diamela Eltit, "Los bordes de la letra", cit.

Los vigilantes

A mis hijos NADINE y FELIPE.
Mi gratitud en el tiempo mexicano de este libro
para la escritora MARGO GLANTZ
y para el joven GUIDO CAMÚ.

No, no temí la pira que me consumiría
sino el cerillo mal prendido y esta
ampolla que entorpece la mano con que escribo.
Rosario Castellanos

I
BAAAM

rrilla intenta derribarme para dejarme abandonado en un rincón de la casa. Lo sé. Lo sé. Mamá se inclina hacia mí y aparece su boca sardónica. Sardónica. Se inclina y sospecho que quiere desprenderme con sus dientes. Babeando lanzo una estruendosa risa. Ay, cómo me río. Cómo me río. Caigo al suelo y en el suelo me arrastro. Es bonito, duro, dulce. Golpeo mi cabeza de tonto, PAC PAC PAC PAC suena duro mi cabeza de tonto, de tonto. TON TON TON To. Ella me recoge del suelo. Mamá está furiosa, la pantorrilla, mi vasija. Me engarfio rico y corre la baba por toda la superficie. ¿Cuánto llevamos? ¿un día? ¿un minuto? Yo no sé. Ah, si hablara. Miren cómo sería si yo por fin hablara (se acabará, se acabará, anda vida, se acabará). Mamá tiene razón, nada de caridad y tan rico haberme azotado la cabeza y haber, ay, reído. Tengo una reserva infinita de baba. En el día la baba todo el tiempo. Yo y mi vasija siempre mojada. Primero la mojo, luego la seco. Cuando él le escribe a mamá mi corazón le roba sus palabras. Él le escribe porquerías. Porquerías. (Ya / apúrate / ¿Quieres más fuerte? / ¿Más fuerte? / APÚRATE / ¿Dónde más? / por qué no te apuras / basta / no llores / no me molestes / ya empezó / ya empezó / no pongas esa cara / ¿por qué tienes que poner esa cara?/). No le escribe esas palabras, sólo piensa esas palabras. Yo le leo las palabras que piensa y no le escribe. Mi corazón guarda sus palabras. Sus palabras. Mi corazón aprende porquerías y yo quiero tanto a mi cabeza de tonto. De TON TON TON To. Me agarro de una de mis vasijas y veo una pantorrilla en la que puedo clavar las pocas uñas que tengo. No podría sangrar a una vasija, sólo a una pantorrilla. RRRRR, rasco mi pierna mirando la casa. Me detengo y me agacho para mamá. Mamá me pega en mi cabeza de tonto. AAAAY, duele. Duele. Otra vasija y otra. Mamá me pone en el suelo y mancho de baba el piso. Salgo hacia afuera para manchar de baba la tierra. La tierra cambia de color con mi baba. No sé de qué color se pone. Hago un hoyito con el dedo en la tierra. Mamá me saca el dedo del hoyito y me tuerce la mano. La mano. Si ella sigue, BAAAM, BAAAM, me reiré. Me deja hacer otro hoyito y después me meto los dedos en la boca que no habla. No habla. La baba ahora se espesa y me arrastro hasta la tierra con la boca abierta. Abierta. Mamá me mira y me dan ganas y me RRRR, rasguño de sangre el ojo. Me meto el dedo en el ojo. Mamá me agarra el dedo y me lo mete en la nariz. La nariz. No quiero. Quiero una de mis vasijas. Voy en busca de mi vasija y meto los dedos adentro. Adentro. Mamá se enoja, yo me río. Ella no soporta que me ría y por eso lo hago. Si yo me río su corazón suena como un tambor, TUM TUM TUM TUM. Ahora mamá está enojada. Enojada. Cuando mamá está enojada su corazón se llena de porquerías. Mamá se pone rabiosa, enérgica, abrumada. Yo me alejo detrás de mis vasijas para huir de sus pensamientos. En los momentos en que mamá se enoja me da hambre. Hambre. Mamá se niega a que yo engorde. Con el hambre mi cabeza de tonto se llena de porquerías. Mamá está traspasada por el miedo. Su pie me patea. AAAAY, me arrastro en medio de un hambre inextinguible, me arrastro para hacer un hoyito en la tierra y sentir en el dedo el tambor de mi TUM TUM TUM TUM, corazón. Mamá y yo estamos siempre unidos en la casa. Nos amamos algunas veces con una impresionante armonía. Armonía. Yo miro a mamá para que calme mi hambre. Tambor el corazón de mamá que quiere escribir unas páginas inmundas (un pedazo de brazo, el pecho, un diente, mi hombro / no puedo detenerme ahora, no puedo frenar / la uña, el hombro sí que tiene consistencia / la mano, el dedo / no me duele, hace años que no me duele / es mentira que duele / un latido en el párpado). Sólo lo piensa, no lo escribe. Mamá y yo estamos juntos en toda la extensión de la casa. Existo sólo en un conjunto de papeles. Agarrado de una de mis vasijas quiero decir la palabra hambre, la palabra hambre y no me sale. Ah, BAAAM, BAAAM, me río. Me meto los dedos en la boca para sacar la palabra que cavila entre los pocos dientes que tengo. En algún hoyito dejaré la pierna de mamá cuando consiga la palabra que aún no logro decir. La piel de mamá es salada. A mí no me gusta lo dulce, engorda. Engorda. Vomito lo dulce, lo salado es rico. Ahora mamá está inclinada, escribiendo. Inclinada, mamá se empieza a fundir con la página. A fundir. Quiero morderla con los pocos dientes que tengo, pero ella no lo sabe. Quiero morderla para que me pegue en mi cabeza de TON TON TON To tonto y deje esa página. Esa página. Cuando pueda decir la palabra hambre esta historia habrá terminado. Dejaré la vasija y me agarraré a la pierna de mamá para contener mi baba para siempre. Me lo dice mi corazón TUM TUM TUM TUM de tambor. Mi corazón salado que conoce el gusto de todas las cosas y los sufrimientos de todas las gentes. Pero mamá es una mezquina. De tan mezquina que no me convida ni un poquito de calor. Ahora hace frío y me pongo azul. Azul. Hace tanto frío que me pongo azul y mamá dice que parezco una estrella. Y es ella la que tirita y contrae su boca sardónica. Sardónica. BRRR, BRRR, tirita de frío y yo necesito un pedazo de tierra para enterrarme. Mamá no me deja porque el azul es bonito dice y dice que le gusta tanto verme tranquilo. Tranquilo. Pero yo me alejo hasta mi pieza y me enrosco. Mamá me sigue y trata de enderezarme con su pierna. Su pierna. Tiene un hueso salvaje en su rodilla que me da en la nariz. En la nariz. AAAAY. Sangro leve por la nariz y mamá me limpia con su falda y después me mete un pedazo de género por la nariz para que se me quede la sangre en su falda. La sangre es calentita. Calentita. Se me pasa un poquito lo azul. Me enojo y lanzo una risa que dispara a mamá lejos. Lejos. Si me pongo más azul mamá se alegrará y entonces no podré derribar a mis vasijas. La espalda de mamá tiene un peligro. Lo sé. Peligro. Mamá me da la espalda para meterse en esas páginas de mentira. Mamá tiene la espalda torcida por sus páginas. Por sus páginas. Las palabras que escribe la tuercen y la mortifican. Yo quiero ser la única letra de mamá. Estar siempre en el corazón de mamá TUM TUM TUM TUM y conseguir sus mismos latidos. Mamá odia mi corazón y quiere AAAAY, destrozarlo. Pero mamá me ama alguna parte del tiempo y me mira para saciar en mí su hambre. Me río del hambre de mamá con una risa opulenta. BAAAM,

BAAAM, salta la risa de mi boca en la primera oscuridad que encuentro. Mamá corre a taparme la boca con su mano. Con su mano. AAGGG, me asfixio. Me asfixio y vomito en la mano de mamá. Mamá me esquiva porque me lee los pensamientos. Me lee los pensamientos y los escribe a su manera. Mamá quiere que nos volvamos felices en las letras que escribe y por eso se toma tanto trabajo su espalda. Su espalda. Cuando yo hable impediré que mamá escriba. Ella no escribe lo que desea. Mamá me busca para salir a la calle y que se hiele mi cabeza de TON TON TON To. La calle me asusta. Me gusta la poca tierra que hay en la calle. Si mamá me obliga a salir hacia afuera le haré una herida con los pocos dientes que tengo. Ahora que parece que nos congelamos seré la única estrella de mamá. Mamá sale a la calle para ver las estrellas. Las estrellas. BAAAM, BAAAM, me río por toda la casa esperando a mamá. Con la escasa lengua que tengo lamo mi vasija para soportar el hambre. El hambre. Cuando mamá regresa aprieta las páginas con sus manos y me da la espalda. Es peligroso. Pero si me pongo azul le daré contento a mamá que quiere que reluzca como una estrella. BRRRR BRRRR tiritamos juntos y BAAAM, BAAAM, me río. Mamá se quiere tapar las orejas. Las orejas. Yo me trepo hasta su oreja y BAAAM, BAAAM, me río, pero ella me abraza y de tanto frío no puedo negarme. Negarme. Entre los brazos de mamá se siente calentito. Me siento oscuro, peligroso y calentito. Debajo está mamá, la falda de mamá y más abajo un abismo de sinsabores. Su pesar me da hambre. Hambre. El hambre me provoca la saliva. La saliva corre buscando un poco de comida. Pero mamá ha olvidado la comida y pretende tironearme los pocos pelos que tengo. Me lleno de saliva y de una poca risa que me queda. Risa. Me RRRR, raspo la cara. RRRR. Duele. Duele quizás la mejilla, la nariz y busco la mano de mamá para que me sobe. Me sobe. Mamá me limpia la mano en su falda y me mira. Cuando mamá me mira con pesadumbre me tapo mi cabeza de TON TON TON To porque me asusta su cara despavorida. Despavorida. Si mamá tiene la cara apesadumbrada y despavorida yo le tomo los dedos y se los tuerzo para que olvide las páginas que nos separan y nos inventan. Ella en sus páginas quiere matar mi cabeza de TON TON TON To. Después me voy lejos pensando algunas palabras para mi boca que no habla. Mi pensamiento está cerca de mamá y a distancia de mi lengua que de tanta saliva no habla. No habla. Sé que mamá en sus páginas deshace el poco ser que le queda y por eso ella tiene piernas y palabras. Palabras. Mamá desea que se me caigan los pocos dientes que tengo para que no se me vaya a quedar una palabra metida entre los huesos. Quiere romper mis dientes en sus páginas. Pretende romper mis dientes, de espaldas a mí para que nos quedemos flotantes y azules como unas desesperadas estrellas. Estrellas. Mamá se siente menos abrumada cuando me ve helado y BRRR se nos mete el frío para adentro y ella sabe que sólo sus piernas y las penurias de su falda nos sanan. La amargura de mamá es displiscente conmigo y anda metida entre su falda y en el medio de sus páginas atacando a la parte más valiosa que tiene y que yo le agarro para ser su estrella. Su estrella. Mamá necesita tanto una estrella y me desbarata mi cabeza de tonto porque no me pongo azul, azul, como debiera. Pero mi cabeza de tonto va a empezar a congelarse si mamá se refugia entre sus páginas. Páginas. Mamá lo que desea es que el que le escribe se congele y si lo consigue estaremos unidos para siempre y mi baba será nuestro único consuelo. Consuelo. Mamá algunas veces se siente tranquila de arriba. Cuando está tranquila de arriba piensa las peores cosas y yo empiezo a reírme. A reírme. Me gusta tanto que mamá tenga pensamientos pues me deja concentrarme en mis vasijas y rasgar sus amenazantes formas. Formas. Las formas son sorprendentes. Yo soy parecido a una vasija cuando me pongo azul. Cuando mamá se pone azul por el frío me pide que le ponga baba en su pantorrilla. Pero mi baba se adelgaza por el frío y ella se enoja y empieza sus febriles páginas. Yo me arrastro por el suelo y la obligo a mirarme. Me ovillo. Ovillo. PAC PAC PAC PAC mi cabeza de TON TON TON To cae en todas las direcciones. Con los pocos dientes que tengo raspo el piso y algunas veces como un poquito de materia. Mamá me saca la materia de la boca y yo le masco la uña que me mete en la boca. Rica la uña de mamá. Quiero decir: "Rica la uña de mamá" y las palabras no me salen. Si mamá me ve con la boca abierta intenta tirarme la lengua para afuera. Quiere arrancarme la lengua para que no hable. Hable. Cuando yo hable mamá temblará porque yo le adivino los pensamientos. Pero mamá me ama y seguimos unidos en la casa entre el frío y la poca baba que tengo. El que le escribe no está a la vista. Mamá ha desarrollado un odio por su ausencia en el centro de su pensamiento. Lo sé porque yo le leo los pensamientos a mamá. El odio de mamá está transferido a la parte más sinuosa de su falda. De su falda. El odio de mamá ondula de aquí para allá a la medida de sus pasos. Porque si mamá me abandona, me río y me aferro a las vasijas que ella mantiene con ira. Si mamá se atreve con mis vasijas yo la sorprendo con una risa nueva que invento en ese mismo momento. Momento. Mamá sabe que siempre tengo hambre y preciso de algún alimento. Lo sabe cuando caigo en el resquicio de alguna de las habitaciones. En algunas ocasiones caigo sobre su pierna por la fuerza del hambre. Cuando caigo, mamá se alarma y sale atolondrada a conseguir un poquito de comida. Un poco de comida que masco con los pocos dientes que tengo. En extrañas oportunidades ella me da unas escasas gotas de leche. La leche de mamá es el contenido que ella esconde con sigilo. Con sigilo. Mamá conserva a través de los años un poquito de leche y la controla para que no se le acabe. Es un secreto de mamá. La leche de mamá es calentita. Cristalina y calentita. Pero mamá la cuida para todos los años de su vida y me deja sorber apenas una o dos gotas y quiero pedirle más, más, y las palabras no me salen. Me quedo con la boca abierta para decirle "más" y se me abre mucho la boca y ahí mamá me pellizca los labios. Labios. Mamá protege tanto el secreto de su leche. Mamá guarda su leche para sentir su parte de arriba calentita. Calentita. Lo sé porque cuando he tocado su parte de arriba está calentita. Calentita y ardorosa. Pero mamá es una mezquina y aleja mi cara de TON TON TON To. Me aparece una risa indeterminada. Me río de tantas maneras que logro poner mi cara en su pecho. En su pecho mamá tiene demasiado furor y por eso me da la espalda y se vuelve hacia sus páginas con tanta obstinación. Obstinación. Mamá sale de pronto a la calle y me trae noticias impresionantes. La gente de la calle es impresionante. A mamá ciertas gentes la reconocen en la calle por la sutil mancha de leche que lleva sobre su pecho. Sobre su pecho. La leche de mamá tiene un secreto que yo debo vigilar. Ese secreto le provoca a mamá un estado malo. Malo. Mamá queda con el estado malo cuando ve cómo el hambre inunda las calles. Esa hambre la prende con una fuerza verdaderamente devastadora y a su cabeza entran las más peligrosas decisiones. Decisiones. Entra a la casa y deja en sus páginas la vergüenza que le provoca la salida. Caemos contra la pared en un movimiento que hiere mi cabeza de TON TON TON To. Caemos y con la poca visión que poseo observo cómo mamá va a buscar un beneficio en sus páginas para olvidar el hambre de las calles. Ella deja ahí el poco ser que le queda. Pero ya ha caído sin saberlo en quizás cuál punto del hambre de las calles. Ha caído en medio de una helada extraordinariamente poco conocida. Y mamá y yo esperamos que el que le escribe se ponga azul para el resto de su vida. De su vida. Ahora mismo yo me voy poniendo azul, azul como una estrella y me río con una de mis risas más notorias para que mamá me aplauda. Con la poca visión que tengo veo la gotita de leche que le queda a mamá y mi labio se desenfrena por llegar hasta su pecho, pero estoy tan helado que caigo. Que caigo. Mamá muy conmovida siente que estamos cerca del cielo. Siente que vamos a tocar ese cielo que hace tantos años espera. Espera. AAAAY, caigo. Ella anhela que me ponga azul, azul como una estrella y la lleve con el poco ser que le queda hasta el pedacito de cielo que le aliviará el trabajo de su mano y de su angustiada página, le aliviará la mancha de su pecho y el escozor en su falda. Entero azul como una estrella caigo en medio de una helada indescriptible. Caigo buscando a mamá que ya no ve, que me vuelve la espalda, inclinada ante el desafío de su incierta página. Mamá que permanece ajena a la hambruna de la gente de las calles porque ahora mismo yace perdida. Yace perdida y solitaria y única entre las borrascosas palabras que la acercan al escaso cielo en el que apenas pudo habitar.

Ahora mamá escribe. Me vuelve la espalda. La espalda. Escribe:

II
AMANECE

Amanece mientras te escribo. Tu desconfianza aumenta aún más las fronteras que se extienden entre nosotros. Se ha dejado caer un frío considerable. Un frío que se vuelve cada vez más tangible en este amanecer y no cuento con nada que me entibie. Ah, pero no es posible que lo entiendas porque tú, que no te encuentras expuesto a esta miserable temperatura, jamás podrías comprender esta penetrante sensación que me invade. Deberás responderme con urgencia. Como lo temía, tu hijo fue expulsado hoy de la escuela. Recuerda que te pedí de manera insistente, y, en ocasiones, desesperada, que hicieras los arreglos necesarios para intentar impedir esa resolución. Ahora es demasiado tarde. El cielo empieza a ponerse infinitamente azul, un azul que presagia la llegada conmovedora de un sol macilento que ya sé, sólo vendrá a iluminar aún más el frío que nos circunda.

Tu hijo aún duerme. Duerme como si nada hubiera sucedido, pues cuenta con la certeza de que tú seguirás con distancia nuestro hostil derrotero. Pero, esta vez, deberás entender este dilema que también te pertenece, porque si no lo haces, nuestra aflicción te tocará y la tranquilidad que rodea tu vida quedará inutilizada para siempre.

Me parece que el cielo hoy será arrogante y extenso. Mientras que tu hijo soporta el frío con una extrema liviandad, yo sufro como si hubiera sido atacada por una peste malsana. Nunca he logrado una apariencia para resistirlo y en estos instantes llego a pensar que, tal vez, mi piel fue perversamente diseñada para los inviernos.

Las últimas heladas me han devastado con rigor, llevándome hacia un malestar que vulnera las leyes de cualquier enfermedad. Tu hijo, en cambio, aunque trémulo, conserva la constancia de la alegría en sus juegos solitarios, cruzados por sus sorprendentes carcajadas. Se ríe abiertamente durante aquellas horas en las que me resguardo buscando un sueño que me alivie del frío. Te solicité que se lo dijeras, te advertí cuánto me perturbaban sus juegos. No lo hiciste. En unos momentos me hundiré entre las gastadas cobijas de mi lecho y te aseguro que tu hijo se despertará únicamente para privarme del descanso que requiero.

Eso es todo. Piensa que permanezco a la espera del gesto que corrija el conjunto de mis inquietudes. Ah, piensa también en el frío que penetra por cada uno de los intersticios de la casa.

Pero, ¿cómo te atreviste a escribirme unas palabras semejantes? No comprendo si me amenazas o te burlas. ¿En qué instante tu mano propició unas acusaciones tan injustas? Estás equivocado, la expulsión de tu hijo fue completamente acertada y me parece cruel que insinúes que fui yo la que lo indujo a buscar una salida de la escuela. Fue una acción de tu hijo del todo personal y yo, si me hubiera visto enfrentada al conflicto de los administradores de la escuela, habría tomado idéntica medida. Ah, qué agravios tuyos debo recibir. Ahora, además del frío, me hieren tus injurias ante las que no demuestras la menor contemplación. Te insisto; la expulsión representó un tibio castigo frente a una falta que me parece imperdonable. Pero, ¿cómo puedes acusarme de desear que tu hijo abandone su educación? En estos momentos, temo que ni siquiera conozcas a tu propio hijo y te niegues a entender que su actuación estuvo provista de una gran dosis de maldad. Lo que hizo sobrepasó todos los límites y yo me vi enfrentada a un conocimiento que me ha dejado demasiado avergonzada.

Afuera está plagándose de una extrema turbulencia. Estoy cierta de que el cielo, en esta noche, muestra una dispersión poco frecuente. Es como si las distintas oscuridades se protegieran al interior de la siguiente y, a la vez, intentaran separarse. Se trata de una noche abrumadora e indecisa. No quiero volver a recibir de ti ninguna expresión inoportuna o que pretendas dudar de una decisión que es ineludible. Jamás te solicité que ejercieras un pronunciamiento ante la expulsión, ni menos que calificaras mis conductas. En realidad, ahora comprendo que tu carta fue escrita por el solo placer de provocar mis iras. Pero a mí lo único que me moviliza es la necesidad de una respuesta a la enorme disyuntiva con la que ahora convivimos. Temo a la llegada de la luz del día. Tu hijo se despierta con la luz y me persigue con sus juegos y sus inminentes car-

49

cajadas. Esos ruidos inhóspitos atraviesan las puertas tras las que me protejo para prevenirme de sus enfermizos sonidos.

Tú no sabes cómo, temblando de frío, descompuesta por el sueño, me cubro con las manos los oídos hasta provocarme daño. Ah, no entiendes lo que significa habitar con sus desconcertantes carcajadas. Ahora exijo que retires tus palabras y sólo te limites a darme una respuesta. Comprendo que mi tono te resulte imperativo, pero de esa dimensión es el conflicto al que me enfrento.

En el curso de esta noche pareciera que el cielo propiciara una catástrofe. Nunca había presenciado una apertura similar. Es inútil que intentes una estratagema, no quieras convencerme de que la palidez de tu hijo se está volviendo progresivamente malsana. El mal que anuncias está sólo contenido en tus perniciosos juicios. Limítate a escribir, con la sensatez que espero, una solución para esta tragedia que me resulta interminable.

Durante toda la noche mi corazón me ha hostilizado sin cesar. A lo largo de estas horas, me he sentido disminuida, atacada por un cansancio verdaderamente perturbador. Prisionera de distintas angustias, aún en la más leve, hube de ansiar una pronta muerte. Pero no podía adivinar que me esperaban más castigos, los que se manifestaron en algunos fugaces sueños de mutilaciones. En mis breves sueños, un cuerpo destrozado descansaba entre mis manos. Ah, imagínate, yo era la causante de esa muerte y, sin embargo, no sabía cuál destino correspondía dar a los restos. No sé cómo sobrevivo a ese sueño en donde me vi, maravillada, sosteniendo a unos despojos mutilados de los cuales yo era responsable. Mi corazón me ha humillado toda la noche. El corazón late, late, late, pero el mío fue, en esta noche, irregular. Latió con una desarmonía espantosa. Mi corazón se ha comportado de una manera tan hiriente que no estoy en condiciones de responder a las preguntas que me haces.

Sé que esta mala noche se la debo a mi vecina. Mi vecina me vigila y vigila a tu hijo. Ha dejado de lado a su propia familia y ahora se dedica únicamente a espiar todos mis movimientos. Es una mujer absurda cuyo rencor la ha sobrepasado para quedar librada a la fuerza de su envidia. Mi vecina sólo parece animarse cuando me ve caminar por las calles en busca de alimentos. Me enfrento entonces a sus ojos que me siguen descaradamente desde su ventana, con un matiz de malicia en el que puedo adivinar los peores pensamientos. Sale después hacia afuera y hasta sería posible asegurar que algunas veces me ha seguido. Tú sabes que poseo un fino sentido cuando me siento acechada.

Podría testificar que ella ha ido tras mis pasos en mi único recorrido a través de la ciudad. Ahora sé que mi vecina, a pesar del frío, va de casa en casa y estoy cierta de que soy el motivo de sus viajes y la razón de sus conversaciones. Su mirada es definitivamente tendenciosa y puedo prever cómo el mal se desliza por mi espalda, se despeña por mi espalda dejándome arañada por crueles difamaciones. Ah, no entiendo desde cuál de sus incontables odios ha escogido hacer de mí su contendiente.

Sabes pues que soy vigilada por mi propia vecina. Las preguntas que me haces, sólo duplican en mí la vigilancia. El que tu hijo no asista a la escuela no augura que habitemos de una manera indecorosa. Te advertí que este momento llegaría. Si tú no lo detuviste, ¿por qué pues debo entonces obedecer tus órdenes? Permanecemos, nos quedamos por tu voluntad en una ciudad que enloquece de manera progresiva. Mi vecina me vigila y vigila a tu hijo y cuando anochece puedo escuchar su llanto desesperado. Llora porque su vida occidental se le ha dado vuelta, porque el frío se ha dado vuelta y, por su contagio, esta noche hasta mi corazón se ha sublevado.

Tu hijo y yo pasamos este tiempo comprometidos en un ritmo que no merece el menor reproche y no veo por qué habría de hacerte una cuenta detallada de cómo pasamos el día. Pero, en fin, has de saber que nuestras horas transcurren burlando el frío, que está alcanzando un cuerpo realmente monstruoso. Tu hijo lo esquiva ejecutando sus juegos y lo soslaya con el fragor de sus estruendosas carcajadas. Yo velo el día y vigilo el paso de la noche. Pero ¿cómo hacerte comprender que mi vecina me fustiga de manera vergonzosa? Deja pues de abrumarme con argumentos que no tienen el menor asidero. Tu hijo fue expulsado de la escuela por su comportamiento y debemos permanecer reducidos en la casa. ¿Qué es lo que en realidad temes? ¿Qué mal podría amenazar a quienes viven encerrados entre cuatro paredes?

Ah, mi vecina busca envilecernos. Su pupila, siempre agazapada, no deja de mostrar una furia incomprensible hacia nosotros. Tu hijo, que ha entendido, ahora también juega agazapado. Somos vigilados por una mujer que se ha reducido a su carne gesticulante, una mujer aterrada de sí misma que consigue, en el poder de su mirada, algunos instantes de entusiasmo con los que aligera su monótona vida. Ella realiza, desde su ventana, acciones desconectadas y en gran medida apáticas, una serie de acciones en las que apenas se disimula el balbuceo de un raudal de palabras ofensivas. Mi vecina es la mejor representante de un procedimiento ciudadano que me parece cada vez más escabroso. Un procedimiento a través del cual ella remueve sus cromosomas mal pactados al interior de su lamentable anatomía.

La vigilancia ahora se extiende y cerca la ciudad. Esta vigilancia que auspician los vecinos para implantar las leyes, que aseguran, pondrán freno a la decadencia que se advierte. Ellos han iniciado actividades que carecen de todo fundamento como no sea dotarse de un ejercicio que les permita desentorpecer sus ateridos miembros. Tu hijo y yo ahora nos movemos entre las miradas y un frío inconcebible. Sin embargo, tú te atreves a dudar de mis palabras y con eso buscas disculpar a mi vecina. Me acusas de ser la responsable de un pensamiento que, según tú, alude a una posición asombrosamente ambigua, o que mis aseveraciones, como has dicho, son el resultado del efecto anestésico de un peligroso sueño.

Con tus juicios, quieres hacer de mí la imagen de una mujer que miente. Una mujer que miente, impulsada por un creciente delirio. Te digo —y eso bien lo entiendes— que tus palabras representan el modo más conocido y alevoso de la descalificación. De esa manera es que te niegas a aceptar que mi vecina me vigila y vigila a tu hijo, y en este instante me parece que tú mismo te sirvieras de su enfermiza mirada para beneficio de tus propios fines.

Me pregunto, ¿qué es lo que te perjudica de nuestra conducta? Si bien entendí tu reciente carta, te altera el que yo quiera promover en tu hijo un pensamiento que te parece opuesto a tus creencias, dices también que soy yo la que intento apartar a tu hijo de una correcta educación y hasta llegas a afirmar que es mi propia conducta la que te inspira desconfianza, pues ya más de un vecino te ha descrito mis curiosos movimientos.

¿No será el delirio en el que me implicas, lo que en verdad dirige tu letra? ¿Acaso olvidas que fui yo misma la que te previne del problema escolar al que se enfrentaba tu hijo? ¿Y no olvidas, también, que mis palabras no recibieron de ti la menor atención? Tu hijo fue expulsado de la escuela y ahora yo debo preocuparme por su enseñanza. Debo hacerlo a pesar de la violencia del frío que mantiene a la ciudad casi paralizada. Ah, el frío sigue y sigue cruzando la casa, congelando hasta los más ínfimos rincones. Tu hijo se mueve entre esta inaceptable temperatura con una actividad que siempre me sorprende. Atraviesa la casa a una gran velocidad y, en ocasiones, se golpea contra las paredes. Sus golpes, sin embargo, no me alarman. Yo misma me he golpeado demasiado por súbitas caídas, en accidentes inevitables, por distracciones legítimas. No me asustan pues sus golpes, lo que me descompone son sus carcajadas que parecen multiplicarse en medio de este frío, como si con su risa pretendiera derrotar a esta insoportable helada. Tu hijo se ríe con un sonido que me resulta tan destemplado como el frío que nos cae encima, y hace caso omiso del malestar que me provocan esos ruidos. Mis días transcurren soportando su risa y evadiendo la custodia de mi insistente vecina.

Pero, a pesar de estos inconvenientes, tu hijo y yo gozamos, durante ciertas horas, de una extraordinaria paz. Una paz que me parece más real, más lícita y mucho más brillante que la reglamentación que tú, no sé desde cuál capitulación, quieres obligarnos a aceptar.

Este atardecer se presenta plagado de signos que amenazan. Las calles muestran una tonalidad que me resulta difícil describir. Ah, el atardecer se deteriora y se desploma con un increíble dramatismo. En este instante, tu hijo se ha dormido al lado mío. Su cabeza se sacude y se sacude como si quisiera aniquilar las imágenes de un terrible sueño. Cubriré su cuerpo con una manta de lana. Debo buscar una cinta de colores para rodear su cintura.

Me siento inmersa en una noche infinita, plena de subterfugios amenazadores. Tu hijo no duerme en esta noche y juega de una manera veloz, escenificando a un espacio sitiado que no le permite ya ninguna salida. Ah, si hubiera alguien con quien compartir nuestros ojos abiertos, desvelados, enrojecidos. Ahora llego a pensar que esta noche podría no terminar nunca, estimulada por un frío que no sé en cuánto más podremos resistir. El frío de la noche se vuelve asombrosamente tangible, arruinando mis piernas y mi espalda, lacerando hasta el último hueso de mi brazo. Sabrás pues que el escribirte representa para mí un sobrehumano ejercicio. Se nos han terminado ya todas nuestras provisiones y debo salir, en cuanto empiece a amanecer, hacia las calles en busca de alimentos.

Dices que un vecino te ha informado que han desaparecido algunos objetos de mi casa. Sí, es verdad que he vendido algunas de mis pertenencias, pero sabes que cuento con el privilegio, si así lo estimo conveniente, de deshacerme de mis propios bienes. Ni siquiera abasteces las necesidades de tu hijo y aún osas inmiscuirte en la forma en que procuro nuestra subsistencia. Tus acusaciones están plagadas de impudor y no sé con qué palabras ya exigirte que sólo te limites a inquirir sobre aquellos temas que puedan favorecer el crecimiento de tu hijo. Pero, para tu consuelo, te diré que me he deshecho sólo de los objetos que menos atraían mi interés, apenas de unas cuantas piezas que presentaban una pequeña falla y que siempre intranquilizaron a tu hijo. Me he enterado de que ahora adornan los salones de algunas de las casas cercanas y están dispuestas en lugares centrales. Mis vecinos se acicalan pues, gracias a tu inalterable displicencia.

Me parece que sólo buscaras profundizar mis sufrimientos cuando insistes y vuelves a insistir en que la expulsión de tu hijo se originó en un conjunto de artimañas que yo le fui inculcando de manera deliberada. Pero, no quiero volver más sobre ese doloroso episodio que puso en evidencia el mal comportamiento de tu hijo.

Debes de saber que aunque mi cariño hacia él es ilimitado, algunas veces su mente me fastidia. Su mente se empecina en mostrar un dramatismo que tiene algo de aritmético. No sé cómo podría explicarlo, pero intuyo al interior de su cerebro un proceso altamente numérico que altera mi moderación. Un proceso que le extravía el pensamiento y que desencadena sus irritantes carcajadas. Es odioso y vulgar para mí tener que presenciar esas operaciones que se acumulan en su mente sin el menor sentido.

Sin embargo, tu hijo tiene a su favor recursos divinos. Aparece divino cuando pasa de habitación en habitación y deja de lado sus terribles carcajadas para realizar pequeños actos de valor universal. Sus actos universales radican en su propio cuerpo y los ejecuta con la versatilidad de una pieza de baile creada para figuras condenadas. Parece que, en esas ocasiones, él se sumergiera en otro tiempo, en un tiempo que yo no conozco, que no reconoceré nunca. Siento entonces que es la mente más brillante que habita la ciudad. Le consiento ensoñaciones, sueños de venganza, miradas oblicuas, balbuceos. Se lo concedo con creces, sacrificando la multitud de mis propios sueños, mis deseos de dejarlo perdido deleitándose en la próxima forma que tomará nuestra soledad.

Es conveniente que dejes de simular una preocupación que en realidad no experimentas. Sabes que me siento amenazada por mis propios vecinos y que necesito de la mayor tranquilidad para resistir sus embates ahora que ellos han conseguido convertir la vigilancia en un objeto artístico. Debo cuidar de que tu hijo no estropee con sus carcajadas las leyes que penosamente nos amparan. Uno de mis vecinos tiene el pie deformado y el dolor le ocasiona una artificiosa cojera, una cojera impostada que me llena de vergüenza. Como ves estoy expuesta al cerco de un hombre baldado. No seas tú entonces el que termine de aniquilar nuestra casa con comentarios que, sabes, derrumban como nada mi ánimo.

Quiero que comprendas que cuando el pensamiento de tu hijo se tuerce, ese defecto atormenta mi espíritu. Mi espíritu también se tuerce en esas ocasiones. Pero tú, aunque no habitas con nosotros, te encargas de inyectar en mi espíritu la mayor dosis de inseguridad y apareces en mí más implacable que el azote del frío.

Te pido que entiendas de una vez que te escribo derrumbada. Me amanezco escribiéndote. Supieras cuánto me derrumbo en cada amanecer. Ahora va a empezar el día en cualquier momento. Tengo que poner mi cuerpo en condiciones para sortear la helada de la calle. Saldré de un instante a otro hacia la calle. Lo haré, y tú muy bien lo sabes, un poco exasperada, bastante sigilosa.

Pienso que tomaste una decisión apresurada. Aún no me siento convencida de que tu hijo, por ahora, deba de volver a la escuela. Sería para mí demasiado fatigoso tener que atender esos asuntos. El frío no se detiene y ya se ha vuelto circular. Está iniciándose una noche que anuncia la llegada de una tempestad. Este invierno se extiende y se extiende, contraviniendo su particular naturaleza, desafiando abiertamente a las otras estaciones. La bruma no hace sino transitar a través de las calles de una manera dramática, dejando una estela de crueles presagios a su paso.

Tu hijo no puede volver a la escuela por ahora. Sería nocivo para él y para mí. No quiero discutir esta decisión pues tus mandatos sólo consiguen agotarme más de lo que merezco. ¿Cómo no te das cuenta de que es pedirnos demasiado en los momentos en que necesitamos de un absoluto descanso? El frío ha alcanzado en los últimos días niveles insostenibles y nadie ha dado una explicación convincente para esta situación. Ahora mismo se dejará caer una tormenta irremediable. El sonido de los truenos me resulta descarado, pero estoy cierta de que tu hijo sería capaz de sobrepasar esos sonidos con sus carcajadas. No podría asegurar que la crueldad de este invierno sea peor que los juegos con los que a diario se deleita tu hijo.

Te suplico que no vuelvas a insistir en su palidez. Como sabes, la piel en la niñez es absolutamente sorprendente. Tu hijo pertenece a la especie de los que poseen una tenue armonía y me resulta absurdo e insidioso de tu parte adjudicar a una enfermedad lo que constituye el centro de su belleza. Con tu alarma sólo consigues provocarme daño, pero, también entiendo que la desconfianza que demuestras, no es más que una argucia que disimula tu propia indiferencia. Te has dedicado a unir cuestiones totalmente distintas. Por ahora tu hijo no volverá a la escuela y mi decisión es intransable. No existe el inconveniente que señalas, sólo debes postergar el compromiso que tomaste. Aduce lo que quieras ante la nueva escuela, hasta que me sienta en condiciones de enfrentar con serenidad esa nueva etapa con tu hijo.

Afuera ha estallado una impresionante tormenta. Ah, si vieras cómo en el cielo se abre un multiforme campo de batalla del que estoy recibiendo unos ecos desesperados. Asisto a una escena dotada de una soberbia que puede resultar letal, un espacio ilimitado en el que se debaten pasiones insolubles. Me asusta la tempestad, pero, pese a este desastre, tu hijo duerme acrecentando aún más mi desagrado. Tu hijo, algunas veces, se ríe en sus sueños. Sueña en medio de una risa que me resulta tolerable y, en esas ocasiones, ha bastado que me dirija hasta su lecho para tocar su frente y mi gesto ha logrado que su risa se transforme en un dulce gemido.

Estoy fatigada y plena de desconcierto observando esta tormenta. No puedes imponernos reglas por las que no podrás velar para su cumplimiento. Tu hijo volverá a la escuela cuando nuestro estado se revierta. Todo este tiempo te has mostrado excesivamente obstinado, no permitas que te ciegue la naturaleza que rige tu carácter, recuerda que yo no quiero sino la felicidad de tu hijo y el que vuelva ahora mismo a un ambiente asfixiante, sólo sería un motivo más de desdicha. Ya es bastante el peso que debemos sobrellevar por la audaz vigilancia que han adoptado mis vecinos. Sé que comprenderás la lógica de mi decisión. No te hagas parte de un orden de Occidente que puede terminar en un fracaso irrebatible.

Oh, Dios. Tu insistencia se transforma en una feroz arma que usas una y otra vez para atacarme. Parece que hubieras salido de ninguna parte cuando decides ignorar el modo en el que habita una familia. Presentas ante mí una incertidumbre que no puede ser legítima y te complaces en preguntar sobre costumbres que aun las más ínfimas de las especies animales organizan.

Si tu hijo no asiste en este tiempo al colegio, significa que sus horas se dividen en diversas y útiles actividades. Sabrás que también existen otros conocimientos además de los que imparte la escuela. Tu hijo aprende, por ejemplo, el impresionante dilema que contienen las habitaciones, el misterio que encubre la distancia que separa a la oscuridad de la luz, la dimensión y el rigor que ocupa la techumbre, el pasado que ofrecen los rincones. ¿Por qué vuelcas sobre mí todas tus inquietudes? ¿Qué te hace no atender a los problemas reales que te expreso?

El verdadero conflicto que afrontamos descansa en los vecinos y en el conjunto de sus intolerancias. Ahora, gracias a ellos, la ciudad que en algunas horas y por obligación recorro, me parece un espacio irreal, un lugar abierto hacia lo operático y hacia lo teatral. Un resto de tales proporciones que puedo augurar que pronto quedará librado a la anarquía. Este trastorno es imputable del todo a los vecinos. Ellos intentan establecer leyes que nadie sabe a ciencia cierta de dónde provienen, aunque es evidente que urden esta acometida únicamente para incrementar los bienes que acumulan en sus casas. Pero yo advierto con precisa claridad cómo se debaten en medio de una indescriptible conciliación y aluden a desmanes que no sé si sólo ocurren en sus mentes. Siento que los vecinos quieren representar una obra teatral en la cual el rol del enemigo es adjudicado a los habitantes que no se someten a la extrema rigidez de sus ordenanzas.

Los vecinos sostienen que la ciudad necesita de una ayuda urgente para poner en orden la iniquidad que la recorre. Afirman que la ciudad ha sido abandonada por la mano de Dios y yo pienso que si eso fuera así, se debe únicamente a la avaricia de los hombres. Es verídico que las avenidas principales han perdido todo su prestigio y que los vecinos más poderosos ahora trepan hacia los confines, cerca de las planicies cordilleranas, para sortear la pesadumbre de la crisis. Sin embargo, lo que ellos en realidad encubren, es que no quieren pertenecer a un territorio devaluado y que están dispuestos a iniciar cualquier medida para salvarse de una terrible humillación. Por eso van de casa en casa transmitiendo leyes que carecen de sentido. Nuevas leyes que buscan provocar la mirada amorosa del otro lado de Occidente. Pero el otro Occidente es terriblemente indiferente a cualquier seducción y sólo parece ver a la ciudad como una gastada obra teatral. Sé que ya estás enterado de que lo que pretenden los vecinos es gobernar sin trabas, oprimir sin límites, dictaminar sin cautela, castigar sin tregua.

¿No piensas acaso que es difícil sobrevivir en una ciudad tan asediada? ¿qué haces tú para aliviar mi vida y la de tu hijo? El temor que experimentas de que en tu hijo se interrumpa el caudal de sus conocimientos es completamente absurdo pues, al revés, se incrementa día a día. Eso no debiera ser una fuente de aprensión. Más bien deberías inquietarte por la vigilancia que sobre nuestra casa ejercen los vecinos y hacer todo lo que estuviera a tu alcance por protegernos de esa persecución malsana. Es quizás arriesgado de mi parte aventurar un juicio sobre tu comportamiento, pero en ocasiones pienso que estás confabulado con las peligrosas normas que intentan imponernos; de otra forma, no volverías siempre sobre los mismos temas. Tu hijo pasa ahora por lo que considero que es su mejor momento. Lo único que nos frena es la virulencia de este frío. Ah, el frío. Es tanto el frío que mi mano se desencaja y me entorpece la letra. Las palabras que te escribo están guiadas por una razón helada. No me obligues pues a más de lo que ya me obligas. ¿No has aprendido acaso que lo humano se estrella contra sus propios límites?

Mɪ ᴍᴀɴᴏ ᴛɪᴇᴍʙʟᴀ mientras te escribo. Tiembla como si la atacara un huracán en medio de un despoblado. Tu madre ha venido hoy a visitarnos como tu emisaria. Pero, dime, ¿era necesario hacernos pasar por una humillación de tal naturaleza? Tu madre se atrevió a entrar en nuestra casa buscando no sé qué clase de delito entre las habitaciones. En esos momentos yo dormía y fue tu hijo el que me advirtió de su llegada. Tu hijo me despertó impulsado por el pánico pues ya sabes cuánto odia la intrusión de desconocidos. Ah, no te imaginarías, pero calmarlo constituyó para mí una verdadera hazaña.

Afortunadamente la bruma nos trae una apaciguante media luz diurna que diluye la expresión de las facciones. La bruma hoy fue favorable para soportar el inquisitivo rostro de tu madre. No encuentro las palabras que expresen la desazón y la angustia con las que hube de atravesar este día. A lo largo de estas horas me he paseado insomne por las habitaciones, maldiciéndote. Tu hijo, después de la visita, jugó de una manera tan frenética que se ocasionó el peor acceso de risa de los últimos meses. ¿Desde qué libertad es que te permites esos gestos? ¿qué mal te hemos ocasionado para que nos hagas caer en este estado?

Las palabras de tu madre contenían una insolencia poco frecuente, una insolencia envuelta tras una engañosa fachada de amabilidad. Tu hijo y yo estábamos avergonzados por su conducta, sin saber cómo comportamos en nuestra propia casa. Incluso se atrevió a darme sugerencias para aumentar la luz que nunca hemos deseado. El frío y la claridad me parecen totalmente incompatibles. Tu hijo —y así te lo he manifestado— siente más placer con la opacidad. Él tiene un extraordinario sentido para encontrar entre la penumbra todo tipo de objetos. ¿Lo entiendes?, dime, ¿lo puedes entender?, porque, tú sabes, ésa es una cualidad que le va a permitir en su futuro traspasar los más duros obstáculos. La penumbra nos trae la escasa felicidad con la que contamos. Pero tu madre, empecinada en destruirme, buscó asociar nuestro regocijo con la palidez, que a su parecer, tenía el rostro de tu hijo.

En ese momento comprendí que tu madre más que en tu emisaria se había convertido en mi enemiga. Tu madre, hablando por tu boca, aludió sin cesar a la palidez de tu hijo. Para tranquilizarla, debí pasar por la terrible prueba de poner el rostro de tu hijo ante la luz para que ella lo examinara. Ah, aún no sé en dónde encontré la fortaleza para hacerlo. Tu hijo se estremecía, aferrado a mi vestido, intentando sortear la luz que lo encandilaba. Tu madre después se retiró anunciándonos una pronta visita.

Es preciso que le comuniques que no toleraré otra irrupción semejante. Pero, a pesar de mis palabras, debo reconocer que tu madre estaba extremadamente bella, recorrida por una impresionante perfección occidental, como si el frío a ella tampoco la perjudicara. Entendí que entre tu madre y tu hijo se alternaba una similar jerarquía orgánica. Quise hablarle de cómo compartían parte del mismo valor genético, pero su adversa actitud pronto me desanimó. Te has encargado de sembrar en tu madre un gran prejuicio hacia nosotros. Te anuncio que desde este instante le cerraré todas las puertas de la casa. Como ves, tu agresión puede ser fácilmente diluida.

Quiero convencerte de que tu saña ha motivado en mí una imagen admirable. Te mataré. Sí. Te mataré algún día por lo que me obligas a hacer y me impides realizar, tiranizándome en esta ciudad para dotar de sentido a tu vida, a costa de mi desmoronamiento, de mi silencio y de mi obediencia que a través de amenazas irreproducibles has obtenido. Es inconcebible la manera en que utilizas a tu madre para que invoque el nombre del amor por tu hijo con sus ojos clavados en el cielo. Te mataré algún día para arrebatarte este poder que no te mereces y que has ido incrementando, de manera despiadada, cuando descubriste, allá en los albores de nuestro precario tiempo, que yo iba a ser tu fiera doméstica en la que cursarías todos tus desmanes.

Te mataré bajo la sombra de un árbol para no fatigarme mientras empuño el arma que dejaré caer sobre tu cuerpo infinidad de veces hasta que hayas sido asesinado para siempre. Deseo matarte en los momentos más álgidos de una tormenta, en donde tus estertores se confundan con el exquisito sonido del eco de un trueno y tus convulsiones se asemejen al dibujo de un rayo con el que me amenazas cuando me condenas a la intemperie, para que me deshaga un rayo como ha dicho tu madre, a gritos, cuando se desata el pánico de una tempestad.

Porque, dime, ¿no te resulta avergonzante el beneficio que has obtenido manejando a la distancia nuestras vidas al interior de la casa? Tú expropiaste todas mis decisiones al hacerte el dueño de nuestros pasos y con eso has garantizado tu propia sobrevivencia. Y yo, te mataré, ya lo verás, por éstas y otras razones que iré decantando entre el frío de estos días, continuaré profundizando de hora en hora, mientras me tiendo sobre los hilos soberbios de los minutos en los que me arriesgo a la crueldad de la temperatura. Porque habrás de saber que este frío es cruel y me devasta y me agota aunque yo misma me obligue a soportarlo al interior de mi cuerpo contagiado. Has adoptado conmigo los antiguos hábitos que ya habían caído en desgracia y que fueran repudiados incluso por la poderosa historia de la dominación que los hubo de eliminar por inhumanos, relegándolos a la historia de las barbaries. Pero tú, que tuviste noticias de esas horribles prácticas, las repusiste conmigo a pesar de saber bien que las antiguas víctimas se rebelaron y aunque muchas de ellas sucumbieran, otras lograron la liberación y la caída de esas salvajes costumbres.

Adoptaste conmigo los antiguos hábitos porque estás a la espera de mi levantamiento en donde mi insurrección se enfrente con la tuya y me obligues, de una vez y para siempre, a medir nuestras fuerzas. Pero no te otorgaré ese placer, porque yo sé que no sabes cuáles son las fuerzas que me mueven, con qué fuerzas, que no sean las tuyas, me mantengo a pesar de la hostilidad de todos los climas y eso te exaspera, te exaspera en tal forma que tú, que eres en extremo cuidadoso, permites que en tus cartas aparezca la duda y aflore la perniciosa necesidad de que yo me haga frontalmente tu enemiga.

Jamás mediré mis fuerzas con las tuyas y continuaré aceptando, con aparente resignación, este sometimiento urbano al que me has obligado, y las amenazas bárbaras a través de las que demandas mi insurrección. Mi insurrección, por el momento, son únicamente ciertas caminatas calle abajo y que aún así te dejan estremecido por el pánico. Pero es allí, en plena calle abajo, donde consigo las imágenes que me acompañan después, entre la soledad de la noche, y que si lograras adivinarlas quedarías estremecido por el terror.

En unos instantes cerraré los ojos extasiada, bailaré de manera solitaria pensando, extasiada, en el momento en que deberé matarte de una manera justa y definitiva. Te mataré entre el maravilloso decoro de los bosques y protegida por tu hijo que se mantendrá a una distancia prudente, conmovido por la precisión de cada una de las estocadas con las que pondré fin a tu existencia. Sólo pienso ahora, durante todos mis ateridos minutos, en qué muerte será digna de tu cuerpo y cuál de todas las heridas estará al alcance de mi mano.

DEBO DISCULPARME y reconocer que mis palabras fueron precipitadas, guiadas por un torpe e infantil enojo. Quiero que perdones mis ofensivas y letales imágenes. El frío me hizo cometer un terrible desacierto. Te suplico que intercedas y me salves. Es necesario evitar llegar a ese desatinado juicio que se apresta a iniciar tu madre. Jamás pretendí herirla ni menos privarla de su legítimo derecho de visitar a tu hijo. Comprendo el esfuerzo que ella ha realizado al cruzar de extremo a extremo la ciudad para encontrar, al final de su camino, nuestra casa cerrada. Sé que el clima daña su salud y sé también que las calles están plagadas de desamparados a los que ella les teme y, para evadirlos, debe emprender múltiples rodeos que extienden aún más su penosa caminata. La salud de tu madre es delicada y no tienes que recordarme que debe pasar la mayor parte de sus días recluida en su pieza para aminorar la anemia que la diezma. La sangre de tu madre siempre se ha mostrado contraria a su organismo y hasta parece que te olvidas en cuánto hube de asistir su enfermedad durante aquel aterrador verano en el que la ciudad quedó casi deshabitada.

Recuerdo a tu madre debatida entre el bochorno y los escalofríos, la recuerdo acosada por una muerte que intentaba tenderse encima de ella como un amante torpe que hubiera pretendido una inmediata y banal consumación. Jamás me atrevería a afirmar que le salvé la vida, pues el que ella sobreviviera fue el prodigio de un empeño mayor dictado por su propio deseo. Tu madre, en esos momentos, jugaba con la muerte movida por quizás cuál veleidoso capricho. Yo fui la testigo de su juego y la vi emerger como la triunfadora al cabo de una agotadora apuesta. Tu madre burla constantemente la composición de su sangre y, en ese inédito verano, llevó a efecto la más álgida contienda para purificar su cuerpo.

Sé que tu madre se hastía y es así como sobrepasa la monotonía que le ocasiona su considerable belleza. Al igual que ella, considero que su belleza occidental es inútil, pues sólo consigue desgastarla con miradas que la escudriñan como si se tratara de un objeto sagrado. Salvo tu nacimiento, ninguna mácula pareciera haber tocado su carne y eso la privó para siempre de la felicidad. Entiendo que se divierta con la muerte para sentirse viva y se obligue a inducir la contaminación al interior de su propio organismo. Tu madre siempre ha inspirado en mí los mejores sentimientos y jamás estuvo en ninguna de mis partes la intención de privarle la entrada a nuestra casa. Pero no puedo aceptar la oferta que nos hace. Tu hijo y yo ya hemos determinado cómo viviremos. Para tu madre nuestra compañía sólo sería un disturbio mayor para su salud.

Debes aconsejar a tu madre que desista y decirle que aceptaré que nos visite cuando yo haya sido convenientemente advertida. La causa que me anuncia la he ganado de antemano porque tu madre es una mujer enferma. Los jueces pues, ¿ante quién se inclinarían? Pero te confieso que me aterra presentarme ante los jueces, no pueden hacerme pasar por ese vejamen otra vez. Transmítele mi deseo de que llegue hasta nuestra casa y dile que concedo todo lo que solicitó en torno al modo en que se debe vestir tu hijo.

Debes comunicarle todo esto en seguida. No quiero que su idea envenene aún más el difícil paisaje en que transcurre nuestra vida. Suspendamos de una vez estos estériles pleitos. Quiero que estés seguro de que mi mano jamás se volvería en contra de tu cuerpo. Tu hijo permanece ahora a mi lado y ha dado su consentimiento a cada una de las palabras que te escribo. Él está ahora maravillosamente vestido de azul. Dime, ¿por qué el azul sería un color tan indecoroso para ustedes?

Haces gala de una extraordinaria precisión con las palabras. Tú construyes con la letra un verdadero monolito del cual está ausente el menor titubeo. Tu última carta estaba llena de provocaciones, plagada de amenazas, rodeada de sospechas. Una carta que, en el conjunto de las seguridades que se expresan, me resulta descarada.

Entiendo, desde el énfasis que despliega tu carta, que tú y tu madre no ven más salida para nuestras diferencias que el inicio de un juicio. Un juicio que me separe de tu hijo y que aleje de él, lo que denominas, como mi negativo ascendiente. Pero, ¿qué es lo que en realidad persigues? ¿Pretendes acaso llenar de satisfacción a tu descontenta madre? ¿Piensas, por un instante, que ella obtendrá así el lugar que tanto necesita? ¿Por qué no te detienes a enjuiciar su comportamiento?

Tu madre vive como si no viviera, buscando por todos los rincones un mal abstracto, lo busca con una implacable voluntad que quiere destruir todo aquello que obstaculice su camino. Pienso que lo que espera, en realidad, es conjurar la multiplicidad de sus propios miedos, el temor que siente frente a cada esquina, su notorio espanto ante la posibilidad de que se resquebraje un muro. Y detrás de su miedo, yace el pánico que experimenta a que tú no consideres sus palabras. Tu madre, insisto, vive como si no viviera y por eso ha decidido envolverme en una serie de mentiras. Porque mentiras son la que te comunica, falsedades son las que sustentan la idea de este juicio.

Sin embargo, pareciera que tu madre ya hubiera dado inicio a una causa cuando me interroga, busca, duda, me presiona durante sus intencionadas visitas. Su cuerpo entra en un estado de extrema tensión, su oído se dilata alertando a su entreverada masa cerebral y, algunas veces, hasta su lengua se ha trabado y en su garganta se confunden las preguntas. Tu madre, que no vive, habita sólo el lugar del miedo, su increíble pavor de perder el lugar de la emisaria. Tu hijo se ha convertido para ella en un pretexto que le permite actuar sus inestables fantasías y lo persigue y lo acosa y luego se demuestra insatisfecha ante cada uno de sus actos.

Tu hijo se defiende y le oculta el prodigioso desarrollo de un impresionante juego corporal. Juega a las apariciones y a las desapariciones, su cuerpo se ausenta y se presenta, cae y se levanta, se enreda sobre sí mismo, huye, se fuga, se amanece luego de una larga vigilia, se conduele del estado de sus miembros. Él realiza con su cuerpo una operación científica en donde se conjugan las más intrincadas paradojas. Porque, dime, ¿no piensas acaso, al igual que tu hijo, que el cuerpo es el reducto de la ceremonia? Él ha comprendido el oficio rebuscado del cuerpo y en su juego hace chocar constantemente el goce con el sufrimiento de la misma manera en que conviven la carne con el hueso. La ceremonia avanza, se detiene, se deposita en el fragmento de un órgano. Su estómago que pulsa, la cadera. La pureza del ojo ciego y visionario. Un maravilloso movimiento circular de su brazo. Y de pronto, en un instante, el cuerpo de tu hijo se aproxima a la pulverización. Cuando eso sucede, me alarmo y me retiro, pero él después aparece ante mí, recompuesto, como si jamás hubiera experimentado el instante de un límite.

Sabrás que el cuerpo sedentario de tu hijo batalla contra el nomadismo de sus miembros. Pero yo hoy debo batallar con tus palabras, debo remover tus expresiones, mientras me mantengo como la guardiana de tus cartas en medio de este frío que atenta contra las necesidades visibles de mi cuerpo. Quiero pedirte que abandones la amenaza, las sospechas, busca para tu madre una nueva diversión. Lo que en verdad te estoy pidiendo es que no vuelvas a mencionar la posibilidad de un juicio.

Ah, escucha, en las calles se ha instalado el gobierno de la parte prohibida de lo público. Mi vecino recorre la parte prohibida de las calles y, en este mismo momento, lo observo desde mi ventana. Se acerca cojeando en medio de esta relativa oscuridad. La oscuridad que lo envuelve parece que sólo perfilara el notorio contorno de su mal. Mi vecino observa el movimiento de las calles a hurtadillas, escondido, como si hubiera visto más de lo que su mirada puede resistir. Después se abandona y cierra sus ojos largamente.

Cuán poco te refieres a ti mismo en el contenido de tus cartas. Si bien entiendo tus palabras, pareciera que de los dos, soy la única que vivo. Y es la vida que me otorgas la que te motiva a amenazarme con un juicio que, según tú, hará público el conjunto de mis malos hábitos. Pero no vivo la vida que aseguras que vivo. Los trucos de tu madre, las historias, las sospechas y su desconcierto, son arrebatos de ella misma que me los adjudica. Ustedes me hacen vivir pues una vida que pertenece íntegramente a los deseos y a los miedos que embargan a tu madre. Me he preguntado, algunas veces, si es que ella no te regala esta historia ficticia para prevenir, de esa manera, que caigas en el centro de una maligna soledad.

¿Cómo es que pretendes hacerte propietario de una vida que supones que es la mía y que sin embargo no me corresponde? ¿Acaso no quieres reconocer que estás atado a una palabra falsa? ¿Por qué no puedes aceptar que mi ser es para ti del todo inalcanzable? Ah, sin embargo sé que no emprenderás un juicio con unas pruebas tan débiles. Si escojo dormir a ciertas horas y no en las que me demandas, se debe a una simple necesidad de mi organismo y es mi organismo el que me hace preferir unos alimentos cuando rechaza otros, de la misma manera es estrictamente personal el cómo me relaciono con tu hijo. Es verdad que los lazos entre tu hijo y yo no están pensados como un espectáculo ante extraños, pero en nuestra privacidad alcanzamos momentos esplendentes, cuando logramos acordar que habitamos en un mundo mutilado.

No hay ningún mal infiltrado en mi comportamiento que pueda perjudicar a tu hijo, sabes que soy más proclive al bien que al daño. Lo único que me desgasta y me desagrada son las formas en que tu hijo lleva adelante sus juegos, cómo su diversión lo lleva al borde del quebranto. No te imaginas cuánto pueden afligirme las carcajadas de tu hijo, esa risa compacta, la terrible cerrazón de su garganta. Pero su risa no justifica la actitud de tu madre. Ella me ha confesado que le teme. Cuando se adentra en nuestra casa, su espalda no parece tranquila y a cada trecho se voltea para comprobar si tu hijo la sigue o si su figura la amenaza. No dirás pues que en tu madre se albergan los mejores sentimientos hacia tu hijo cuando sospecha que él puede ser su victimario.

Deja ya la idea de ese juicio, no pretendas que vuelva a representar ante los jueces al animal escapado de su madriguera. Sé que un juicio llenaría de placer a los vecinos quienes se alborotarían por llegar ante las cortes para seguir con incontenible placer los cargos en mi contra. ¿Estás acaso preparando una fiesta a mis vecinos? Pero es tu madre, sé que es tu madre la que te impulsa a esas ideas, veo en ella una sed que nadie podría describir y un odio hacia nosotros que no sé cómo se sigue perfeccionando entre los hilos de su cuerpo atormentado. Quizás ella aspira a que yo pague con mi cuerpo el costo que le ocasiona su teatral enfermedad.

Tu madre propaga crueles noticias en la calle que comprometen y lesionan mi honra. Al pasar he escuchado una sucesión de rumores exasperantes, una acumulación de mentiras que los vecinos repiten como si toda esa farsa hubiera acaecido. Debes poner un orden sobre esas perversas palabras. Te lo advierto; mi destino no será servir a tu destino aunque hayas comprendido la maravillosa ductilidad que tiene mi organismo y quieras establecer una apretada confabulación con tu madre para hacer de mí, en el cautiverio, tu fiel comisionada. Pero no te confíes y cuídate del extremo al que llevas tus actos. Mis pies pueden llegar a adquirir un valor inconcebible y estaremos a una distancia desmedida cuando lo humano de mí se haya rebelado. No existe nada en el acto de la huida que me espante. Sabes que mi cuerpo es capaz de entrar en una aguda penitencia y puedo convertir mi vida entera en la forma más profesional y primitiva que demanda la fuga.

Aн, no puedo dar crédito a lo que me escribes. ¿Acaso buscas desquiciarnos? ¿Cómo podríamos vivir en la casa de mis padres? Sabes que mi madre murió cuando yo tenía dos años y mi padre cuando apenas cumplía diez. Estás enterado de que tuve una infancia solitaria, fatigosa y trágica, una infancia fatigosa, en parte, reparada por el maravilloso paisaje en el que se perdieron muchas de mis horas. Era allí, entre los árboles, donde se produjeron mis más bellas imágenes. Amparada por las hojas de los árboles adiviné que un día llegaría tu hijo hasta mi vida. En esos años precaví todo lo que le brindaría; lo vestí, lo alimenté, participé en cada uno de sus juegos, observé emocionada su irreversible crecimiento. Lo cuidé prolijamente en cada enfermedad. Tu hijo nació, entonces, antes en mi mente que en mi cuerpo y eso lo hace doblemente mío.

Forjé precozmente en la naturaleza de los bosques, el tono de lo que conformaría mi naturaleza. Los bosques son una materia semejante a Dios. La primera vez que me interné por ellos, vi cómo iba desapareciendo el cielo entre la cúpula de los árboles. Los árboles representaban la memoria de un tiempo inmemorial y yo allí, fuera y dentro del tiempo, comprendí de pleno la fragilidad, toda la impureza que comportaba mi especie. Sin cielo posible, me enfrenté a un frío que no pude sino asociarlo al nicho en el que un día iba a perderme para siempre. Me encontré, ausente de todo sobresalto, con un hielo que me obsequiaba la aparición anticipada de la muerte que le fue ofrecida a mi cuerpo aún en pleno crecimiento. Ah, recuerdo vívidamente cómo caminé por el medio de ese bosque con un profundo orgullo y un asentado sentimiento de amor hacia mí misma.

Pero, no pretendo agotarte con mis recuerdos. La tos que tiene tu hijo es sólo un efecto nervioso causado por los trastornos que le producen tus increíbles requerimientos. Además bien sabes que la infancia incuba todas las enfermedades al interior de un organismo que emprende el ejercicio de vivir. Deja de preocuparme con tus inquietudes. Lo único que me parece incontrolable son sus juegos que acabarán por desquiciarme. Me has pedido que los describa, pero es imposible para mí hacerlo. Es una relación con los objetos que le provoca carcajadas que van subiendo y subiendo en espiral. Ahora tose y se ríe y se ríe y se ríe, mientras pasa velozmente de habitación en habitación persiguiendo algo que se escapa de mi vista.

Tu madre acude con regularidad y se va con una extraña prisa. No sé si me incomoda o me agrada su gesto. Es tu hijo quien se niega a verla y no puedo impedir que se encierre en uno de los cuartos. Tu hijo conoce los más extraordinarios trucos cuando quiere perderse entre las habitaciones. Desaparece aun frente a mis propios ojos. Forzarlo a permanecer sería imponerle un castigo que bajo ninguna forma se merece. Si tu madre no se resigna, pues indícale que suspenda sus visitas. O quizás debería de decir, sus inspecciones.

Sin embargo tu madre no se detiene. No la detienen ni el amanecer ni las horas más arrebatadas del crepúsculo. Ni siquiera la detiene la fuerza de mi desprecio. No responde aun al imperativo de su propio cansancio. Pero tú no serás el espejo de tu madre. Deja ya de proponerme cambios que no te he solicitado. Tu hijo y yo habitamos en medio de una perfecta armonía. Pienso que es adecuado que suspendas tu correspondencia por un espacio de tiempo. Nada resuelves sino que obstaculizas. No tengas la preocupación de que escaparemos a tu vigilancia, sabes bien que yo no tengo otro refugio como no sea mi casa. Te dejo libre de cualquier obligación para con nosotros. Vive desde ahora en paz. Libera también a tu madre de sus innecesarias fatigas.

CONTINÚAS al acecho como un feroz animal de presa. En las noches me imagino que estás con los dientes brillantes, listo para saltar sobre nosotros. Al fin me despojaste de lo último que me quedaba, de lo único que me aliviaba; me privaste del sueño. Me privaste del sueño para conseguir tu triunfo sobre mi cuerpo que se balancea al borde de un cataclismo. No duermo ya para protegerme o si lo hago mi sueño es sólo una constante convulsión. Sé que mis padres viven, tú sabes perfectamente que mis padres viven, pero, para mí, mi madre murió cuando yo tenía dos años y mi padre cuando apenas cumplía diez. No quiero extenderme ahora en torno a esta materia. ¿Cómo podrías obligarnos pues a habitar con una pareja de fantasmas?

Insistes en el imperativo de la correspondencia y en mi obligación de responder a tus cartas. Si no te escribo, dices, tomarás una decisión definitiva. Veo que le otorgas a la letra un valor sagrado y de esa manera me incluyes en tu particular rito sin importarte mis dificultades, como no sea el placer que te ocasiona tomar el control sobre mis días y el trabajoso incidente caligráfico en que transcurren mis noches.

Me pregunto, ¿habrás sufrido alguna vez un amanecer tan drástico como al que ahora mismo me enfrento? No sé en qué pacto, desde qué contubernio le ha sido concedido todo el poder al frío, pues para mí sólo se hace visible la forma en que hoy se ha desencadenado el odio contra nuestros desprotegidos cuerpos. En tus cartas le restas toda importancia al clima y con eso anulas mis palabras cuando me empujas hacia un hacer que el frío nos impide. Está bien, es verdad que cuando tu madre llega hasta la casa nuestro aspecto es somnoliento y en las habitaciones se ha alterado el orden. Acaso respiramos, comemos, nos movemos menos. ¿Cómo podría ser tanta nuestra actividad cuando esta helada nos reduce al estado de simples materias orgánicas? Incluso tu hijo, cuya vitalidad envidio, juega en estos días levemente, casi diría que en sus juegos los movimientos sólo actúan en el interior de su cerebro. Sus fuerzas exteriores se concentran en cambiar el orden de las habitaciones. Dispone los muebles en el centro de las piezas para así aminorar la inclemencia del tiempo, luego se refugia en los pequeños espacios que le permiten los sillones y apenas alcanzo a escuchar su risa que, por fortuna, es diluida contra la pared que forman los tapices.

Cuando tu madre llega, tiembla ostensiblemente a la vez que levanta un sinfín de críticas, que el frío, dice, que la calle, que el peligro de las calles, dice, que yo la empujo a exponerse al riesgo. Y dice mucho más mientras temblando me pide que le bese su mejilla helada, temblando también me ordena que le frote sus miembros, que están entumecidos, dice, y después inicia una acuciosa revisión a lo largo de la casa. Ah, tu madre y su mirada rapaz, su paso sigiloso como si quisiera sorprender la realización de una escena increíble detrás de los umbrales. Y yo debo seguirla tenuemente a medio camino entre mi propio temblor y sus estremecimientos. La sigo porque temo que su deleznable ronda pueda quebrantar la paz tras la que se refugia tu hijo. Tu madre me habla, indica, acusa, y descalifica todo lo que se le presenta ante su vista. Me reprocha sin contemplaciones como si ella fuera la inspeccionadora de un hospicio en ruinas.

Dice, cómo no va a decir, que sólo la mueve su abnegado deber hacia la familia, que pasará sobre el frío, pasará sobre cualquier obstáculo para proteger a tu hijo de mis malos hábitos. Que un juicio, dice, podría no sólo conseguir el bienestar para el cuerpo de tu hijo, sino especialmente liberar su alma. "Un juicio" —dice— "te mereces un juicio". Ah, qué sórdido recorrido hacemos en la pareja imperfecta que formamos.

Tu hijo, afortunadamente, se escabulle entre los muebles y allí sortea sus palabras. Pero sus carcajadas lo denuncian y abren otra serie de quejas en las que aparece la verdadera intención que mueve a tu madre. Mi aprensión es que en realidad ella deteste a tu hijo, después de todo, salvo tú, ha permanecido alejada del contacto. ¿Recuerdas el resquemor que le producía ser importunada? Pero no seré yo la que enjuicie a tu madre, sólo pretendo que cese este espantoso asedio, al menos mientras finaliza este invierno. Hoy amanece como si no amaneciera pues el cielo está completamente manchado, agrietado, diría. Ah, no sé con qué palabras describirte este cielo. Una manada de animales con hambre. Una siniestra, inalcanzable cúpula doblada contra sí misma.

SE ESCUCHAN VOCES por las calles, ruidos, movimientos que confirman que el clima empieza a cambiar de signo. Se terminan por fin los tiempos agobiantes. Incluso en tu última carta pude percibir un matiz distinto, como si hubieras terminado de entender la realidad de los problemas que te he expuesto. Tu madre, en estos días, se ha mostrado silenciosa aunque no por eso menos turbulenta. Ah, siento que ella es una mujer sobreviviente de quizás cuál oscuro cataclismo que le expropió, para siempre, la capacidad de armonizar sus fuerzas, reduciéndola únicamente a su adictiva precisión con los espacios cerrados.

Tu madre se altera en nuestro espacio cerrado. Se altera pues imagino que se remece la memoria de su propia catástrofe que, pese a que es del todo desconocida para mí, sí alcanzo a atisbar su invertebrada forma y recibo tangencialmente sus efectos. Pero tu madre se muestra ahora silenciosa, se presenta ante mí con una palidez que me llena de asombro. Con esa palidez occidental recorre la casa (la recorre menos irritada que antes, un poco ausente, la recorre como si no fuera responsable de sus pasos). Después se retira murmurando el inicio de una frase que no logra concluir, en medio de una mirada de desprecio concluyente. Cuando ella se aleja, tu hijo sale desde su escondite y comprendo que ha creado un nuevo juego que se va a resolver en una numeración infinita.

Después de su partida me dirijo hacia los centros de la ciudad y allí observo a los vecinos cruzando palabras que proclaman acciones fuera de todo lugar. Ya debes de estar enterado de que ellos se abanderizan en estos días de manera frenética, tomando posiciones cada vez más desafortunadas. Yo estoy cansada de escuchar sus desvaríos, pero no puedo evitar oír planteamientos en los que no creo, rozarme con personas a las que detesto. Los vecinos se aterran por ellos mismos y a pesar de sus deseos, la ciudad se derrumba, se derrumba en la soledad de su destino. Se percibe claramente cómo se profundizan las fisuras, veo zonas que se están viniendo abajo y percibo también que es la arrogancia occidental trenzada con el miedo lo que mantiene esta especie de fachada.

Los vecinos luchan denodadamente por imponer nuevas leyes cívicas que terminarán por formar otro apretado cerco. Seremos pues apremiados por órdenes que carecen de legislación como no sea la multiplicidad de impulsos que promueven los vecinos. Ellos me han exigido que yo avale sus planes y me han conminado, de manera terminante, a asistir a las reuniones que sostienen en sus casas. Pero no podría, no quiero prestarme a sus argucias. Yo sé que ellos persiguen una ciudad inmaculada que es inexistente. Si la consiguen, si la pudieran conseguir, me convertiría en una pieza más de esta ruda vigilancia. Entenderás ahora por qué yo rehuyo a los vecinos y no se debe, como lo ha dicho tu madre, a que yo espere que la ciudad se desmorone para siempre.

No asistiré a sus oscuras reuniones ni daré mi consentimiento para establecer esas rondas de vigilancia armada que proponen. Te he informado que uno de mis vecinos cojea de una manera espantosa, pero aun así, con esa deficiencia, recorre una parte de la ciudad con su ser destrozado entre el cansancio y la amargura, esperando encontrar no sé qué clase de corrupción cuando se desata el atardecer. Algunas veces creo que la vigilancia circular que él ha inventado, es únicamente un pretexto para exhibir su cojera. Si ellos han decidido volverse los guardianes de las calles, no veo por qué debo acompañarlos en su empresa. Te digo en forma terminante que no insinúes que sería positivo para tu hijo que yo forme parte de esa comunidad de seres tan obsesionados. Si estás tan conforme con las últimas medidas podría ser tu madre la que te represente. Los vecinos proclaman que es indispensable custodiar el destino de Occidente. Dime ¿acaso no has pensado que Occidente podría estar en la dirección opuesta?

El sol va adquiriendo una presencia mayor día a día. Las calles recobran su lugar urbano y vuelven a capturar el paso de los cuerpos. Se dice que el frío de la última estación acabó con muchos desamparados, aunque es una noticia vaga, murmurada con una gran dosis de cautela. Pero se repite en cada una de las salidas que hago para buscar alimentos. Los desamparados, al decir de los habitantes de las orillas, sucumbieron ante la falta de abrigo y muy cerca del fin, se dirigieron hasta las casas para solicitar ayuda. Las noticias dicen que los vecinos mantuvieron sus puertas cerradas a pesar de las súplicas y que algunos de los desamparados murieron congelados apoyados contra los portones. Este sol será pues una especie de milagro para los sobrevivientes.

He pensado que quizás mi casa fue escogida por ellos como un lugar de asilo. Algunas noches en las que la temperatura se volvió crítica, creí escuchar algunos tenues golpes en el frontis. Nunca me alerté ante esos sonidos porque los atribuí al mal estado que presentaba el tiempo. Nadie ha muerto en el pórtico de mi casa y es posible que esas noticias no tengan el menor fundamento. En la ciudad, cada cierto tiempo, se reproducen noticias alarmantes que enardecen las conversaciones que mantienen los vecinos. El rumor es parte de los ruidos de la calle. No me acostumbro aún ni a los rumores ni a los ruidos. Hacerme urbana ha constituido en mí un aprendizaje doloroso.

Es verdad que los albergues públicos fueron clausurados hace ya mucho tiempo, es verídico también que hoy he visto menos desamparados en la calle. Pero no podría ser posible un hecho semejante. Ni siquiera un solo desamparado podría morir abandonado en las aceras. Te suplico que no vuelvas a mencionar a mis padres, ni menos que tu hijo y yo les hagamos compañía. Mis padres desaparecieron para mí hace ya muchos años y tu demanda se vuelve totalmente imposible.

Por el contenido de tu carta, sé que ahora me temes y piensas que yo soy tu antagonista. Tú y tu madre me temen pues adivinan el estado de mis sentimientos. El estado de mis sentimientos transcurre en una extrema soledad y la soledad de mis sentimientos es un beneficio. Pero tu intención ha sido despojarme de todo aquello que es mío dejando depositadas tus órdenes en mi ciego cerebro. Lo que tú pretendes conseguir es que ni siquiera reconozca la vigencia de mi propia historia. Te diré que para mí tú te asemejas a un avaro al que le han hurtado toda su riqueza y sale trastornado en pos del botín con el que justificaba su existencia.

Está bien. Definamos en una fecha próxima el origen de la palidez que, según tú, asola a tu hijo. Acepto que tu hijo sea auscultado por el médico que indicas. Ya le he advertido que yo en nada he tenido que ver con esa decisión. Será como tú dices, como dictas. Si has de evitarme a ese precio el que comparezcamos ante las cortes, pues será de esa manera. Ya entendí cómo consigues el equilibrio que tanto has anhelado. La paz que te rodea pasa por conseguir que vivamos en medio de un constante sobresalto.

Estoy tan conmovida. Un brote de noticias desgraciadas se esparcen en forma soterrada por todos los rincones apartados de la ciudad. Dicen que un número indeterminado de desamparados encontraron el fin durante las últimas heladas. Se murmura que familias completas murieron con sus cuerpos acurrucados unos sobre otros. Me han dicho que los niños tenían los ojos abiertos como si antes de morir hubieran vislumbrado la omnipotencia de Dios. Según el decir de los habitantes de las orillas, las mujeres murieron, en cambio, con los ojos cerrados, sumergidas en una anticipada y solitaria oscuridad.

Cuentan que las familias agonizaron reclinadas contra los pórticos de los edificios públicos a la espera de que las puertas se abrieran para poder salvar, al menos, a los niños. Dicen que, en esas noches, los funcionarios pusieron doble llave a los candados y aseguraron con celo las ventanas. Los rumores aseguran que los cuerpos de las víctimas fueron retirados en medio de un sigilo que no se puede adjudicar a la forma del duelo sino más bien a una inquietante impunidad. Las únicas noticias oficiales que hemos recibido insisten en que no se reabrirán los albergues públicos porque el advenimiento del sol lo hace innecesario.

El sol ha hecho aparecer a la poca naturaleza que se advierte en las calles, pero, aunque bello, el tono de las flores me parece menos nítido. El color rojo no alcanza a conformarse y el amarillo se confunde con el ocre. También las hojas de los árboles han disminuido de manera evidente y los troncos presentan considerables grietas. Parece que en todas las estaciones se profundizara un extremo peligro pues ahora transita otro espantoso rumor a lo largo de las calles: el agua. Dicen que las aguas podrían estar contaminadas. Pero esta noticia con seguridad es falsa, sólo un motivo de alarma y de perversa entretención de los vecinos.

Si las aguas estuvieran infectadas sería como afirmar que la vida misma está expuesta a un inminente final. Las aguas son el único alivio para el intenso calor que ya se advierte. ¿Cómo podrían pues infectarse las aguas? Es el calor lo que provoca el delirio en la gente, la sequedad enloquece a los vecinos que se complacen en contagiar un pánico que altera más aún a los cuerpos sedientos.

No quiero que vuelvas a afirmar que tu hijo destruye todo lo que encuentra a su paso, esa destrucción que has señalado es sólo parte de sus juegos. Te he dicho antes que juega con los objetos como si fueran obstáculos que él debiera franquear. Nada que tenga un gramo de valor se ha destrozado. Y el que los vecinos se quejen ante tu madre por los ruidos de las carcajadas de tu hijo me parece vil, pues yo jamás he protestado por situaciones terribles y ominosas que he recibido de ellos. He intentado todo para detener las carcajadas, y me ha sido imposible. Ya verás cómo su crecimiento terminará con esa molesta costumbre.

Como pides, es posible que en los próximos meses tu hijo vuelva a la escuela. Pero no quiero que nos anticipemos. Ya lo decidiremos cuando sea el momento oportuno. Creo que no debes exponer a tu madre a este pesado calor que se avecina, no es necesario que nos visite ya con tanta frecuencia. Mira, se advierte la presencia de un tiempo apacible. ¿Por qué en este verano no abrimos una especie de tregua?

Este verano me confunde. Sé que en la naturaleza se ha producido una turbación. Es un acto extremadamente leve que no puedo aprisionar y que presenta su evidencia en los colores, en las texturas, en la oblicua brisa que refresca el atardecer. Unas señas tan sutiles que cuando siento que he encontrado una prueba para mis presunciones, el color se acerca a su realidad, la textura a su origen, la brisa a la marea que la emite. Pero, sin embargo, la perturbación existe, sólo que se sostiene en la mutación, en una acción de camuflaje que habla de una trampa o del desquicio.

Esta estación vuelve mi vida aún más agobiante. Camino por las calles en busca de alimentos, sintiendo como si el sol en cualquier instante fuera susceptible de transformarse en un puñal que buscara hundirse en la base posterior de mi cuello. Con ese miedo atravieso la ciudad con mi mano derecha protegiendo mi cuello y entonces el sol implacable cambia y se deja caer sobre mi frente, únicamente sobre mi frente, ocasionándome un intolerable calor.

Este verano me ofusca gravemente. Tú sabes que es en mí una sensación inédita pues siempre me había exaltado en los veranos. Recibía con vasta felicidad el agua con la que refrescaba mi cuerpo, veía el estallido de los colores como una parte de mi propia mente y el calor como un paliativo contra la ingratitud. Ahora, en cambio, me he enemistado con este tiempo, nada hay en él que me recompense y sólo me provoca un sostenido desconcierto. Comprendo que las estaciones han cambiado sutilmente sus medidas creando nuevas leyes que mi organismo rechaza. Vivo pues unos días que van pasando en vano.

Esta noche no presenta ninguna diferencia. Si tú pudieras presenciarla advertirías una inquietante postración, es como si el cielo mismo se hubiera retirado dejando una copia paralizada por reemplazo. Ah, qué inútil me parece compartir contigo las alternativas de este tiempo. Sólo pareces abocado a los compendios que tu madre te hace y desatiendes aquello que hace menguar mi ánimo. Dices que tu madre insiste en que tu hijo y yo comemos a horas inconvenientes, que nuestros alimentos son ocasionales y carecen de la debida consistencia. Dices también que, según tu madre, hemos olvidado los modales de Occidente que se suelen atender durante las comidas.

No sé qué responder frente a esas acusaciones. Experimentamos la comida como un desafío y quizás molestara a tu madre el que divaguemos por las habitaciones de acuerdo a la calidad de los alimentos. Pero es sólo un juego que me pide tu hijo. A él le gusta adiestrar su olfato y me solicita que lo ponga a prueba. No se trata de una pérdida de todos los principios, como afirmas, el que adivine por el olor lo que nos alimenta. Es verdad que él come, algunas veces, con los ojos cerrados para predecir la materia que consume, pero, de esa manera, ha conseguido extraordinarios aciertos, distinguiendo el vegetal de las especias, o las formas en que se elabora el trigo. Ah, me siento orgullosa de tu hijo por su maravillosa habilidad.

No es posible que su aprendizaje lo dañe, no es justo que impugnes el crecimiento de su sabiduría. Recuerda cómo desconfiabas tú mismo de los alimentos, sabes cuántas veces has sentido el temor de ser envenenado. ¿Pretendes acaso que tu mal se reproduzca en tu hijo? Para prevenirle el traspaso de tus miedos, busqué una forma para aminorarlos. No me digas que quieres imponemos una regulación que abarca la comida. Sé que no lo harías y más bien entiendo que en tu carta expusiste una inquietud que no es la tuya sino que pertenece a tu madre. Tu hijo tampoco gusta de este sol. Permanece encerrado en las habitaciones como si quisiera eludir ser el testigo de una creciente anarquía. El también ha advertido que la naturaleza está oscilante y parece ser contrario a entrar en un tiempo cuyas reglas desconoce.

En tu carta me preguntas por la frecuencia de mis sueños. Ah, mis sueños. Más adelante deberé hablarte extensamente de mis sueños.

Aseguras que mi comportamiento genital origina los más vergonzosos comentarios que traerán graves consecuencias para el futuro de tu hijo. Dices también que me atrevo a hacer de mi casa un espacio abierto a la lujuria que atemoriza y empalidece aún más a tu hijo. Afirmas que los vecinos están estupefactos por lo que consideran como mis desmanes. Ya no tengo en mi mente qué otras referencias estaban contenidas en la carta que hoy mismo hiciste llegar hasta mis manos. Pero, por esta vez, no me has herido y no me molestaré en iniciar ninguna forma de defensa.

Los atardeceres me acongojan pues siento cómo la caída de la luz me empequeñece. Es verdad que el atardecer es el momento más difícil del día pues en esas horas se anuda la existencia de una infinita repetición. Tú también repites y oscureces y empequeñeces los actos de mi vida. En tu carta te dedicaste a cursar el atardecer de tu propia palabra. Tuve que descifrar entre la oscuridad de cada una de tus frases, la voluntad de causarme un deliberado dolor. Afirmar que me dedico al desperdicio de mi cuerpo y que por mi casa transita un hombre que entra de modo sigiloso y que sale cuando se aproxima el siguiente amanecer, es acusarme de tener un amante que yo no reconozco.

Tus palabras se extravían cuando vas suponiendo encuentros, torsiones corporales, gemidos, que sólo están en tu particular delirio. El amante que inventas resulta pues que es un fiel imaginado doble de ti mismo. Los vecinos se acusan los unos a los otros de todo lo que es susceptible de transformarse en una acusación. Viven para vigilar y vigilarse, manteniendo una incesante mirada que semeja al fuego cruzado que caracteriza a algunas cruentas batallas. Los padres acechan a sus hijos, los hijos a sus madres, el extraño a la extraña, la conocida a una desconocida. Tú pareces ser el vecino que me hubiera sido asignado en esta febril repartición. Lo que tus ojos no espían, lo entregas a la vigilancia de tu imaginativa mente que se atreve a testificar, a la distancia, una escena secreta que ocurriría en una de las habitaciones de mi casa.

¿Cómo podrías saber qué es lo que mi cuerpo necesita frente a un cuerpo que jamás has conocido? ¿Qué te lleva a pensar que mi lenguaje podría descontrolarse al punto que aseguras? ¿Por qué habría de entregarme a acciones tan sórdidas como las que describes? Los vecinos tragan los rumores con más voracidad que los mismos alimentos, pero te confieso que hasta ahora no había recibido una información tan prolijamente abyecta. Tú eres pues la voz que me faltaba para entender de qué manera lo ruin puede convertirse en mayor diversión. No des a los vecinos el crédito que sólo a ti te corresponde y revela que has iniciado una nueva confabulación en la que, con seguridad, te secundará tu madre. Navegas por aguas pantanosas y el lodo terminará por cubrirte la boca conduciendo la asfixia hasta tu cerebro. Te pareces a esas alimañas que crecen entre las aguas estancadas de los pantanos y que no sabrían cómo sobrevivir más allá de la ciénaga.

Pues bien, si así lo estimas, tu hijo será interrogado en tomo a los hombres que entran a nuestra casa. Uno de estos días las carcajadas terminarán por derrumbarlo. Tu madre lucirá su más bello luto y tú, ¿qué harás entonces? Sólo dime cuándo se llevará a cabo el interrogatorio a tu hijo y a qué hora exactamente comparecerá tu madre.

Me fue negado el derecho a administrar mi propia casa. Está bien, te haré un exacto relato de los hechos. Los "hombres" a los que tendenciosamente tu madre y los vecinos se han referido, fueron algunos desamparados que recibí durante aquellas noches en las que el frío llegó a niveles imposibles. Me pregunto, ¿por qué habría debido de consultarte acerca de mis decisiones? La muerte estaba tan cerca de esos cuerpos que mi acción fue desesperada. Ya habían perdido la mayoría de los movimientos, habían perdido incluso la facultad de la palabra. Dar por algunas horas un pedazo de techo no puede ser el delito que motive el inicio del juicio con el que una y otra vez me conminas. Si cometí una falta tan imperdonable, pues descuida que jamás volverás a escuchar una noticia similar. Le explicaré detalladamente a tu madre cada una de las razones que me impulsaron a tomar esa decisión y sé que ella las entenderá y así se calmará su ánimo.

No quise ofender a los vecinos al romper el acuerdo de cerrar las puertas a los desamparados. Quizás sí fuera peligroso, pero esos seres ya estaban tan incapacitados que ninguna de sus actitudes habría pasado por la violencia. Los posibles contagios, la inconveniencia de sus figuras, los desastres, como ves no se manifestaron. Tu hijo y yo no tenemos ninguna secuela. Fue quizás precipitado de mi parte, pero ya he dicho que no volverá a ser de esa manera y si lo crees necesario recorreré las casas cercanas para dar las aclaraciones a mi acto. Supongo que las seguridades que te ofrezco, me excusarán ante tus ojos y te tranquilizaré lo suficiente como para abandonar la idea de un juicio.

Tu hijo ha descubierto una nueva diversión, ahora sólo le interesan las vasijas. Las ordena en su cuarto de un modo curioso y después se desliza entre ellas con una maravillosa sincronía. Cuando las contempla, se ríe y yo siento como si quisiera romperlas con sus carcajadas. Parece enfrascado en un desafío único que nadie hubiera imaginado. Los juegos que realiza tu hijo me resultan cada vez más impenetrables y no comprendo ya qué lugar ocupan los objetos y qué relación guardan con su cuerpo. Las vasijas están rigurosamente dispuestas en el centro de su cuarto formando una figura de la cual no entiendo su principio ni menos su final.

He intentado explicarle a tu hijo que las vasijas no son adecuadas para sus juegos, pero me mira como si no entendiera mis palabras. No sé ya cómo detenerlo y supongo que quizá se trate de un capricho transitorio frente al cual debo probar la magnitud de mi paciencia. Algunas veces he pensado que en las vasijas tu hijo ve formas humanas ante las cuales manifiesta su desprecio; otras veces, supongo que tu hijo realiza una compleja abstracción que lo acerca a los dominios de la magia o de la ciencia. Pero con seguridad se trata de un juego en el cual sólo prima la acumulación.

Me parece que hoy se marcará el fin de las hostilidades, los rumores se acallan, se ha confirmado que la calidad del agua está en las mejores condiciones, tu hijo pierde la palidez que tanto alteraba a tu madre. La escuela abrirá sus puertas a tu hijo en el siguiente periodo. Será sensato pues que evitemos el contacto, ya no existe un motivo para continuar con esta estrecha y perturbadora correspondencia entre nosotros.

Nos estamos consumiendo por tu causa. Ya no sé si es que vivo o solamente sobrevivo como un solitario ejercicio. Pero aun así me has denunciado, entregando mi nombre a los vecinos. Afirmaste que tengo algo de desamparada y presagiaste que terminaré vagando por las calles interminablemente. ¿Cómo pudiste denunciarme? ¿No entiendes acaso que ahora le has dado un gran poder a los vecinos? Ha venido un séquito de orgullosos ciudadanos a exigirme toda clase de definiciones. Cada uno de ellos se precipitaba por decir sus frases repugnantes, expresar una ira repugnante, exhibir ante mí sus juicios repugnantes. "Tengo la fama que merezco y llevo la vida que llevo", les contesté y se produjo un silencio tan enfermizo que entendí que había obtenido una cierta ventaja. Les dije esa terrible mentira porque necesitaba detener el flujo venenoso de sus palabras que me tenían al borde del desquicio.

Los vecinos están a la caza de desamparados y han establecido un miserable acuerdo con ciertos individuos que les servirán para sus fines. Llegaron hasta mi casa dispuestos a convertirme en la primera víctima, a probar desde mi cuerpo la certidumbre de sus planes. Golpearon la aldaba de la puerta con extrema arrogancia, como si portaran entre sus manos un edicto real y luego se permitieron nombrarme como la cabecilla de una incierta irregularidad urbana. La malévola satisfacción de mis vecinos parecía consumirse en mi nombre, como si así le diesen un nombre a los numerosos desamparados que orillan la ciudad.

Has hecho de mis vecinos tus aliados para lograr lo que tú mismo no puedes conseguir. Los vecinos se han transformado en cazadores de presa, aterrados frente a todo aquello que amenace sus espacios. Ellos piensan que sus espacios están amenazados por el hambre que circunda las calles y no estoy segura de si es un rumor que cada uno ha puesto en movimiento para combatir su propio tedio. La vigilancia es el ejercicio que los mantiene alertas. El rumor, la prueba de todas sus certezas. Han venido hasta mi casa y me han tratado como si yo misma fuera una desamparada. Su investigación, como la llamaron, estaba avalada por los temores que le transmitiste a tu madre, la que actuaba en tu representación. Temían que yo tuviera una alianza con los desamparados, decían que un complot contra la armonía de Occidente se extendía por la ciudad y que todas sus casas estaban en la mira de una insurrección que aún no tenía una forma nítida.

Reconozco que los miré estupefacta hasta que vi en ellos la voluntad hacia la destrucción. Entendí de qué modo se configuraba el odio cuando buscaban en mi casa las pruebas, las señales que avalaran sus miedos. Te has convertido en el cómplice de una atroz empresa que se llevará a efecto de un instante a otro. Lo sé porque ellos preparan todo tipo de armas para el próximo invierno. Los vecinos harán del siguiente invierno una estación sangrienta.

Me has denunciado finalmente y con tu denuncia me has causado una seria afrenta que me veré obligada a saldar de una manera justa y definitiva. Te has ensañado contra mí, que lo único que he hecho es buscar dentro de la vida una existencia posible. Me has denunciado y presumo que estás acrecentando la lista que necesitan mis vecinos para vencer el letargo en el que se ven envueltos. Es verdad que la condición de mi vida es en extremo difícil, cada vez más difícil, pero eso no me hace igual a una desamparada. Puede ser que durante algunas horas haya paseado por la ciudad para pasar el tiempo, pero bien sabes que sí tengo una casa y que eres tú el que ha hecho de lo imposible una acusación probable.

Los que me acusan insistieron en que ordenaron la inconveniencia de salir a las calles a determinadas horas y que yo estuve quebrando el costoso acuerdo al que llegaron. Me dijeron que debía reparar mi falta. Conseguiste que ahora caiga sobre mis espaldas el agobio de una nueva vigilancia. Los vecinos intentaron transmitir sus ordenanzas a tu hijo, pero él se escabulló en una de las habitaciones y después cayó en un juego que me hizo pensar en una acción de canibalismo. Tu hijo, al parecer, ahora quedó atrapado en ese juego pues las vasijas lo rodean con una peligrosa exactitud. Yace en el medio de sus objetos igual que el capturado de la plaza que se aprestara a subir hacia la horca o a la hoguera, con un leve temblor, como si advirtiera que se extiende un clima funerario por las calles. Pero has de saber que él sólo se dedica a actuar lo que tú nos has donado; porque tú nos has dado la escena del delirio, el sendero del crimen. Supongo que ahora entiendes que al denunciarme nos adentramos en una etapa crítica.

Los días le hacen terriblemente mal a mi organismo. Las noches dañan mi cerebro con los sueños que me arrastran hacia el otro mundo en que no habito. Dices que he sido vista en la ciudad realizando actos que te degradan. Dices que los vecinos dicen y que es tu madre la que te transmite el avergonzado decir de los vecinos. Quieres pues que te detalle cómo son mis caminatas por las calles y eres tú mismo el que me dices que si no lo hago, multiplicarás tus acusaciones y me haré célebre en el caso que ha de segar mi vida. Contigo entiendo la cercanía materializada de la muerte y la manera incesante en que buscas que se abrevie mi vida.

No existe ningún secreto en mi paso por la ciudad. Voy y vengo de acuerdo a las necesidades materiales que me plantea el cuidado de tu hijo. El conocimiento que despliego en las calles no representa, en absoluto, la lujuria. Mi conocimiento es sosegado y quizás en extremo generoso. La lujuria que, dices, intentas erradicar de mí, te pertenece íntegramente y de eso nadie mejor que yo está calificada para dar testimonio. Tu lujuria se encuentra hábilmente disimulada entre la aparente rigidez de tus órdenes, pero yo la conozco y sufres cuando compruebas que jamás me podrás corromper.

Algunos días son las horas de mis prolongadas caminatas por las calles, pero las calles en ciertos tramos pierden su realidad y hacen que me sienta formando parte de un sueño. Un sueño en el que deambulo de manera apabullante perdiendo el equilibrio entre zonas que se tuercen y me distorsionan y amenazan con aplastarme. Pero en mis sueños el espacio se vuelve irracionalmente apasionado, espacios irracionales cuya oferta de felicidad se manifiesta tan absoluta que mis momentos placenteros me parecen de una insignificancia atroz. Camino entonces en estado de gran agitación, huyendo de mis sueños que aparecen aun en los espacios diurnos para asaltarme en la ciudad.

Algunas zonas me parecen realmente poco armoniosas. El deterioro que las circunda puede llegar a ser alarmante y soy la testigo de la desatención que experimentan. Se deterioran de diversas maneras; en cambio, el desajuste que a menudo sufre mi organismo es parejo y siniestro. Lo que le sucede a mi rodilla está conectado con la sincronía de mi hombro. Algunas veces siento como si todos los fragmentos de mi cuerpo complotaran para paralizarme y dejarme detenida de un instante a otro.

Quiero relatarte uno de mis sueños recientes, en el que me enfrenté a una de las más rotundas visiones corporales. Soñé que mi lengua condenada a la humedad se tocaba con otras (esto ocurría en la ciudad, en una de sus áreas más deshabitadas). Recibí entre mis labios una piel que generosamente me ofrecía su irregular superficie. En esa revelación callejera, mis ojos se cerraron contra una mejilla, mi mano palpó la poblada longitud de una ceja y mi hombro rozó la frontalidad compacta de un torso. Durante el sueño pude valorar la belleza del contacto al reconocer, por fin, mi cuerpo en un cuerpo diverso y comprendí entonces cuál es el sentido exacto de cada una de mis partes y cómo mis partes claman por un trato distinto.

Durante esa amorosa sensación, pudo separar la pupila de la concavidad de mi ojo, mi pierna de mi oído, mi cuello de mi frente. Ahora sé que mi cuello no es únicamente el material para la decapitación ni mi ojo el paso a la ceguera. Entendí, desde la sabiduría que contenía mi sueño, que mi carne no es sólo el sendero para que tú efectúes la mejor caminata.

Ah, ¿cómo podría explicarte, entre las limitaciones que presentan las palabras, la experiencia de alcanzar la perfección? Viví una increíble escena callejera en el curso de mi sueño cuando apoyé mi cabeza contra un muro. Allí vi la terrible necesidad de mis labios y su epidermis tensada, mi espalda enajenada ante el furor de los nervios. Obtuve la certeza de que el temblor no está sólo condenado a un notorio movimiento sino que puede estar rezagado en una mínima extensión atolondrada.

Supe que entre mis dedos existen definitivas diferencias y que a eso se debe su diversa longitud y cómo cada uno de los dedos adquiere su propia autonomía cuando se deslizan buscando su particular forma de placer. Pero hay más. Supe también que los dedos pueden hacerse uno con el músculo más exigente de la pierna y en esa conjunción conseguir que en los labios se produzca una mueca que obligue a los dientes a establecer un castigo. Comprendo ahora bien que mis dientes tienen el poder absoluto de atraer sobre mí la carga de la bestia que, en vez de defenderse, hace del enemigo su carne más cercana.

¿Cómo podrían tu madre y los vecinos hacerse jueces hasta de mis sueños? No hay paso mío, como vez, que te lesione ni menos que pueda ofender a tu hijo. En esta carta me permito otorgarme una gran licencia hacia el horizonte del sueño para no ver la angustiosa tragedia que vas determinando. Porque tú, dime, ¿qué es lo que sueñas? Ah, pero lo sé. Pienso que entre tus sueños y la realidad no media ninguna diferencia. Te aseguro que en las imágenes que se urden en tus noches, tu hijo y yo sólo representamos la escena incandescente y repetida de una inmolación.

¿POR QUÉ VUELVES otra vez a los desamparados? ¿Qué cuenta quieres que te haga? No puedo recordar a cuántos desamparados recibí, no quiero recapitular la historia de esos días. Me acusas de estar escamoteando una información comprometedora. Es más, me culpas de mentir deliberadamente. Insistes en que he cometido una falta frente a la cual no encuentras cómo expresar tu repudio por la dimensión del riesgo al que fuera expuesto tu hijo. Determinas que ya no te es posible confiar en mi capacidad para mantener la integridad de la casa pues el que yo haya acogido a los desamparados te previene de otras posibles amenazadoras acciones. En suma, lo que señala el tono de tu carta es que me has retirado tu confianza y que para ti es urgente el que tu hijo habite en un lugar que le ofrezca condiciones seguras.

Entiendo cuando dices que los desamparados pretenden aniquilar el orden que con dificultad la gente respetable ha ido construyendo y que yo no hago sino hacerme cómplice de ese desorden. Puede ser, como afirmas, que los desamparados se aboquen crecientemente hacia el afuera para esquivar así el ejercicio de sus responsabilidades, que son rebeldes en extremo peligrosos y junto con la insurrección que portan sus presencias, están entrelazadas en sus cuerpos las peores infecciones. Hablas de los delitos, de las faltas, de los trastornos éticos que están apareciendo a lo largo de las calles, agresiones masivas que, según tu decir, son adjudicables a los desamparados. Piensas que la única defensa que nos resta es hacer de nuestras casas una fortaleza pues la ciudad ya se ha transformado en un espacio intransitable.

No pensé, reconozco, en lo que tú tan bien pareces comprender, no tuve en mente nada más que el terror de enfrentarme a seres que estaban destinados a una muerte segura. Si yo no los acogía, el fin para ellos era cuestión de horas. No vi en sus cuerpos esa deliberada insurrección a la que te refieres, sólo reparé en el frío, en la terrible consecuencia del frío sobre unos organismos totalmente desprovistos. El que se hayan vuelto hacia las calles, ¿no habla a su vez de que perdieron sus casas? Explícame, ¿por qué hubieron de perder sus casas? Deben ser las mías preguntas inútiles, y más que inútiles, inoficiosas. Lo que vi en ellos fue a figuras victimizadas, los inciertos sobrevivientes de no sé cuál misteriosa guerra. Como ves, abrí pues las puertas a quienes portaban el estigma de los moribundos.

Pero si todo esto ya es memoria del pasado, si cuentas con la promesa de que jamás volverá a repetirse, si te he ofrecido todas las seguridades como garantía, ¿no es lícito pensar acaso que estás extralimitando un hecho para conseguir un objetivo que antecede a la culpa que me imputas? Mi única culpa, y de esa manera yo lo advierto, fue no informarte desde el primer momento lo que estaba ocurriendo en el interior de mi casa. Temí hacerlo y ahora comprendo que fue insensato de mi parte referirme a lo que estaba pasando con los desamparados sin decirte en cuánto me comprometía.

Pero no puedes condenarme a perder a tu hijo por un error inspirado en el miedo que me provocó la presencia de la muerte. No sé ya cómo probarte la buena fe de mis deseos, desde ahora haré de los desamparados la imagen que corresponde al enemigo, me uniré a los vecinos en todas sus decisiones, efectuaré los mismos rodeos que tu madre conoce para evitar la visión de algún desamparado.

Ya ves que la ropa de tu hijo que molestaba a tu madre fue quemada en su presencia. Ahora ella y yo terminamos de acordar los alimentos que debe o no consumir tu hijo. Tu madre, y yo así lo he aceptado, ha duplicado la frecuencia de sus visitas. Cuentas pues en mi casa con una figura que ni siquiera tu personal cuidado lograría. Ten benevolencia con mi único desacierto. Tu hijo puede sólo habitar conmigo, ahora mismo lo observo y noto que está implicándose en un nuevo juego. Lo

ME DICES que me puse fuera de la ley y lo que no me dices, es que me pusiste al alcance de tu ley. Dices, también, que luego de los inadmisibles sucesos en los cuales me he comprometido, tu hijo y yo ya hablamos el lenguaje sucio de las calles y que los vecinos han dictaminado que pasamos el día y la noche en vano.

Recuerdas que me advertiste, en reiteradas ocasiones, la manera de prevenir el desorden hacia el que me inclinaba y que hiciste lo imposible para que yo entendiera qué conocimientos se debían acumular en tu hijo, cuáles rechazar. Es verídico; insististe mucho, muchas veces, en cuáles conocimientos se debían rechazar, especialmente en cuáles rechazar. Tu intención se centró en enseñarnos a mirar, a que jamás deseáramos lo que no vemos. Quisiste mantenernos todo el tiempo con la vista baja, inclinados. Llegaste a afirmar que es verdaderamente intolerable comprobar cómo la mirada puede contener la intensidad de un sentimiento.

Ah, no me explico aún cómo consiguió triunfar, al fin, tu vigilancia. Tu madre, que entre sus incontables fobias, le teme a la mirada y que es la brutal guardiana de los gestos, se atrevió un día a decirme que sabía con qué fallas llegué a habitar sobre la tierra. Afirmó que el desorden se había incorporado en mí desde mi nacimiento y, en esa oportunidad, antes de abandonar la casa pregonó de manera concluyente: "Por nacer en malas condiciones".

La pareja que forman tú y tu madre, se unieron como uno para vigilar el crecimiento de tu hijo, pero, en realidad, yo digo que se hicieron uno para detener el crecimiento de tu hijo. No me engañas ni por un momento. Si tu mano fuera disecada para ser exhibida en el centro de una feria, sería como la garra de un ave de presa, estrujando y estrujando a su objetivo, concentrando sus membranas en lo prensil. Tu garra y la garra de tu madre ya forman parte de mis pesadillas, veo su forma curva destrozando nuestros cuerpos, haciéndolos desaparecer entre los deseos de una pureza enferma, buscando en nuestros restos obtener una gloria legendaria.

Pero tu hijo habita un mundo en donde se suspenden tus presagios. Juega impasible entre sus vasijas con una serenidad que me llena de calma. Juega un juego ejemplar que consta de una numeración armónica que se multiplica ascendentemente. Su inteligencia brilla, emerge y también se multiplica mientras agrupa las vasijas y compone una bellísima figura visual. Veo en la figura, algo así como un rostro que, sin embargo, no es exactamente un rostro. Más bien se parece a un paisaje inmaculado. Ah, tu hijo juega inmaculado agrupando sus vasijas ajeno a tus peligrosas intenciones. Una mezcla sólida y líquida lo acompaña, como si las vasijas deshicieran el estado mismo de la greda. Ah, tu hijo juega de una manera intangible que no logro descifrar enteramente. Yo juego a desentrañar el juego de tu hijo, desatenta a los rumores que se esparcen por las calles y que ponen, a los que ocupan las orillas, en el lugar de la catástrofe.

Tu hijo se inclina ahora sobre las vasijas, cansado después de su difícil especulación. Y empieza el tiempo de su risa y con su risa, mi propio cansancio. Cansada como estoy, no puedo dar respuesta a la única pregunta que te parece crucial para terminar con nuestras divergencias. Ah, no puedo responder. Oh, Dios, si tuviera una respuesta me dices que accederías al perdón. Pero, no sé qué podría decirte. La verdad es que he perdido la certeza de saber ya qué se nombra, cuando se nombra el Occidente.

Pienso, no hago sino pensar en cuántos desamparados estuvieron en mi casa. Qué hicieron, qué dijeron. Pero no alcanzo a configurar en mi memoria los sucesos, pues en esos días el tiempo había perdido su constancia y ya todo se remitía a los dictámenes del frío. El frío se dejaba caer en unos ciclos que me parecían cada vez más paradójicos y que me hicieron dudar sobre el sentido y el orden del tiempo. Llegaron, supongo, cinco o diez desamparados. Ah, pero no lo sé. Lo que te digo, sigue siendo un número que para mí es indeterminado.

Si fueron cinco o diez es evidente que ocuparon todas las habitaciones de la casa. No, no pudo ser así, se agruparon en una sola pieza y la única conversación que mantuve con ellos giró en torno al frío y a la resistencia para soportarlo. Tu hijo en ningún momento fue importunado por ellos y continuó en su habitación concentrado en el rito de sus juegos. Durante ese tiempo dividía su interés entre las vasijas y las ropas. Lo recuerdo así, pues constantemente estaba tomando mis vestidos para trasladarlos hasta su habitación y me costaba un gran esfuerzo retirar de allí alguna de mis prendas. Esa costumbre me fastidió al extremo que llegué a ocultar mis vestimentas predilectas, porque temí que fueran dañadas por sus manos. Pero tu hijo, de inmediato, descubría mis escondites y pronto comprendí que la ropa era para él algo surgido de una parte de su imaginación que necesitaba ser aminorada.

Tu hijo se asía a la ropa como si las prendas fueran susceptibles de seducirlo o de sobornarlo o de hacerlo partícipe del entendimiento de la condición humana. En su mirada estaba almacenado el punto más abstracto de su inteligencia. Una inteligencia que comprendía que en las ropas se concentraba lo medular de la comedia del cuerpo. Yo observaba su extraño estremecimiento cuando recorría las telas, dando vueltas y vueltas, con una risa espontánea que ni siquiera a él le perte-

103

necía. Era un juego simétrico que me condujo al borde de la angustia y que un día huyó de él como si jamás hubiese existido.

Pero tú me pides que te rinda cuenta sobre la estadía de los desamparados, me lo solicitas justo hoy cuando tengo que reconstruir los hechos desde un tiempo diverso. Ahora que el calor muestra su febril evidencia, tú me retornas hacia el frío, a la memoria de un frío cuya ausencia me provoca el olvido. Sé que cuando la helada cedió, los desamparados abandonaron la casa. Es verdad que salieron a una hora que garantizaba que no serían vistos, lo decidí de esa manera para evitar los rumores en las casas vecinas. Cuando se fueron, el episodio quedó para mí completamente olvidado.

Intento recordar de qué hablamos más allá de lo inclemente de la temperatura y no tengo memoria de otras conversaciones. Me preguntas si les proporcioné comida y te contesto que sí, que les di algún tipo de alimentos. Pero fue una comida magra que no es necesario describir, y que en nada comprometía ni mi alimentación ni la de tu hijo. Sí, es verdad que algunos de los desamparados eran jóvenes, pero, ¿qué pretendes decir cuando me interrogas sobre edades en personas que estaban a un paso de la muerte? No tiene autenticidad lo que aseguras, no me parece admisible que los vecinos estén preparando una acusación basada en lo que no constituye delito. Si así fuera, creo que ellos mismos estarían poniéndose más allá de la potestad que les confiere la ley, obedeciendo a un mandato que tú mismo has propiciado.

Por qué no me das un tiempo razonable y te haré una descripción exacta de todos los movimientos de los desamparados en mi casa. Permite que mi memoria esté en mejores condiciones, piensa que me es difícil conciliar el sueño desde que has multiplicado tus requerimientos. Dame un pequeño lapso de descanso y tendrás el informe, ese informe que con seguridad harás llegar a cada uno de mis acuciosos vecinos.

ME RESULTA impresionante el modo cómo vas estableciendo tus erradas conclusiones. En tu carta me dices que el médico diagnosticó que tu hijo es víctima de una insuficiencia generalizada. Yo no escuché de sus labios ninguna frase que apuntara a esa calificación. Es más, lo observé recorrer tranquilamente con sus manos el cuerpo de tu hijo como quien cumple con una monótona rutina. Tu madre parecía a la espera de una verdadera catástrofe orgánica y noté una ligera decepción en su mirada cuando el examen terminó sin ninguna prescripción. Entonces, ¿qué significa hablar de insuficiencia generalizada? Tu hijo, para mi felicidad, posee una salud que lo mantiene en las mejores condiciones. Y es tan cierto lo que digo, que sus juegos son la mejor prueba a la que se puede acudir para avalar su resistencia. Te he dicho que las vasijas le consumen todo su tiempo y parecen obedecer a una mente que está en el apogeo de sus mejores impulsos.

Las vasijas se agrupan en su pieza y ensaya con ellas las más inflexibles de las ordenaciones. Tu hijo y yo nos hemos trenzado en un complejo desafío. Me propone acertijos que yo debo resolver. Sé que hay una clave, una leyenda, un rito, una puesta en escena, una provocación en cada una de las ordenaciones. Algunas veces la disposición de las vasijas me resultan asombrosamente análogas al trazado que tiene la ciudad. Veo en ellas la solemnidad de algunos de los edificios públicos, la procacidad de los sitios eriazos, ciertas casas apartadas, intuyo trampas especialmente construidas para el vagabundaje urbano. Es como si la ciudad completa fuera eliminada y repuesta en otra dimensión, una ciudad transformada sólo en un volumen estilizado y que, sin embargo, retuviera la mayor exactitud.

Pero, cuando le digo: "Es la ciudad", tu hijo se ríe y comprendo que me he equivocado. Pienso entonces en que las vasijas son, por el contrario, ciertos aspectos de tu propio hijo que están encubiertos bajo una sólida capa de simulación. Percibo la fuerza de algunos de sus sentimientos. Sus sentimientos aparecen tan intensificados que he permanecido conmovida observando cómo puede representarse la pasión. De qué manera la pasión de tu hijo retumba entre sus propios límites, se golpea contra sus fronteras ciegamente causando un estallido. No había visto en forma tan nítida la terrible audacia de ese sentimiento ni jamás escenificado su asombroso vigor.

"Es tu pasión", le digo. Y tu hijo se ríe y se ríe y yo me hundo intentando evadir esa risa que marca mi fracaso y el placer de su éxito. Pero se ríe y entonces temo que se haya abierto un caudal de sonidos que también careciera de fronteras. Después de saciarse con su propia risa, se calma sólo para iniciar una nueva ordenación a sus vasijas y yo me retiro extenuada hacia mi habitación. Me retiro para prepararme a un nuevo desafío, a pensar qué clase de juego construirá la infranqueable mente de tu hijo.

La insuficiencia que según tu decir el médico ha dictaminado, es una invención más de las que con frecuencia me vas comunicando. Sé que es una mentira intencionada, un instrumento para desvalorizarme y así opacar el celo que observo hacia tu hijo. Ah, pero sabes que yo sé lo que tú intentas, que entiendo la clave de tus juegos con mayor precisión que las adivinanzas que me plantea tu hijo. Porque es evidente que tú dictas una ordenación en la que yo soy la única pieza y, a la vez, la contraparte de tu juego. Juguemos pues: ¿Qué debo hacer con la insuficiencia de tu hijo?

Tu madre me ha dicho en tono perentorio que se aproxima el tiempo en que debo entregar el informe que comprometí contigo. Es verdad, el plazo se cumplirá inexorablemente. Pero hasta entonces debes atenerte a la fecha prevista y esperar la entrega del informe que me redimirá de comparecer ante las cortes. No sé si apreciarás lo que voy a aventurar, pero tuve una visión o una iluminación o una inspiración mientras caminaba por las calles en busca de alimentos. Fue un pensamiento sorpresivo que surgió desde fuera de mis sentimientos, una imagen involuntaria pero, no obstante, de una consistente sencillez. Comprendí en esa imagen que tu madre y tú, aunque inversos, representan las dos caras de una misma moneda.

Pues bien, ya me he cansado. Olvidemos para siempre esta comedia. Sabes perfectamente lo que está ocurriendo en la ciudad y me parece inútil que nos escudemos tras una inocencia inexistente. Reconstruiré para ti a los desamparados que pernoctaron en mi casa. Mi informe está hecho con gran fidelidad y quizás termine por decepcionarte. Si logras sortear el cúmulo de tus prejuicios, verás que no vas a encontrar nada que me comprometa como no sea la entrega de algunas señas que quizás te resulten sorprendentes. Tal como me lo pediste soy en extremo rigurosa con el fin de terminar de una vez por todas con tus intimidaciones.

Has de saber que los desamparados formaron hace mucho su particular historia. Una historia salida de no sé cuál profundo descontento. Participé de sus relatos durante los días más fríos del invierno conviviendo con seres que estaban proscritos de las leyes del abrigo. Dirás, encontrando una razón para tu inquina, que yo me hice con ellos una desamparada y entonces te horrorizarás y me negarás y maldecirás la hora en que cruzamos nuestras vidas. Imagino a tu madre satisfecha por lo que llamará "mi confesión", veo que entregarás mi carta a los vecinos y veo también cómo ellos se apresurarán por llegar hasta las oficinas públicas para que se me abra un juicio. Ante los ojos de las autoridades no tendré la menor posibilidad de resultar exculpada. Pero tarde o temprano este momento habría llegado, tú también sabes perfectamente que mi destino es ahora irremisible y prefiero adelantarme para presentar yo misma mis descargos.

Lo que te diré será para mí la repetición de las visiones más antiguas con las que me adormecía cuando niña. Prepara pues tus ojos y tu mente para una larga jornada. Pero espero que comprendas que la mía fue mayor, más intensa y más plena. Sabes que las calles siguen multiplicando las figuras del hambre. El que yo pague por ellas no hace pues ninguna diferencia.

Pero, ¿qué relato habré de hacer? ¿Cómo puedo conseguir que mis palabras sean concluyentes? Aquí te dejo los primeros esbozos de los acontecimientos y más adelante me referiré a aquello que ha desatado el pánico en los vecinos. ¿Tendrás la paciencia necesaria? Abrí mi casa a los desamparados en cuanto tocaron a mi puerta. Desobedecí, como ves, las órdenes sin el menor titubeo (después hube de repetir el gesto con mi corazón exaltado, sabiendo que tu mirada ausente ya me vigilaba). Ya había adivinado que llegarían cualquier noche ante mi vista y me mantuve cada una de esas noches esperando la llegada. No sé cuánto tiempo tardaron en venir a mí, no lo sé porque con su aparición anularon el tiempo de mi espera. Eran dos familias completas las que mostraron ante mis ojos la profunda miseria que transitaba por sus cuerpos. Hambrientos, definitivamente entumecidos, atravesaron el umbral. Les proporcioné todo lo que necesitaban. Oh, Dios, se veían magníficas sus figuras contra el fuego. Fue una especie de resurrección la que ocurrió frente a las llamas. Los cuerpos recobraron su vigor, la armonía de las respiraciones, las articulaciones en toda su potencia, la humanidad atravesando el rostro de los niños (los niños ocupan un espacio único en mi memoria, llegué al convencimiento de que nunca había entendido lo que era el rostro de un niño; la incipiente vejez, la enfermedad, una malicia que hería, la geometría absorta de sus frentes).

Cuando les proporcioné calor me encontré de pronto cara a cara con dos familias desconocidas. Ah, quedamos tan indefensos sin saber qué nos correspondía más allá del fuego. El hambre empezó a ocupar un lugar central en la habitación. El hambre estaba ahí (¿cómo hacerte comprender que vi la aureola que rodea el hambre?). Una masa, una turbulencia, un gemido, un deseo, una demanda aguda que me hizo tambalear. Ah, ahí estaba frente a mí la poderosa hambruna de esos cuerpos. Bajé los ojos mientras ellos comían. Tú sabes que mi espíritu es frágil, pero me hice más frágil en esos momentos. Me pareció presenciar la escena de un bosque carbonizado que volvía a emerger gracias al poderoso conjuro de una hechicera iracunda. Un bosque irritado por la memoria de su muerte reciente que había repuesto sus partes más dañinas y que iban a terminar por estrangularlo, asesinándolo por segunda vez.

Sé que te sentirás mancillado, que renegarás de mi nacimiento después de mis palabras, pero será sólo un odioso espejismo, apenas un prejuicio. Me vi en la necesidad de lavar sus cuerpos. Los desvestí uno por uno y, con el paño más fino de hilo que guardaba en el fondo del armario, quise encontrar la verdadera piel que envolvía la piel de la carencia. Fue una búsqueda, un conocimiento, un estremecimiento mutuo. Las mujeres se entregaron a mis manos como si fuera un amante, o una divinidad que las estaba aliviando. Los hombres como ante una sirvienta, los niños como si habitaran en un mundo nonato. El agua adquirió otro sentido cuando yo misma pasé el paño por mis brazos. Mis brazos se habían extenuado. La noche se volvió frontalmente generosa con nosotros. Sabrás que ésa fue una noche proclive a la belleza.

Salieron al amanecer. Yo me quedé absorta en una especie de desvelo. Me dirigí hasta la habitación de tu hijo y pude hablarle por primera vez de la ingratitud y a la vez de la perfección que transportaba el universo. Entendió como un sabio mis palabras. Tu hijo empezó un juego que me recordó la alquimia. Supe que algún día él iba a conseguir resolver todos los dilemas. Dispones ahora de los primeros elementos para mi condena. Me he fatigado. Continuaré en la noche siguiente. Otra de mis vecinas se ha mostrado crecientemente altanera conmigo. ¿Será ella la que hará resonar la pesada aldaba de mi puerta?

Mɪ sᴇʀ sᴇ ᴀɢɪᴛᴀ conmovido por la inquietante oscuridad que rodea a esta noche. Mi cuerpo entero late, adivinando la forma que tomará mi condena. Tu hijo, que se mueve al lado mío, sólo juega ahora por defensa, aterrado por el peligro que se cierne sobre nuestras cabezas. Cuando lo miro, me parece que él ha sido sobrepasado por la multitudinaria ordenación de sus propias vasijas. Tu hijo parece buscar una línea que demarque el horizonte y en su pupila se dibuja algo parecido a una cicatriz que, sin embargo, mantiene viva sus puntadas. Quiero que sepas que hace unas pocas horas, tu madre, con un malévolo brillo en sus ojos, me comunicó que las autoridades han llegado a un acuerdo y se aprestan a iniciar, en mi contra, uno de los juicios más extensos de la historia penal de la ciudad. Dijo, también, que la causa era sostenida por una asociación de poderosos vecinos. Lo que tu madre calló es que tú eres juez y parte del caso que se sellará a costa de mi vida.

Sé bien que las cartas que te escribo van formando parte de las pruebas y tengo noticias fieles que aseguran que algunos de los desamparados se movilizarán para acusarme ante las cortes. No pienses que estas noticias me derrumban pues ya hace mucho tiempo que traspasé el umbral de mi propia resistencia. Tu hijo no deja de reír mientras te escribo, como si supiera que estoy redactando mi sentencia.

Dime, ¿en qué mal momento decidiste que esto ocurriría?, ¿con qué promesas compraste a mis vecinos?, ¿qué harán tu madre y tú cuando yo desaparezca? Fuiste urdiendo una red que cualquier cazador envidiaría, una red de hilos tan finos que incluso a mí me maravilla. Caí presa de tu prolijo tejido pues no fui capaz de precaver en cuánto se había extendido tu rencor ¿Caminabas acaso pensando en el instante final de mi caída?, ¿te reías?, ¿disfrutabas adivinando el contorno de mis huesos?

111

Este final que se avecina, ¿se cumple según la exactitud de tus deseos? Ah, sin embargo temo que no entiendas lo que está pasando, no te diré una palabra de las últimas informaciones que he recogido al atravesar las calles, aunque con ello ponga en riesgo mi propia pervivencia, porque después de todo el que yo siga en la vida no es ya el motivo que determina mis días.

Harás de mí la víctima perfecta pues el mío será un juicio fuera de la historia, cuya concurrencia va a marcar el arbitrario y maligno signo de los tiempos. Ah, pero yo puedo presentir cómo tú permanecerás todo ese tiempo resguardado tras una cobarde oscuridad moviendo los hilos del proceso. Tu hijo será internado en una de esas sórdidas instituciones que acogen a los niños mientras dure ese juicio. En mí, los poderosos escarmentarán a los ciudadanos periféricos que no se inclinan ciegamente ante sus pedidos y, de esa manera, tu hijo portará la leyenda de los huérfanos.

Me parece que una parte de la ciudad se deforma y se deforma como si hubiese sido dinamitada. ¿Seré yo acaso la que estoy perdiendo mi propia consistencia? Finalmente tu deformidad me ha lesionado y me queda poco por argumentar ante un caso viciado de antemano. Este verano se acaba sin mayores consecuencias, salvo algunas plagas que están afectando a los sectores aledaños. Nuevamente surge el rumor de que las aguas están transmitiendo innumerables infecciones, que la peste, dicen, que los malestares, que el hambre se acrecienta y se acrecienta, que la dudosa resistencia de los niños, que no se sabe ya cómo apartar a los enfermos de los sanos. El agua en las orillas se ha tornado perniciosa, ¿debo yo preocuparme por el agua? Mientras que las aguas circulan por la ciudad de manera espesa, tu hijo y yo estamos aguardando una resolución que está fuera de las leyes de la naturaleza ciudadana. Es toda tu naturaleza la que domina este atropello. Me dirijo a ti entonces como si fueras una divinidad para preguntarte: Dime, ¿por qué no esperaste a que el agua hiciera su trabajo con nosotros?

Hoy mi día se verá entorpecido por la enfermedad. Me muevo, respiro, me yergo. Me muevo. Te escribo. Me ha dolido con una determinada consistencia el hueso más pequeño de mi hombro derecho. Este dolor afecta a mi cadera y a mi mano derecha. Recibo pues una seria advertencia corporal. Siento encima el malestar que me ocasiona el cuerpo agarrotado por la mala postura de la noche pasada. Cuando me muevo, en mi pupila se dibuja el paisaje urbano entre el rayo de luz que va disminuyendo la opacidad que nos circunda. Me muevo, respiro. No termino de erguirme pese a que el día termina de profundizarse.

Respiro, me muevo. Mi mano escribe hoy aterida como si tuviera la obligación de dar cuenta de una implacable persecución callejera en donde los cuerpos son dispersados entre la violencia de los golpes que los sangran y los desvanecen. Un ataque inaudito contra los cuerpos macilentos que huyen maldiciendo su mala vida, su peor suerte. Una agresión considerable contra una multitud que se desgrana atomizada por el pánico, el dolor y la sangre, llevando a cuestas el sufrimiento como memoria de los golpes, mientras huyen despavoridos ante el castigo. Un grupo perseguido a lo largo de las avenidas, una dispersión obligada que deja a algunos caídos contra los muros y allí más golpes y de nuevo la sangre y quizás la herida definitiva en la cabeza.

Pero continúo escribiendo levemente a la manera de un interrogatorio realizado con instrumentos fríos al hombre que fuera capturado a la mitad de la noche, únicamente para agraviar su cuerpo que, aunque siga respirando, terminará mutilado después que transcurran las horas más pesadillescas que jamás serán imaginadas por los sobrevivientes. Te escribo lentamente como respiró el hombre antes de la mutilación, sometido a las peores humillaciones que lo humano pudiera infligir a lo humano.

Y mi mano se mueve con cautela a la manera de un niño salvajemente golpeado por sus progenitores, un niño que esconde sus hematomas para salvar la miseria de sus padres. Y mi mano se vuelve a mover lentamente (es un doloroso movimiento), a la manera de un espacio oscuro e infértil, un terreno erial en donde dejan abandonada a la mujer sangrante que apenas percibe que sus agresores se alejan, pues gime perdida en la profundidad de sus pensamientos. Pero, a pesar de todo, debo continuar escribiéndote, aunque al hacerlo comprometa la frágil estructura en la que hoy ha amanecido mi cuerpo.

Traspasada ahora por un súbito dolor orgánico, mi memoria retrocede hacia el instante en que nació tu hijo. El instante en que nació, era completamente desfavorable para mi cuerpo y tu hijo tuvo la enorme fortaleza de combatir el resquemor que recorría mi organismo. Lo hizo de manera magnífica y ambos pudimos sobrevivir burlando el destino que nos imponía nuestra debilitada sangre.

Pero ahora me entrego al olvido y me yergo pasando sobre este dolor considerable y logro reponer mi muñeca trabada. Sé que éste es un terrible amanecer para mi espalda que está cansada de curvarse para escribirte tantas inútiles explicaciones. Ah, pero tu pasión negativa hacia nosotros progresa vertiginosamente. El sol ahora aparece implicado en una zona movediza entrelazado a una consistencia que me parece divina. Desde el hueco de mi ventana alcanzo a divisar a mi vecino que cojea de una manera profunda, mientras efectúa una ronda alrededor de nuestra casa. Su ira parece que hubiera sido incubada aun antes de conocer las nuevas disposiciones que nos rigen. Lo veo cojeando, cojeando, cojeando, recortado contra un paisaje que se vuelve cada vez más áspero.

Tu hijo, para mi fortuna, conserva aún toda su fortaleza y parece hoy ausente de la amenaza de una doble condena. Amanece junto a sus vasijas y me mira y se ríe y se empieza a fundir con sus objetos. Ah, si pudieras presenciar sus movimientos: tu hijo está fundiéndose a una de sus vasijas, su mano lucha por contener los latidos de su corazón. Tu madre se presentará de un momento a otro y observará el juego de tu hijo y me culpará y será nuevamente la amenaza el horizonte.

¿Qué juicio va a ser éste que no veo a mis acusadores? Esta noche me pregunto: ¿Quién es en realidad el destinatario de mis cartas? Extrañada me digo: ¿Qué cargo ocupas y qué es lo que ha representado tu madre? Ah, mi mano se esfuerza por encontrar un sentido en medio de la terrible nebulosa que invade a la ciudad y que la ha hecho perder todos sus contornos. No puedo entender aún el pánico que desencadena el hambre y por qué las autoridades continúan propiciando leyes tan rígidas. Veo que los vecinos acuden a sus últimos recursos para hacerse propietarios de todos nuestros hábitos. Tu madre, mi vecina más cercana, intenta corregir incluso mis modales como si fuera la preceptora de una criatura. Censura mis palabras y me prohíbe expresar cualquier sentimiento que no esté de acuerdo con lo que ella llama: "el esplendor del nuevo tiempo". No sé cuál es el esplendor que invoca, pero estoy segura de que tu hijo y yo aún no lo conocemos.

Sé que has declarado oficialmente que mantengo una sediciosa alianza con los desamparados y sé, también, que tu última exigencia es que confiese plenamente, en el curso del juicio, cuáles son los motivos que me llevaron a evadir el reglamento que rige a la ciudad. Insistes pues en resguardarte en la ceguera y hacer de mí, desde un absurdo resquicio, una peligrosa rebelde social.

Ya sabes que los desamparados llegaron una primera noche hasta mi casa y que luego hube de repetir muchas veces el gesto de la puerta abierta (Ahí tu hijo y yo definitivamente cómplices, unidos como una sola figura). Estaban apoyados en el umbral con la respiración entrecortada y al observarlos imaginé que yo era la espectadora de una clásica cabalgata por terrenos pedregosos cuya maligna y exuberante naturaleza hería de muerte a los jinetes que extraviaron el camino. Una turba de jinetes galopando enceguecidos a través de los azotes de las punzantes ramas que les golpeaban sin misericordia el rostro provocando la sangre que les impedía la visión. Entre el vértigo de los galopes, pude percibir los rostros de los desamparados, esos rostros que ya habían sido advertidos por mí en el curso de un mal sueño repetido. Un sueño presagiador de la muerte administrada por la ira de una mano arcaica.

(Tu hijo y yo serenos en el pórtico, abriendo paso a esos cuerpos maltratados.)

Cuando llegaron, pensé que estaban recogidos a la manera de un naufragio en donde, sobre la crueldad de las aguas, irrumpen el asombro y el pánico incrustados a un cuerpo debatido en su propio infinito. Los vi estremecidos a la manera de un incendio o en el instante en que se declara un espantoso accidente o en la culminación de un súbito estertor físico que remece el conjunto de los órganos vitales, bajando alarmantemente los signos hasta llegar a la nada corporal. Los recibí como se acoge la desventura o el miedo, como se consuma una espera inútil y allí mi corazón lloró por la disparidad que recorría a mi propio destino.

Mientras les abría el portón, creí escuchar una música desconocida para el pentagrama, un sonido ritual incomprensible, algunos bellos vocablos musitados entre el frío que recorre el altiplano, una forma de proclama señalando que la agonía ya se había tornado endémica. Reconocí en la música una herida que todavía no era reparada y que seleccionaba la fuerza de las pestes con una exacta crueldad. Con mi corazón llorando, en pleno vuelo, me preparé para enfrentar las miserias que circundan las orillas de Occidente.

Es verdad que las palabras que te escribo jamás serán bien comprendidas. Mi visión, durante el último invierno, estuvo dedicada a esos cuerpos que llegaron hasta mi puerta como engendros sobrevivientes de incontables penosas experiencias.

Dijeron:

"La ciudad necesita de nuestras figuras agobiadas para ejecutar el sacrificio".

Culparon a la egoísta arquitectura que gobernaba la ciudad y que en ellos alcanzaba su máxima omnipotencia. Hablaron de la existencia de un plan divinizado que pretendía proferir, a través de sus organismos, un castigo para apaciguar los disturbios materiales provocados por las desigualdades humanas. Dijeron que por la desigualdad, los vecinos abusaron del nombre de Dios para ejecutar acciones que unieran lo sagrado, lo sangriento y lo omnipotente. Afirmaron que alguien usaba el nombre de Dios como una feroz estocada para ocultar el hambre y que si en realidad existiera una Gloria Eterna, estaría únicamente en la hazaña de sus difíciles existencias.

Me pareció asistir a una escena inesperada, cuando percibí que ellos se sentían majestuosos a pesar del infortunio de sus carnes e insistían en impugnar a los que buscaban monopolizar la ruina que devastaba sus figuras.

Dijeron:

"Dios jamás nos ha recompensado ni se ha aparecido ante nuestros ojos bajo ninguna forma."

Mi corazón lloró cada una de esas noches por la bárbara decisión que infectaba a la ciudad. Tu hijo transformó levemente su risa en un homenaje a los caídos y convirtió a sus vasijas en un escenario para el duelo. Pero tú bien sabes que los vecinos continuaban ensimismados en perfeccionar el ritual de la vigilancia. Y hubimos de caer. Hubimos de caer entre tus manos acusados de sobrepasar las leyes que tú nos impusiste. Hubimos de caer, pero mi corazón aún se empeña en sostenerme. Tu hijo vaga pensando en nuestra salvación a través de sus vasijas y me pide que descifre la bella geometría en que se mueve. Esta noche se advierte peligrosa. Siento ahora que un astro enloquecido busca invertir el sortilegio de la luz.

En algún instante de este atardecer se ha iniciado la causa. ¿Eres tú mismo acaso el responsable del voluminoso expediente? Sé que esta acusación no se sostiene en la certeza, pues sólo radica en un conjunto de supuestos que servirán para esparcir el miedo en la ciudad. Me custodian hace ya dos, tres, cuatro, diez días. Me vigilan ferozmente mis vecinos porque aseguran que me convertí para siempre en una rebelde. Ellos están auspiciando esta espantosa cacería espiritual para adjudicarse una gloria moral que no se merecen. Y allí estás tú encabezando el atropello; inquieto, titubeante, obsequioso. Ah, cuánto te has esforzado por alcanzar una representación que te llene de prestigio en medio de este Occidente secundario. Todo el tiempo buscaste sobresalir y por eso me empujaste hacia una soledad que me daña más que la proximidad de la muerte. Es verdad que ya no distingo a los jueces de los vecinos, a los vecinos de las autoridades, no comprendo qué lugar ocupas tú entre ellos. Ya no sé nada.

Los vecinos se empeñaron en comprarme sin dinero, seducirme sin atributos, halagarme sin conocer mis deseos. Pero tú siempre entendiste que yo no iba a capitular, que jamás me convertiría en una maniática de Occidente. Los vecinos ahora lucen un lamentable uniforme moral y se sienten los protagonistas de una leyenda. Es posible, pero una leyenda desgraciada, una gesta que ofende al hambre de las calles. Pero el hambre sigue allí, creciendo como una larva ávida. Serán más, serán más. Tú que lo sabes bien, pareces no saberlo.

Las palabras que te escribo pueden llegar a ser catalogadas como anárquicas, una agrupación furiosa asegurará que son ininteligibles o insolentes o desafortunadas. Sólo quiero declarar ahora que jamás te escribí cartas. Simplemente escribí para ver cómo fracasaban mis palabras. Tú y los vecinos se fueron apoderando de una gran cantidad de bienes abstractos. Se hicieron dueños de los peores instrumentos. Consiguieron un uniforme, un arma, un garrote, un territorio. Lo consiguieron inundando la ciudad con una infinidad de lemas banales: "el orden contra la indisciplina", "la lealtad frente a la traición", "la modernidad frente a la barbarie", "el trabajo frente a la pereza", "la salud frente a la enfermedad", "la castidad frente a la lujuria", "el bien". Lo dijeron, lo vociferaron. Mintieron sin contemplaciones cuando hicieron circular maliciosamente la última consigna: "Occidente puede estar al alcance de tu mano".

Cuando me enteré, no podía creerlo. Pero allí estaban los grupos, los vecinos, tu madre llenándose de orgullo. Reconozco que pensé que se trataba de un juego, que era víctima de un malentendido. Pero un día comprendí la legitimidad del pánico que me había poseído todo el tiempo. Capté entonces que la insurrección no estaba en mí, no estaba en el hambre de las calles, la insurrección que tanto temían estaba en la voluntad de fundirse a Occidente a como diera lugar. Lo indecente de esta conducta me hiere. Es lo único que me hiere.

Saldré indemne de este juicio vicioso. En realidad tú no eres, sólo ocupas un lugar abstracto. Ahora busco el modo de atravesar la asimetría de este tiempo, escapar de este conjunto inservible de prejuicios. No hemos terminado. Tu hijo y yo aún conservamos intacto el esplendor del asombro, el temblor que suscita la ira, todo nuestro rencor ante la iniquidad. Juntos llegaremos, más tarde o más temprano, a habitar para siempre en el centro móvil de la belleza.

SÓLO LO ESCRITO PUEDE permanecer pues las voces y sus sonidos, de manera ineludible, desembocan en el silencio y pueden ser fácilmente acalladas, malinterpretadas, omitidas, olvidadas. Te escribo ahora nada más que para anticiparme a la vergüenza que algún día podría llegar a provocarme el escudarme en el silencio. Sé que aunque el resultado de este juicio me condene, no voy a morir en realidad. Quiero asegurarte que comprendo que no estoy expuesta a una extinción física, sino que mi aversión surge ante la inminencia de una muerte moral. Ah, imagínate, seguir aún viva y no sentir nada.

Osas decir que los vecinos han querido protegerme, así pretendes encubrir esta extensa vigilancia. Dijiste que quisieron protegerme de mí misma y de mi perniciosa inclinación hacia rituales que hoy todos quieren olvidar. Pero yo sabía que si participaba de las pobres costumbres, del vacío, del tendencioso rumor que promueven los vecinos, habría estado prácticamente muerta, me hubiera convertido en una figura sometida e inanimada. No puedo aceptar que la ciudad sea dividida entre lo visible o lo invisible para así inventar una imparcialidad que desemboque en la orgiástica soberbia de la satisfacción.

Hoy el temor se ha retirado de mí con la misma fuerza que el sol en estos momentos desaparece opacado por el atardecer. Se ha retirado mi temor y estoy serena mirando la figura encendida de tu hijo quien lucha por defendemos de toda la miseria y de la vileza que nos retiene enclaustrados en el interior de la casa. Miro a tu hijo y me convenzo que nada podría separamos pues fuimos construyendo nuestra libertad cuando nos alejamos de tus órdenes y burlamos tu hiriente crueldad. No sé quién eres pues estás en todas partes, multiplicado en mandatos, en castigos, en amenazas que rinden honores a un mundo inhabitable. No sé quien eres ya, no creo haberte nunca conocido. Tu madre tampoco es una figura viva, los vecinos son sólo los personajes de la guerra. Sólo tu hijo y yo somos reales. Sólo nosotros.

La ciudad se enfrenta a sus propios extremos, el Norte y el Sur se han vuelto enemigos, el Este y el Oeste parecen irreconciliables, consumidos en una guerra silenciosa, una batalla muda y desproporcionada pues el gran emblema que augura la victoria es la desesperación del hambre que marca las fronteras. Es el hambre, te digo, es sólo el hambre. Es el hambre derrotada por la gula. Es el avasallamiento de la codicia. Ah, ya no sé quién eres pero, sin embargo, estoy cierta del lugar que ocupas. Como si fueras un legislador corrupto, un policía, un sacerdote absorto, un educador fanático. Tu madre ha sido la doble secuaz de todas esas funciones. Tu madre y su artera alma occidental.

La vigilancia ya nos ha paralizado. No puedo salir hacia las calles en busca de alimentos, existe un impedimento expreso que nos prohíbe abandonar la casa pues ya pasamos a formar parte de los ciudadanos interdictos. Pero, ¿cómo desviarán los vecinos el curso de las aguas asesinas?, ¿con qué mentiras ocultarán la peste? ¿Podrán eliminarse acaso el altiplano y las orillas? Una sensación de muerte emocional me invade. Comprendo que esta sensación me ha acompañado desde que conocí el perverso plan que urdían los vecinos y que me atormentaba en cada despertar. Y ahora mismo percibo que no sé qué significa existir sin el peso y la memoria que me ocasiona esta terrible sensación. Con el convencimiento de no pertenecer ya a ninguna parte, sólo actúo guiada por la necesidad de proteger a tu hijo y expulsar de mí este sentimiento que ha conseguido extraviarme de mi propia vida.

Es verdad que sólo soy capaz de ensoñar algunas palabras marginales que no consiguen aliviarme, pues cada uno de mis despertares me parecen peligrosamente iguales. Pero cuento con tu hijo, una criatura increíble y masculina, que me sigue a todas partes con su risa inaudita que espanta a los vecinos. Yo sé que él comprende en cuánto nos pertenecemos, de qué modo nos necesitamos y porque cuento con tu hijo, esta criatura verdadera y masculina, es que encuentro la fuerza para resistir y no participar de este mal pacto.

Tu hijo ahora se arrastra por el piso de manera circular alrededor de sus vasijas y su pensamiento empieza a adquirir mayor velocidad. En el círculo que va configurando, es posible comprobar que su propósito se acaba de cerrar sobre sí mismo. En el centro de su perfecta circunvalación se empieza a perfilar un mundo que tiene sus partes perfectamente unidas para formar un todo. Pero ahora disgrega las partes de su mundo y se mueve en un gesto que se parece a un baile solitario. Qué maravilla. Tu hijo acaba de iniciar un baile extrañadamente solitario. En su rostro se advierte un aire regresivo que hace que el baile parezca inmemorial.

EL DÍA ha terminado, la oscuridad invade ya todos los rincones y, por esta oscuridad, las únicas imágenes que mi cerebro ahora puede convocar pertenecen al dominio de la noche.

Ah, la oscuridad me parece más infranqueable, más poderosa, sólo sobrepasable por el acontecimiento de la muerte. Tú sabes bien que más allá, detrás de la oscuridad, yace la muerte. La oscuridad es pues la gran morada de la muerte, pero la empecinada muerte termina por reducir la oscuridad hasta la nada.

Digo, la muerte y su oscura ceremonia sacra. Un osario infinito que erige, en algún espacio, una tumba multitudinariamente inconcebible. Un amontonamiento milenario de huesos privados de memoria, liberados ya de la carga que produce el deseo que remece y consume a la vida. Huesos que aguardan su pulverización para dejar más espacio, en el interior de esa tumba irrealizable, al otro hueso y a los otros, que han llegado rendidos por tanta oscuridad. Pero nadie muere. Afirmo que toda forma final es asesina. La muerte llega por asalto, derrotando a la oscuridad para agruparse, guerrera y victoriosa, en medio de la nada. Yo quiero asegurar que la única muerte conocida es la fatiga de la vida; su insulto, su vejamen.

Porque yo pienso ahora en esa muerte, aquella que conduce la vida hacia la nada. No en la que se escabulle agazapada entre la tiniebla, sino en esta oscuridad que se deja caer mancillando enteramente el centro de la luz.

He perdido la causa. Me han informado del fin de mis derechos, de la cesación de toda garantía, del poder que ahora te ha sido conferido sobre el reducido espectro de mi vida.

Sin embargo, ¿quién eres?, ¿en qué vecino te simulas?, ¿cuál es la casa en la que habitas? ¿Desde qué dependencia oficial has emitido tus ordenanzas?, ¿qué último mandato de Occidente estás obedeciendo? He perdido la causa y quedaré excluida del festín con el que van a celebrar el triunfo imaginario. He sido expulsada hacia la falla de la orilla, donde dicen que se incuban las pestes, las infecciones voluntarias, causadas por nuestras intolerables costumbres. Y me pregunto en este instante: ¿Cuál de todas las orillas es la que me corresponde? Si las pruebas contundentes de este juicio radicaron en lo escrito, lo escrito es la razón de mi condena. Pero quiero insistir, y eso se sabe, que jamás escribí cartas, sólo escribí para no llenarme de vergüenza.

La oscuridad ahora por fin se estabiliza. Y mi cerebro empieza a despejarse. Con mi mente despejada, aniquilo para siempre la sensación de muerte a la que nos sometieron. Ni tú, que no sé quién eres, ni nadie ya puede alcanzarnos. Jamás permitiremos que se encarne en nuestros cuerpos el avasallamiento que promueven. Conseguimos derrotar las intenciones de los vecinos, escondernos de las injurias que nos podría ocasionar este tiempo.

La criatura y yo terminamos de ordenar las vasijas a lo largo de toda la casa. Hemos logrado una distribución que nos parece prodigiosa y que jamás podría haber sido concebida de una manera tan perfecta. Cruzamos indemnes las fronteras del juego para internarnos en el camino de una sobrevivencia escrita, desesperada y estética.

Ya no se hará efectiva la sentencia, nada pueden hacer en contra de nuestras decisiones. Dejaremos que la ciudad se despedace en el enfrentamiento que mantiene en sus extremos, en la codiciosa guerra abierta entre el Este y el Oeste. La casa es ahora nuestra única orilla y se ha convertido en un espacio inexpugnable para la desidia de Occidente. Jamás podrán derribar la simetría en la que conseguimos concentrar nuestras defensas. He resuelto, al fin, la encrucijada aritmética de la ley que todo el tiempo me planteaba el juego de la criatura. Un juego humano con bordes laberínticos que contenía nuestro único posible camino de regreso. La criatura y yo regresamos exhaustos, pero satisfechos, hacia el orden del mundo que deslumbrantemente nos dimos.

Ah, la criatura siempre fue más sabia que todo mi saber. Durante meses, años, días, hemos transitado desde el juego a la angustia de la guerra. De la angustia de la guerra hacia la solemnidad de la palabra. Jugaremos infinitamente, infinitamente y con solemnidad lo más valioso que tenemos; la calavera, el hombro, el hambre, el fémur, la sílaba, la orgullosa cadera. Ah, sí, y toda nuestra intensa, extraña, creciente, airada piel. Y allá en la última, la única habitación de la casa, las estrellas alumbran ahora la infatigable corrección de las vasijas. Llegaremos seguros hasta ellas. La criatura y yo ya estamos experimentando la plateada profundidad de la vasija. Ah, la criatura y yo la estamos alcanzando con este nuestro antiguo, terrible y poderoso sol entre los dientes.

Amanece mientras escribo. La luminosidad se deja caer sobre el muro contra el que estoy apoyando mi espalda. Hoy amanece y amanece en esta calle, debido a la poderosa actividad apática de la naturaleza que sólo sabe repetir la monotonía de sus propios rictus. Después del amanecer, el día y la caída del día y la enorme dificultad de la caída del día. La criatura sigue embelesada en el movimiento de la luz. Se ríe en medio de la luz. ¿Encontraré otro muro en el cual pueda apoyar mi espalda? Es necesario que lo intente. Pero la criatura, que está enajenada con la luz, parece no querer moverse.

(Sólo puedo escribir ahora en los instantes exactos en que se produce el amanecer.)

La criatura continúa ensimismada. Encontraré una forma para conmoverla. Ya hace mucho que caminamos errantes, actuando un nomadismo pobre. Y el hambre. El hambre que arrastramos por todas partes durante este largo, incontable tiempo. Alguien me interrogó con brusquedad cuando ya había anochecido. Y yo, tímida, le respondí con una gran cautela:

—"Sí, esta criatura me pertenece. Sí, sí, mi nombre es Margarita, no sé ni cuántos años tengo."

III
BRRRR

AAAAY, la noche y mamá se me confunden. Mamá y yo vagamos esta noche. Esta noche, los días y las noches. Vagamos siempre juntos, inacabablemente la calle. La calle. La gente de la calle apenas oculta su malestar. El malestar de la gente está en todas partes. SSSSSS, se extiende el malestar. SSSSSS. Alguno quisiera destruir a mamá. Lo sé. Destruir y acallar a mamá. La gente que vigila las calles abomina de la presencia de mamá. De mamá. AAAAY, los odios me azotan. Pero mamá ahora no escribe porque busca confundirse con la noche. La noche. El temor de mamá está escondido en la pierna que me arrastra. Yo subo desde su pierna y me prendo a su cadera porque la oscuridad y la gente que nos vigilan, me amenazan. Me amenazan. La letra nocturna de mamá parece que no tuviera un final. Final. Pero mamá asegura que ahora sólo nos protege y nos salva la oscuridad de su letra. De su letra. Mamá todavía conserva algunos de sus pensamientos. Los pensamientos que conserva son míos. Son míos. Yo soy idéntico a la uña, el dedo, la mano avasallada de mamá. Estoy curvado de impotencia en el centro de la página que apenas pudo escribir. Mamá no escribió mis pensamientos. Mamá nunca supo para quién era su palabra. Para quién era su palabra árida e inútil. Ah, mamá y su acumulación de errores. Errores. Por su culpa vagamos la noche y el día y su pierna. Ahora alguno golpea la letra de mamá. AAAAY. Mamá se curva y se protege la cabeza, La cabeza. Cierta gente le pega en los pensamientos a mamá. PAC PAC PAC PAC. Y muy fuerte el golpe. Caemos. Mamá y yo nos azotamos contra el suelo. Yo busco el rostro caído de mamá que se enferma. Enferma. A mamá la enferma su letra. La letra que no puede concluir. Y el hambre. Tenemos hambre pero nos persigue y nos castiga la noche. AAAAY, el hambre. Quiero perderme con mamá en los instantes más extraordinarios de la noche. De la noche. La pierna, la cadera de mamá están fatigadas. Fatigadas.

Mi cabeza de TON TON TON To quiere huir de la noche y atravesar con la cadera de mamá hasta el amanecer. Pero el fracaso de mamá nos volvió nocturnos, despreciados, encogidos. Ah, sí, prófugos, odiados, nocturnos y despreciados. SHHHIIIT. AAAAY, el odio. Mamá está a punto de llorar pero yo no se lo permito. SHHHIIIT. Ahora yo estoy cerca de controlar esta historia, de dominarla con mi cabeza de TON TON TON To. De TON TON TON To. Mamá y yo terminaremos por fundirnos. Por fundirnos. Gracias a mí, la letra oscura de mamá no ha fracasado por completo, sólo permanece enrarecida por la noche. Yo quiero dirigir la mano desencajada de mamá y llevarla hasta el centro de mis pensamientos. De mis pensamientos. Tengo que conducir a mamá a través de esta oscuridad que conozco. Llevar, llevar a mamá lejos de la irritación y de la burla y de la indiferencia que provoca su letra. Su letra. Mamá ahora no habla y se mece en una esquina. Se está meciendo en una esquina, en la esquina de esta única calle que nos hace existir. Se mece y se arrulla. Yo me escondo en su pierna. SHHHIIIT. Mamá está cansada y quiere dormir. Dormir. Mamá sólo piensa en dormir ahora que estoy cerca de arrebatarle la página que la hacía impresionante. Impresionante. Llegaremos esta noche hasta las hogueras. Las hogueras. CRRRR, crepitan. Llegaremos y los hombres del fuego recibirán a mamá con desconfianza. La recibirán con indiferencia y desconfianza. Mamá me arrastrará sin preocuparse por el estado de mi cabeza de TON TON TON To. Pero si yo no sostengo su mano, nos extinguiremos con el fuego. Estamos cansados. Cansados. El hambre insaciable e incomprensible de mamá me cansa. Deseo que mamá sobrepase el odio y la indiferencia. El odio y la indiferencia a su letra. Vamos hacia las hogueras, yo tomado a la cadera de mamá que está acalambrada y desgarrada por mi peso. Mi peso. Ah, esas palabras que no pudo esclarecer. Yo no hablo. No hablo. Las calles se alargan en la noche, se vuelven fatídicas. Fatídicas. Mamá quiere dejarse caer en las calles y abandonarme. Pero aún continuamos en este viaje oscuro y secreto para llegar hasta donde CRRRRR, crepitan las hogueras que iluminan las orillas. AAAAY, mamá ha perdido gran parte de sus pensamientos en esta terrible y cautelosa caminata. Ha perdido su fortaleza y sus pensamientos. Pensamientos. Yo me agarro a la cadera de mamá con las pocas fuerzas que tengo y le lamo y le caliento la mano que me sostiene. Me sostiene. Tenemos hambre. Hambre. El hambre de mamá no se sacia con los alimentos. A mamá sólo la complacía su letra. Esa letra que ya no puede concluir. Yo me sacio con la mano de mamá. Mi cabeza de TON TON TON To siempre adivinó que mamá iba a ser derrotada por la aridez de la página. De la página. Quise morder, desgarrar a mamá para alejarla de su inútil letra. Yo no hablo. No hablo. Estamos perdiendo el ardor. La cadera de mamá está fría y asustada. Asustada. Mi boca que no habla se hiela. Mamá quiere que yo descubra la estrella más segura de la noche. Ah, la estrella. Nos vigilan. Algunos nos siguen a través de la penumbra con un ojo desmesurado y severo. Nos siguen con una risa desmesurada y severa. Allá adentro se concentran las miradas. Y más adentro aún nos vigilan las otras palabras y las gentes que saben en cuánto nos aproximamos a la caída. Caída. Ahora mamá y yo sólo tenemos la carne de nuestros cuerpos y un resto apesadumbrado de pensamientos. De pensamientos. Mamá mueve lentamente su pierna para que yo PAC PAC PAC PAC caiga y me golpee y quede acumulado para siempre en la única esquina. Pero si yo caigo, mamá perderá su último pensamiento. AAAAY, mamá muy oscura se detiene contra la infranqueable pared helada. BRRRR, tiemblo, BRRRR, temblamos. El ojo temible y arrogante y alevoso parpadea de gusto ahora que ve en cuánto desfallecemos. Desfallecemos. Con los pocos dientes que tengo muerdo la cadera de mamá y RRRRR, rasguño su pierna. La muerdo y la rasguño pues ahora yo debo conducir a mamá hacia las hogueras para no ser aniquilados por el frío. El frío. La noche se cierra y esconde la estrella y el cielo de mamá. De mamá. Cierto ojo vigilante nos sigue con toda clase de miradas. Nos vigilan esas peligrosas miradas desde el centro, y la letra de mamá necesita oscurecerse más, más para defendernos. Defendernos. Mamá ha concluido. Ahora mismo termina de caer. Debo tomar la letra de mamá y ponerla en el centro de mi pensamiento. Porque soy yo el que tengo que dirigir la mano de mamá. Su mano cae contra el piso, se desploma hacia el suelo de esta única esquina en la que terminamos por encontrarnos. Si mamá no afirma su mano la golpearé con las pocas fuerzas que tengo. Ahora mamá no habla. No habla. Mamá es la TON TON TON Ta de las calles de la ciudad. De la ciudad. Una burla conocida y despiadada nos persigue y se satisface a lo largo de las avenidas. AAAAY, el hambre. Arrastraré a la TON TON TON Ta hacia las hogueras y la entregaré a los hombres del fuego. Del fuego. AAAAY, la arrastro. La arrastro. Esta noche y las noches y el día. La cabeza de mamá PAC PAC PAC PAC se golpea contra el suelo. Tiene hambre. Lo sé. Hambre. Debo buscar un poquito de comida con que alimentarla. Alimentarla. Encuentro en algún suelo un poquito de comida y esquivo la mirada terrible e insensible que nos empuja a la única caída en el hambre. Hambre. Mamá abre la boca y yo le meto la comida y se la deposito en la lengua. En la lengua. Mamá, aterrada, me muerde el dedo y desfallece. Desfallece. Si mamá no se anima la abandonaré en esta esquina, en la única esquina que nos protege y nos hace existir. Pero mamá se sobrepone y BAAAM, BAAAM, se ríe. Su risa me abruma. Abruma. Debo conducir a mamá hasta las hogueras que nos permitirán atravesar esta noche. Esta noche. Ah, mamá se niega y se empecina en ovillarse contra la pared helada. Helada. BRRRR. Está oscuro y temo perderla. Por fin me yergo y prendo la mano de mamá a mi pierna. A mi pierna. Debo arrastrar a mamá hacia las hogueras, pero se ovilla y mete sus dedos en la tierra. En la tierra. Mamá quiere enterrarse en la tierra. Yo le tomo el dedo y se lo meto en la boca que no habla. No habla. Mamá, con su dedo, me mancha de baba la pierna y BAAAM, BAAAM, se ríe. Se ríe y se azota la cabeza PAC PAC PAC PAC contra el suelo. Mi corazón

TUM TUM TUM TUM, late de ira y de cansancio. De cansancio. TUM TUM TUM TUM, atravesar la oscuridad arrastrando a la TON TON TON Ta de las calles de la ciudad y a su baba interminable. Mamá tiene un intenso inescrupuloso resentimiento porque su antigua letra le extenuó el pensamiento. Lo sé. Por eso todo el tiempo su baba y BAAAM, BAAAM, la risa. Mamá es ahora la TON TON TON Ta de las calles de la ciudad. De la ciudad. En su cabeza de TON TON TON Ta se prolonga el hambre que circunda las calles. Ah, nos vigilan. Nos vigilan ciertos ojos vengativos y no menos severos que adoran la caída. La caída irreversible de mamá. Estamos más abajo, acá donde la TON TON TON Ta de las calles de la ciudad PAC PAC PAC PAC se ha destrozado la espalda hasta deshacer su letra. La letra de mamá ahora es tan mía como ajena es la estrella inalcanzable. La cabeza de la TON TON TON Ta babosa de las calles de la ciudad clama aún por el cielo donde la espera una estrella. Una estrella. Yo debo llevarla desde mi cadera a mi pierna hasta las hogueras que CRRRR, crepitan su resplandor. Si llegamos hasta la plenitud de las llamas derrumbaremos a los ojos acechantes que pretenden que la tierra de esta única esquina sepulte mi letra. Mi letra. Ahora yo escribo. Escribo con mamá agarrada de mi costado que babea sin tregua y BAAAM, BAAAM, se ríe. Se ríe. Mamá no quiere que yo escriba y se prende a mi pierna para desgarrar mis palabras. Palabras. Mamá le teme a la indiferencia de mi espalda. De mi espalda. Hace un ruido malsano MMMMHHH con su boca. Ahora vamos hacia las hogueras. Vamos hacia las hogueras atravesando la rigidez de la noche para concluir esta historia que ya me parece interminable. Estéril e interminable. Mamá me muerde y me RRRR, rasguña la pierna porque me exige de inmediato la estrella y ese cielo que hace tantos años espera. Espera. Una estrella que es más azul, más azul que el frío de nuestra piel. Mamá es la TON TON TON Ta de las calles de la ciudad. Si yo no la sostengo, cierto ojo increíble que nos vigila la derribará para siempre. Para siempre. Ah, he descifrado un camino para llevar a mamá, cruzar con la TON

TON TON Ta de las calles de la ciudad hasta las llamas que nos harán sobrevivir una noche. Ahora yo domino esta historia. Llevo a mamá por mi propio camino. AAAAY, pero una palabra terrible y poderosa quiere aniquilar mi pensamiento. Mi pensamiento. Mamá ya casi no tiene pensamientos. Sólo tiene la baba y su risa. Su baba llega hasta el suelo y se mezcla con la tierra. BAAAM, BAAAM, se ríe y tirita. Mamá se va poniendo azul y yo aún más azul, más azul me deshago por sacarla de esta noche. Mamá y yo sólo podemos amarnos en este viaje inacabable recorridos por su baba que mancha todo el espacio. El espacio. Allá lejos dicen que CRRRR, crepitan las hogueras y dicen también que las siluetas de las llamas aminoran el hambre. Tenemos hambre y tenemos frío y la letra se evapora y se vuelve todavía más inútil. Inútil y lejana. Arrastro una letra inútil y lejana por una superficie yerma. La arrastro. Cierto ojo vigilante y seguro se ríe de mi magra superficie. AAAAY, mi pierna se dobla y se lastima. Mamá se agarra con fuerza a mi pierna como antes a la pasión por su página. La TON TON TON Ta babosa de las calles de la ciudad arruinó su letra y yo ahora debo corregirla. La TON TON TON Ta babosa de las calles de la ciudad apenas supo lo que escribía y jamás entendió a quién le escribía. BAAAM, BAAAM, mamá se ríe y se enrosca sobre mi cadera. Voy llevando a mamá hacia las hogueras en medio de un frío y de una oscuridad que no sé cómo podríamos soportar. Y en este instante, mamá se curva. Se curva. Yo le pego a mamá en su cabeza de TON TON TON Ta para que se recomponga. Se recomponga. Mamá abre la boca para decir AAAAY, pero BAAAAM, BAAAAM, se ríe y me muerde la pierna con los pocos dientes que tiene. Mamá quiere que yo escriba sus pensamientos. Sus pensamientos. Pero mamá ha destrozado sus pensamientos en este viaje demasiado TON TON TON To como su TON TON TON Ta cabeza. AAGGG, mamá vomita de frío sobre mi pierna. Sobre mi pierna. El vómito le provoca hambre. Hambre. Extraigo las últimas, las últimas, las últimas gotas de leche del pecho de mamá y pongo mi boca en su boca. En su boca. Mamá siente su leche en la boca y quiere escupirla, pero yo le cierro la boca con todas las fuerzas que tengo. Que tengo. La obligo a tragar su leche. Su leche. Ah, mamá insiste en escupir su última, última, última gota de leche pero yo no se lo permito y le pego en su cabeza de TON TON TON Ta. Mamá MMMMHHH, mascula con ira y revuelca su cara en la tierra. Llegaremos, la arrastraré hasta las llamas para olvidar el frío que me traspasa con más saña que los pocos dientes de mamá en mi pierna. Mamá ahora no habla. No habla. TUM TUM TUM TUM, su corazón late en mi costado. En mi costado. Mamá quiere que yo escriba los escasos pensamientos que tiene. Debo arrastrar a mamá hasta donde se refugian los hombres del fuego y dejar de una vez esta única esquina que apenas nos hace existir. Existir. AAAAY, mis ojos aún no divisan las llamas. Las llamas. Otros ojos expectantes celebran anticipadamente mi caída. Mamá ya ha caído. No puede separarse de mi pierna. De mi pierna. Mamá se agarra de mi pierna con las pocas fuerzas que tiene y MMMMHHH mascula el hambre. Mamá ahora siempre tiene hambre y sólo piensa en comer. No encuentro ni un poquito de comida para mamá. Mamá más babea y BAAAM BAAAM, se ríe. Se ríe. Le meto un pedazo del género de su falda en la boca para que se calme. Se calme. Mamá AAGGG se ahoga y escupe el género. Estoy cansado. Tan cansado que me detengo. Dejo apoyada a mamá contra la pared y me siento a su lado. A su lado. Pero mamá rueda sobre el suelo y saca un pedazo de tierra y se la mete en la boca. En la boca. Con ira, le saco la tierra de su boca y mamá se enoja. Se enoja. Somos los TON TON TON Tos de la ciudad durante esta noche que se vuelve infinita. Una noche infinita y sin ninguna estrella. Estrella. Tenemos que encontrar una estrella y alguna hoguera para salvar el poco ser que nos queda. Nos queda. Busco una estrella y sólo choco contra la oscuridad. La oscuridad. Mamá y yo babeamos juntos el hambre. Una cierta mirada inconmovible se ríe de la caída. Caída. Mamá y yo no sabremos cómo levantamos del suelo. Su pierna y la mía se enredan, BRRRR, tiritamos juntos

137

de hambre y de frío. TUM TUM TUM TUM, mi corazón, su corazón. Busco el pecho de mamá para calentarme pero está tan helado como su pierna. Su pierna. A mamá ya no le queda leche en su pecho, ni una sola gota de leche en su pecho y MMMMHHH mascullamos un sonido que hace rodar la primera lágrima. Lágrima. La lágrima está rica, salada, calentita. Pero aún nos arrastramos buscando un poquito de calor. De calor. BAAAM, BAAAM, nos reímos juntos. TUM TUM TUM TUM, el corazón de mamá y mi corazón mantienen ahora los mismos latidos. Latidos. Algún ojo vigilante y extenso se prepara para un fracaso contundente. AAAAY, el frío punzante, BRRRR, nos traspasa. Mamá me pega en mi cabeza de TON TON TO To para que le muestre la estrella. La estrella. Y yo le pego en su cabeza de TON TON TON Ta. Ella me muerde con los pocos dientes que tiene porque desea que la lleve hasta el cielo que desde hace tanto tiempo espera. Espera. Caemos sobre la tierra babeando, babeando con la poca saliva que se desliza desde la lengua hasta la boca abierta. Abierta. Nuestra saliva se mezcla y se confunde. Confunde. Pero debemos de arrastrarnos hasta las hogueras y mamá se agarra de los pocos pelos que tengo para sostenerse. Sostenerse. Quiere arrancarme los pelos y vaciar completamente mi baba por la urgencia del hambre. Hambre. Estamos a punto de perder el último, el último, el último pensamiento. Allá, entre la oscuridad de esta orilla, se divisan las hogueras. Las hogueras. Con gran trabajo mamá y yo nos arrastramos, enredando nuestras piernas y la baba y la BAAAM, BAAAM, risa que nos queda. Ahí está el cielo que hace tiempo ya esperamos y lo recibimos con una renovada risa que BAAAM, BAAAM atraviesa la noche. AAAAY, nos acercamos al fulgor constelado para quedarnos en este último, último, último refugio. Las miradas que nos vigilaban apabullantes y sarcásticas no pueden ya alcanzarnos. Alcanzarnos. Mamá y yo nos acercamos extasiados mientras yo olvido mi hambre por su cuerpo, mi deseo de fundir mi carne con la suya. Con la suya. Nos entregamos a esta noche constelada y desde el suelo levantamos nuestros rostros. Levantamos nuestros rostros hasta el último, último, el último cielo que está en llamas, y nos quedamos fijos, hipnóticos, inmóviles, como perros AAUUUU AAUUUU AAUUUU aullando hacia la luna.

El cuarto mundo

Agradecimientos en el tiempo de este libro:
A la amistad de RONALD CHRIST.
A los escritores GONZALO MUÑOZ y EUGENIA BRITO

I
SERÁ IRREVOCABLE
LA DERROTA

Un 7 de abril mi madre amaneció afiebrada. Sudorosa y extenuada entre las sábanas, se acercó penosamente hasta mi padre, esperando de él algún tipo de asistencia. Mi padre, de manera inexplicable y sin el menor escrúpulo, la tomó, obligándola a secundarlo en sus caprichos. Se mostró torpe y dilatado, parecía a punto de desistir, pero luego recomenzaba atacado por un fuerte impulso pasional.

La fiebre volvía extraordinariamente ingrávida a mi madre. Su cuerpo estaba librado al cansancio y a una laxitud exasperante. No hubo palabras. Mi padre la dominaba con sus movimientos que ella se limitaba a seguir de modo instintivo y desmañado.

Después, cuando todo terminó, mi madre se distendió entre las sábanas, durmiéndose casi de inmediato. Tuvo un sueño plagado de terrores femeninos.

Ese 7 de abril fui engendrado en medio de la fiebre de mi madre y debí compartir su sueño. Sufrí la terrible acometida de los terrores femeninos.

Al día siguiente, el 8 de abril, el estado de mi madre había empeorado notoriamente. Sus ojos hundidos y el matiz de incoherencia en sus palabras indicaban que la fiebre seguía elevando su curso. Sus movimientos eran sumamente dificultosos, aquejada por fuertes dolores en todas las articulaciones. La sed la consumía, pero la ingestión de líquido la obligaba a un esfuerzo que era incapaz de realizar. El sudor había empapado totalmente su camisa de hilo, y el pelo, también empapado, se le pegaba a los costados de la cara provocándole erupciones. Mantenía los ojos semicerrados, evitando la luz que empezaba a iluminar la pieza. Su cuerpo afiebrado temblaba convulso.

Mi padre la contemplaba con profunda desesperación. Sin duda por terror, la tomó al amanecer sin mayores exigencias y de modo fugaz e insatisfactorio. Ella aparentó no darse cuenta de nada, aunque se quejó de fuertes dolores en las piernas que mi padre quiso despejar frotándola para desentumecerla.

Al igual que el día anterior se durmió rápidamente y volvió a soñar, pero su sueño contenía imágenes distantes y sutiles, algo así como la eclosión de un volcán y la caída de la lava.

Recibí el sueño de mi madre de manera intermitente. El color rojo de la lava me causó espanto y, a la vez, me llenó de júbilo como ante una gloriosa ceremonia.

Llegué a entender muy pronto mis dos sensaciones contrapuestas. Era, después de todo, simple y previsible: ese 8 de abril mi padre había engendrado en ella a mi hermana melliza.

Fui INVADIDO esa mañana por un perturbado y caótico estado emocional. La intromisión a mi espacio se me hizo insoportable, pero debí ceñirme a la irreversibilidad del hecho.

El primer tiempo fue relativamente plácido, a pesar del vago malestar que me envolvía y que nunca logré abandonar del todo. Éramos apenas larvas llevadas por las aguas, manejadas por dos cordones que conseguían mantenernos en espacios casi autónomos.

Sin embargo, los sueños de mi madre, que se producían con gran frecuencia, rompían la ilusión. Sus sueños estaban formados por dos figuras simétricas que terminaban por fundirse como dos torres, dos panteras, dos ancianos, dos caminos.

Esos sueños me despertaban una gran ansiedad que después empezaba lentamente a diluirse. Mi ansiedad se traslucía en un hambre infernal que me obligaba a saciarla, abriendo compuertas somáticas que aún no estaban preparadas para realizar ese trabajo.

Luego me dejaba llevar por una modorra que podía confundirse con la calma. En ese estado semiabúlico dejaba a mis sentidos fluir hacia el afuera.

Mi madre, una vez repuesta, seguía con su vida rutinaria, mostrando una sorprendente inclinación a lo común. Era más frecuente en ella la risa que el llanto, la actividad que el descanso, el actuar que el pensar.

A decir verdad, mi madre tenía escasas ideas y, lo más irritante, una carencia absoluta de originalidad. Se limitaba a realizar las ideas que mi padre le imponía, diluyendo todas sus dudas por temor a incomodarlo.

Curiosamente, demostraba gran interés y preocupación por su cuerpo. Constantemente afloraban sus deseos de obtener algún vestido, un perfume exclusivo e incluso un adorno demasiado audaz.

Mi madre poseía un gran cuerpo amplio y elástico. Su caminar era rítmico y transmitía la impresión de salud y fortaleza. Fue, tal vez, lo inusual de su enfermedad lo que enardeció genitalmente a mi padre cuando la vio, por primera vez, indefensa y disminuida, ya no como cuerpo enemigo sino como una masa cautiva y dócil.

Toda esa rutina constituía para mí una falta radical de estímulos que no me permitían sustraerme de mi hermana melliza, quien rondaba cerca mío. Aun sin quererlo, se me hacían ineludibles su presencia y el orden de sus movimientos e intenciones. Pude percibir muy precozmente su verdadera índole y, lo más importante, sus sentimientos hacia mí.

Mientras yo batallaba en la ansiedad, ella se debatía en la obsesión. Ante cada centímetro o milímetro que ganaba se le desataban incontables pulsiones francamente obsesivas.

Su temor obsesivo se inició en el momento de su llegada, cuando percibió angustiada la real dimensión y el sentido exacto de mi presencia. Buscó de inmediato el encuentro, que yo, por supuesto, evadí conservando con ella la mayor distancia posible.

Durante el primer tiempo fue relativamente fácil. Estaba atento al devenir de las aguas: cuando se agitaban, yo iniciaba el viaje en dirección inversa.

Mi hermana era más débil que yo. Desde luego, esto se debía al tiempo de gestación que nos separaba; pero aun así era desproporcionada la diferencia entre nosotros. Parecía como si la enfermedad agravada de mi madre y el poco énfasis desplegado por mi padre en el curso del acto hubieran construido su debilidad.

En cuanto a mí, su fragilidad me era favorable, pues ella, en su búsqueda, se agotaba enseguida, lo que le daba un radio de acción muy limitado.

Pronto empezó a usar trucos para atraparme. Cada vez que me movía, ella aprovechaba el impulso de las aguas dejándose llevar por la corriente. En dos oportunidades consiguió estrellarme. Recuerdo el hecho como algo vulgar, incluso amenazante.

Fue apenas un instante; sin embargo, extraordinariamente íntimo, puesto que debí enfrentarme de modo directo a su obsesión, la que hasta ese momento me era indiferente. Pero a partir de esos dos encuentros entendí la extraña complicidad que ella había establecido con mi madre.

EJERCÍ LA ESTRICTA dimensión del pensar. Antes sólo me debatía entre impresiones que luego transformaba en certezas, sin que nada llegara verdaderamente a sorprenderme.

Así, el conocimiento de que mi madre era cómplice de mi hermana me demandó grandes energías, pues me era imperioso desentrañar la naturaleza y el significado de tal alianza.

Sólo contaba con el hecho de que las dos veces en que mi hermana me estrelló, portaba la clave de dos sueños de mi madre que yo no poseía. Por cierto, esas claves me eran insoportables y excluyentes. A partir de esa peligrosa exclusión empezó el acecho hacia mi madre.

Mi madre, después de unos días, mostró cambios tan sutiles y ambiguos que yo llegué a pensarlos como producto de mi interpretación ansiosa. Pero en realidad ella estaba cambiando.

De modo misterioso había levantado una barrera ante mí, lo que me hirió profundamente, llenándome de inseguridades. Pero pronto me serené, cuando comprendí que ella me tenía pánico.

Mi madre me temía y eso la obligaba a extender una oscuridad confusa entre nosotros, y sólo en mi hermana liberaba su verdadero ser.

Atento al afuera, supe que mi madre le mentía a mi padre y que su estudiado comportamiento no era más que una medida estratégica para perpetuar su ilusión de poder.

Debí haberlo adivinado desde un principio, especialmente por el carácter de sus sueños, pero me había dejado entrampar por su aparente simpleza. En realidad, a ella le eran indiferentes los adornos y vestidos. Era mi padre quien le transfería sus propios deseos, a los que ella, conscientemente, accedía para despertarle el placer y la humillación.

Descubrí, también, que el pensamiento de mi madre estaba corroído por la fantasía, que le ocasionaba fuertes y diversas culpas. Su permanente estado de culpa la obligaba a castigarse, en algunas ocasiones con excesiva dureza.

Se privaba frecuentemente de alimentos, realizando doloro-

151

sos ayunos que se prolongaban por varios días. Durante ese tiempo sus fantasías declinaban notoriamente; ella permanecía atada a las más inofensivas, relacionadas con fugas o comidas exóticas. Pero, pasado el efecto del ayuno, la fantasía se instalaba en ella con más fuerza aún, empujándola a una nueva expiación.

Otro de sus métodos consistía en practicar actividades que detestaba y a las que, sin embargo, se entregaba de lleno. Asistía a ancianos asilados y enfermos, lavándolos con sus propias manos para quedar, después, librada a su terror al contagio. Ni siquiera se permitía quitarse de encima los fuertes olores que la impregnaban.

Mi padre, que no veía con buenos ojos sus ayunos, la admiraba, en cambio, por esas labores, especialmente las horas que dedicaba a los niños ciegos agrupados en las hospederías de las afueras de la ciudad. Mi padre gustaba mucho de oír detalles en torno a esos niños. Por ello mi madre le hacía descripciones sorprendentemente rigurosas. Llegó a identificar a los numerosos ciegos por sus nombres y, más aún, era capaz de caracterizar acertadamente a cada uno de ellos.

Algunos de esos niños, decía mi madre, tenían las cuencas vacías; ella limpiaba las cavidades taponadas de erupciones purulentas.

Mi padre la miraba conmovido y ella respondía como si su gesto hacia los ciegos no tuviera la menor relevancia.

Ciertamente, mi madre detestaba esas visitas porque los niños, fascinados con su perfume, se abalanzaban sobre ella rasguñándola, desgarrando su ropa. Y muchos de ellos se golpeaban contra los muros, lo que causaba gran júbilo entre los demás. Mi madre, en esas ocasiones, se aturdía en medio de sonidos guturales.

Ella escondía estas sensaciones a mi padre, como asimismo su constante repulsa. Pero mi hermana y yo, que estábamos inmersos en su oscuridad artificiosa, vivíamos sus relatos como premoniciones aterrantes. Era terriblemente duro exponernos a sus narraciones desde el sistema cerrado en que yacíamos. Mi hermana, alterada, temblaba por horas en medio de la oscuridad, y yo dominaba mi impulso de acercarme para encontrar en ella protección. En esas ocasiones el estar cerca permitía paliar en parte nuestro desatado miedo a la ceguera.

BRUSCAMENTE mi madre suspendió todo aquello. Coincidió esto con la transformación de su cuerpo que la sumió durante días en una alarmante confusión. Sentíamos a menudo su mano tocando la piel dilatada y tensa, palpándose escindida entre la obsesión y la ansiedad.

Su orden fantasioso cesó por completo, centrándose en cambio en un empeño imposible. Buscaba visualizar por dentro su proceso biológico para alejar de ella el sentimiento de usurpación. Su empresa era, desde siempre, un fraude para desencadenarnos culpas.

Nuestra culpa se alzó sobre el rigor de las aguas como una masa cerosa. Pudimos invertir el proceso desde el momento en que logramos gestar sueños para ella. Sueños líquidos que construíamos con retazos de imágenes fracturadas de lo real. Nuestros sueños eran híbridos y lúdicamente abstractos, parecidos a un severo desajuste neurológico.

Mi madre, perturbada, casi perdió la mitad de su cara, gran parte de su vello y la capacidad de enfocar a media distancia.

Nosotros no planeamos que esto pasara; simplemente, sucedió de manera espontánea, pero a mí me trajo un doloroso costo, que fue ceder a las presiones de mi hermana.

Hastiado de su persecución, permití que se me acercara. Con el roce estalló el fragor de su envidia. No puedo precisar con exactitud el momento en que ella percibió nuestra diferencia. Pudo ser al tercer o cuarto roce, cuando sentí uno de sus conocidos temblores. Era un temblor de tal magnitud que las aguas me lanzaron contra las paredes.

Antes de lograr reponerme sentía que se me venía encima

con un impulso desgarrador y, procazmente, se frotó contra mi incipiente pero ya establecido pudor.

Sin saber a qué adjudicar su ataque, acosado, intenté alejarla, pero me paralizó su frote obsesivo que apuntaba en una sola dirección. Intuí que era preferible que saciara su curiosidad y que de esa manera se estableciera entre nosotros un explícito campo de batalla. Mi hermana se quedó súbitamente inmóvil, extrañamente apacible, y allí, teniéndome acorralado, realizó su primer juego conmigo.

Mi madre terminó por avenirse a la pulcritud de nuestros sueños, que se daban en un marco de fraternal cohesión. Casi llegó a gustar de ellos una vez aplacadas sus primeras resistencias. Junto a los sueños aceptó, también, que no había nada más inexorable y clásico que la naturaleza humana.

Su cambio me molestó. Asimilé su actitud a la desidia y al abandono. Había sustituido con demasiada rapidez la ira por el conformismo. El desequilibrio vertiginoso de su existencia prohibía cualquier rango de estabilidad. Comprendí que mi madre era capaz de suspenderlo todo, incluso a sí misma, ante la más vaga amenaza.

Todo esto guardaba estrecha relación con mi padre. Él, cuyo culto a la belleza era inquietante, evadía a mi madre, que encarnaba la extrema insensatez de la condición femenina. Disociado, temeroso, ocultaba sus sentimientos de repulsa frente a su caminar costoso e irregular, y ante la maldad de su cara envuelta en un constante brillo.

Mi madre, que veía perfectamente el proceso, se sintió complacida y libre. Por fin descubría en él un exacto sentimiento de rechazo que le permitía justificar su propia aversión.

Se acercaba llena de exigencias que él no era capaz de cumplir. La posibilidad de yacer juntos le era imposible y no intentaba escudarse tras pretexto alguno.

En él había aflorado el límite del carácter masculino, intolerante a otra especie de fecundación autónoma. Para mi madre esto fue una constatación de sus antiguas intuiciones. Vio su propio ser flotando en el universo de la soledad, condenado a un lacerante y ajeno fracaso.

EL REDUCIDO ESPACIO para mi hermana y yo empezó a estrecharse cada vez más. No había otra alternativa que el frote permanente de nuestros cuerpos. Rota la ilusión de independencia, presentí que la estrechez iría en aumento, hasta la inmovilidad total en medio de las aguas.

No era justo compartir dualmente el efecto del encierro, sometidos a un triángulo anómalo y desesperante. No sólo estaba impelido a soportar un cuerpo interior humedecido por sustancias espesamente rojizas, sino que debía, además, recibir paralelamente un cuerpo exterior que se formaba junto a mí. Todos mis impulsos se extendían más allá de los límites supuestos. Las formas femeninas, dominantes en la escena, lanzaban mensajes incesantes. Preservarme de su desesperanza era impensable; más bien debía dejar móviles y abiertas mis marcas masculinas.

Pronto me enfrenté a la saturación. El espacio no nos contenía a pesar de ponernos en distintas posiciones. Apelamos a una última y humillante alternativa: mi hermana se puso debajo mío, aumentando aún más la presión. Nuestros cuerpos empezaron a sufrir. La instalación del dolor entre nosotros fue la primera forma de entendimiento que encontramos.

MI MADRE pensaba en la muerte. Su propio dolor le prevenía una catástrofe. Con la espalda casi partida por el esfuerzo, su cara le devolvía el terrible trabajo orgánico que realizaba. Las placas alérgicas habían destrozado su rostro.

Pensaba en la muerte como el destino final de su empresa biológica y, extrañamente, se avenía con serenidad a ella. Desde su asentada creencia sentía que todo equívoco, cada acto detestable de su vida, estaba ampliamente saldado por su activo suplicio. Con firmeza pensaba que donaba su cuerpo en beneficio de su espíritu. La carne que tanto la había atormentado pagaba por sí misma las faltas.

Las pulsaciones cardíacas eran cada día más aceleradas y le ocasionaban agudos golpes arrítmicos. Cada golpe era leído como un síntoma definitivo de muerte. Confinada a una permanente soledad, mi madre, que vivía en la conciencia del tiempo, anuló nuestra existencia desde el instante en que nos incluyó en la ritualidad de su sacrificio.

Decidida a morir íntegramente, pensó que su paso por la vida había dejado intocado el afuera. Su muerte no iba a alterar nada, no iba a afectar nada. Su existencia sólo era real por la rigurosidad vital de su cuerpo, y por ello nosotros no éramos más que instrumentos de los que ella se había valido para fundar una autofagia. Sentía que su propia creación gestante la estaba devorando.

Tuvimos nuestra primera experiencia límite. Quedamos inmóviles rodeados por las aguas. Mi hermana sufría todo mi peso y hacía desesperados esfuerzos por soportarme. Yo, a mi vez, estaba comprimido por las paredes que me empujaban, más aún, sobre ella.

Se despertó en nosotros un enconado sentimiento de sobrevivencia. Instintivamente mi hermana inició la huida ubicando su cabeza en la entrada del túnel. Hubo una tormenta orgánica, una revuelta celular. Todas las redes fisiológicas de mi madre entraron en estado de alerta ante el hilo de sangre que corría lubricando la salida.

Mi hermana golpeaba furiosamente, atentando contra la

terquedad de los huesos. Yo, librado al pánico, me curvaba alarmado por el trágico espectáculo. La violenta acometida terminaba por destruir mis anhelos de armonía en el derrame de la sangre que me envolvía, precedida de un terrible eco.

La animalidad de mi hermana llegó a sobrecogerme. Creí que ambos cuerpos iban a destrozarse en la lucha. Fueron horas angustiosas. Sentí a mi hermana separarse de mí y perderse en medio de la sangre. Yo no hice el menor esfuerzo, quería saltarme el protocolo de la sangre, pero me arrastraron en el viaje. Casi asfixiado crucé la salida. Las manos que me tomaron y me tiraron hacia afuera fueron las mismas que me acuchillaron rompiendo la carne que me unía a mi madre.

Fue un día después de mi hermana. El roce con las piernas de mi madre me preparó a la áspera tosquedad de la piel adulta.

OBLIGADOS A YACER en la misma cuna, percibimos fragmentariamente las sombras y las voces que nos aludían. Mi madre y su leche continuaban trasmitiendo la hostilidad en medio de un frío irreconciliable. El tono estupefacto de mi padre llamaba al festejo.

Habituado al olor de mi hermana, todo lo demás me parecía detestable. Por primera vez precisé de ella. Mis extremidades la buscaban y, si no la encontraban, yo caía en un llanto más agónico que el hambre y más urgente que la vida.

Ella tenía una marcada devoción por el tacto. Cedía a la pasión de cualquier mano extraña, de todo labio que, húmedo, la gratificara en el reconocimiento de lo propio de su piel. Desde mí había iniciado el aprendizaje de entregarse a otro, yo antaño su único otro.

Para mí todo era vulgar y enajenante. Cualquier toque me alteraba como la muerte. El otro constituía el posible gesto homicida de una destrucción.

Mi hermana fue recibida de modo amable, despertando

una mejor inclinación en aquellos que nos miraban comparándonos inevitablemente. Su docilidad era fascinante; en cambio yo, esquivo, inspiraba un claro rechazo que intencionalmente cultivaba.

Mi hermana ni por un instante me había abandonado. Yaciendo juntos, su cuerpo se subordinaba al mío, pero ni siquiera en esas ocasiones encontraba la tranquilidad. Las miradas que nos acechaban a todas horas me llevaron a despreciar el espacio público.

Mi MADRE, hastiada por su sobrevivencia, se dejó llevar por todos sus vicios anteriores. Con la neutralidad de su sonrisa accedió a presenciar la ceremonia con que nos entregaron al rito sacro.

Se me otorgó el nombre de mi padre. A mi hermana se le designó también un nombre. Mi madre, solapadamente, me miró y dijo que yo era igual a María Chipia, que yo era ella. Su mano afilada recorrió mi cara y dijo: "Tú eres María Chipia". Mi hermana tuvo un escalofrío pero, apacible como era, cedió a la mano en su cabeza y a su nombre otorgado según la ley. Mi ser sublevado y enfermo se ubicó en el epicentro del caos.

Mi padre, ajeno a la venganza, contribuyó a la confusión de mi nombre. Cuando me llamaba, yo volvía mi rostro hacia él, no como respuesta sino por creer que se nombraba a sí mismo.

Fue un juego vil de mi madre, que quería condenarse irreversiblemente. Pero un día su amor se despertó con la fuerza de un desastre natural. Su amor por nosotros la limpió como a una joven doncella.

La paz se extendió por la casa, creando un clima extraordinariamente artificial. Su encuentro con el amor materno fue la primera experiencia real que tuvo, y la encandiló como a una adolescente alucinada por el poder de los sentidos. Plena en su estado, se volcó a nosotros, amparándonos del peligroso afuera. Detuvo la enfermedad de mi hermana que, en una de sus células, portaba la vigencia de la fiebre.

Volvió a la legalidad de mi nombre insistentemente, para borrar su faz oscilante y plenamente humana. Yo no podía. Cada vez que ella, acunándome, me llamaba, yo volvía la cabeza escrutando la figura de mi padre.

EMPECÉ A DEPENDER de la autogestión de las heces. Fascinado por su ritmo, me revolcaba en la masa reblandecida y cálida. Ansiaba hundirme aún más, hasta fundirme con ellas y encontrar en el fondo de mí mismo el espectro abismal del placer.

Mi hermana se solazaba en su pulcritud. Se entrenaba para transferir su propio goce al otro y así gozar ella misma. Hecha para la mirada, violentaba su cuerpo hacia la perfección estética y vacua. Instintiva, su mente se encargaba de anticiparse como modelo aprendido en el rastreo de la complacencia. Buscando el amor se construía sólidamente hipócrita. Pero su actitud emanaba también del terror. Una parte de ella creía que el otro, cualquier otro, incluso mi madre, se preparaba para atacarla y destruirla. Imaginaba la ceguera o la mutilación. Primigenias fantasías de tortura.

En las noches su pequeño cuerpo convulso se apegaba al mío mientras su boca me succionaba, obsesionada por el pánico. Durante esas noches del primer año aprendí mucho del delicado y complejo cuerpo de las niñas. Rozándonos a oscuras y también prendado del miedo desarrollé el pensamiento de que, para mí, no había verdaderamente un lugar, que ni siquiera era uno, único, sólo la mitad de otra innaturalmente complementaria y que me empujaba a la hibridez.

Los sueños de mi madre portaban un error torpe y femenino. Ella, que nos había domesticado a la dualidad, nunca abordó en sus sueños la diferencia genital, la ruptura desquiciadora oculta tras dos caminos, dos panteras, dos ancianos. Sin duda, su profundo pudor le impidió gestar el terrible lastre de la pareja humana que nosotros ya éramos, desde siempre.

Atrapados por fuertes dependencias, desde mi absoluta inmadurez, casi en el centro mismo de la inconciencia, volví a rozar a mi hermana, solapado en la plenitud de la noche.

Mi cuerpo inteligente y lúcido, escindido por lo absurdo de su pequeñez, la encontró cálida en su modorra, sabia en sus inicios, bestial en sus pulsiones.

MI MADRE, convulsa por la llegada del amor materno, cayó por su especial naturaleza en prontas exageraciones. Su presencia al lado nuestro era constante, como constante era también su aprensión por nuestras vidas.

Ya que el castigo la había evadido, suponía que sería doblemente castigada a través de nuestra muerte, que ella, confundida, pensaba idéntica a la suya. Al borde de un colapso, el terror la cubría cuando nuestro llanto se elevaba destemplado. Sus brazos nos tomaban, apretándonos en exceso contra ella y sin permitir ayuda alguna. La desconfianza, otro de sus rasgos conocidos, le impedía librarse al sueño, a la comida o al abandono de la habitación.

Mi padre llegó a constituir una gran molestia. Ella respondía a sus preguntas sin quitarle los ojos de encima y atenta a las caricias que, ocasionalmente, él nos brindaba. Quería alejarlo a cualquier costo para continuar, solitaria, su acecho.

Mi padre, que sufrió un tanto al inicio de su obsesión, pronto la desatendió pensando que sólo se trataba de una etapa más y que luego volvería a él, sumisa y deslumbrada.

En algún lugar su mente se llenaba de orgullo al verla asumir tan meticulosamente su función maternal, confirmándose en él la impresión de que ella encarnaba plenamente la imagen de la tan anhelada mujer ancestral.

Para ella, mi padre no tenía la menor relación con nosotros, salvo meros formulismos que le permitía cumplir en tiempos breves y entrecortados. Realmente, para mi madre él no representaba nada: lo había desplazado a un punto neutro de su memoria.

Resguardada en la fecha en que había dado a luz, extendía considerablemente el tiempo de la continencia, apelando a un ya gastado recurso de salud.

Su nexo matrimonial le repelía pues le recordaba, con profunda vergüenza, lo que ella consideraba deplorables y procaces desmanes en los que ya no se reconocía en modo alguno y que no ansiaba en lo más mínimo.

Los celos que antaño la atormentaban se habían retirado por completo. Estaba cierta de que mi padre cursaba su lascivia en alguna desconocida, pero esto sólo le confirmaba un aspecto femenino despreciable que la rebajaba en cuanto madre. Para ella este cariño no tenía símil y se enturbiaba al proyectarse en otra función genital.

Mi madre había encontrado, por fin, su razón sexuada. El conflicto, desgarrador y sostenido, se había solucionado mediante el rol de su propia naturaleza. Lamentó haber llegado tarde a la verdad y a un costo tan alto. Recordarse sudorosa y anhelante, esperando de mi padre la respuesta, la asqueaba denigrándola. Limitó a mi padre a una sola función, ahora externa y distante. Pensó, sensiblemente condolida, que él había sido privado de un placer absoluto y permanente, y por ello se explicó la caída paterna hacia pequeñas e insignificantes manías placenteras que siempre lo dejaban sumido en una avidez tal que no era capaz de saciar el alcohol, ni el refinado lujo, ni siquiera el cuerpo.

Mi madre resolvió que él sólo se saciaría en la muerte: únicamente a través de ella sería capaz de tocar su propia verdad. Ella, en cambio, ascendía hacia una cima inenarrable.

Enlacé mis dedos a mi hermana y me acurruqué contra ella, gimiendo. Todo giraba alrededor mío, difuso y vertiginoso. Hasta mi propio cuerpo me parecía ajeno. Era la fiebre.

La fiebre no era simétrica al dolor sino a una extraña suspensión en la que todo, a la vez que posible, era también improbable. Los objetos huían y, a la par, se fijaban desorbitadamente materiales.

La fiebre llegó en la madrugada, junto con la primera luz. Me extrañó la virulencia de la luz que se partía atomizadamente mágica, abriéndose paso hasta mi vista maleada. Mi hermana presionó con fuerza mis dedos, alarmada por mis escalofríos. Acomodó su cuerpo para dejarme más espacio. La enfermedad no me parecía enemiga sino, más bien, inabordable y esquiva. Quise volver a mi centro orgánico, pero ya había perdido las referencias, como si incluso mi memoria hubiera experimentado una irreversible erosión.

La indeterminación del tiempo creció con el raudal de la luz, duplicando el estatismo. Me volvía inconmensurablemente personal y desapegado de las cosas. Todo transcurría en mí, sintético e ilimitado. Esta doble valencia me impedía una reflexión exhaustiva. Incapaz de generar defensa alguna, asistí a la histérica impresión de mi madre al verme desencajado e inmóvil.

Empezó a batallar contra mi fiebre mientras yo, paradójicamente, me consumía aún más en la neutralidad. La fiebre crítica y voraz cumplía su programa, inmune a los esfuerzos de mi madre, que ponía en marcha todos sus recursos para reanimarme.

Mi hermana, postergada por primera vez, fue alejada hasta el otro extremo de la habitación. Acudió a todas sus artimañas para atraer la atención. Su sonrisa melosa se intercambiaba con llantos agudos e irritantes que mi madre no atendía en absoluto. Quedó expuesta al hambre y al escozor de las heces.

Fuimos separados del lecho y pasé a ocupar el de mi madre. Ella se limitó a dormir lo estrictamente necesario para no descuidarme. Yo, en mi sopor, me sentía remecido por sus sollozos e invocaciones, que no lograba entender plenamente.

Mi única relación real era con la fiebre. La fiebre me arrastraba a una especie de tierra de nadie donde se me hacía indistinto el día de la noche y donde, a pesar de que la luz marcaba el cambio, mis sentidos la percibían al mismo nivel que la oscuridad. Parecía que ambas formas se amalgamaban bajo mis párpados sin el menor privilegio.

El síntoma más preciso del afuera era mi hermana. Su brillante y desesperada actuación lograba interesarme vagamente. Un prolongado balbuceo empezó a inundar la pieza. Su balbuceo obsesivo resonaba intermitente a toda hora. Ruidos juguetones o iracundos que casi enloquecían a mi madre, quien empezó a hablarle duramente, exigiéndole cesar.

Mi hermana comenzó a desplazarse gateando por el suelo. Sus riesgosos movimientos, que antes alarmaban a mi madre, abrieron una especie de tregua. A medias, desde la cama, podía observarla. Extraordinariamente veloz y graciosa, semejaba un pequeño animalito costoso.

Ella también me espiaba, enfurecida y celosa. Pude entenderlo a la primera ojeada sin que en verdad me perturbara. Prefería su roce con el suelo y los objetos que arrastraba consigo a sus ruidos de las horas pasadas.

Al amanecer mi fiebre empezó a ceder. Antes de que la dimensión de la mañana se asentara, desapareció por completo.

En mi intimidad se reanudaron los conflictos y la multiplicidad de dudas ansiosas. La felicidad y el orgullo de mi madre crecieron como un huracán. Llamó a mi hermana, quien se arrastró hasta nosotros mostrando su más servil sonrisa. Su artificio no me enquistó como en otras ocasiones. Todo en ella me era particularmente conocido. Pero ella había preparado en esos días una jugada maestra que me hizo palidecer de envidia y de fracaso. Mi hermana, mirando fijamente a mi madre, dijo con claridad y sin el menor titubeo su primera palabra.

Mi padre fue incapaz de disimular su decepción. A pesar de los mimos con que celebraba las palabras de mi hermana, su mirada me buscaba, evidentemente hostil. Estaba defraudado por mi retraso y temía que alguna falla hubiese detonado la ventaja femenina. La posibilidad de una falla en mí lo horrorizó, y se sintió unilateralmente culpable en las raíces mismas de sus células.

Mi madre, percibiendo en él lo mismo que yo, se puso en guardia para protegerme de su desprecio. Empezó a magnificar mi resistencia y a darle un sentido definido a cada uno de mis gestos, hermanándolos a los de mi padre.

La habilidad de mi madre se concentró en ahuyentar los temores paternos destacando desmesuradamente mis méritos, los que mi padre, si bien no apreciaba del todo, tampoco era capaz de negar en voz alta.

Mi hermana proseguía luchando por conseguir cualquier mirada. Las palabras simples y anodinas salían de su boca con una facilidad asombrosa, nombrando objetos elementales y, especialmente, pidiendo agua, que no se hartaba nunca de beber.

Decidí no competir con ella en ese terreno. Ansiaba llegar a las palabras de un modo absoluto y, así, cubrirme con el lenguaje como con una poderosa armadura. Ingenuamente pensaba que el habla era un hecho misterioso y trascendente capaz de ordenar el caos que me atravesaba.

Debía distraer la atención de mis padres para que se me permitiera dotarme plenamente. Los satisfice con un avance ineludible. Puse en movimiento mi armonía neurológica y me erguí, caminando frente a ellos.

Al borde de mi primer año crucé la habitación, evitando los ojos velados por las lágrimas en la cara de mi madre.

Después del primer año, mi hermana y yo nos alejamos visible-
mente. Todo aquel periodo anterior llegó a parecerme un producto de mi mente delirante. Éramos, prácticamente, extraños
entre quienes no existía ninguna necesidad. Llegué a creer que
la cercanía que nos había condicionado fue producida por la
nebulosa de mi primigenio existir, que había confundido el espesor de las aguas con el cuerpo de mi hermana, y el agitar interno de las carnes que me contenían con los sueños de mi madre.

Mi madre, ahora, se me aparecía como una mujer dotada
de un gran equilibrio, y mi padre, como el gran cautelador de
nuestra integridad.

Mi hermana acusaba todas las características de una niña
golosa y frecuentemente malhumorada. Construía su mundo
defendiendo sus magras posesiones de modo grosero y egoísta. Si casualmente nos tocábamos, de inmediato nos apartába-
mos como si hubiera ocurrido algo inconveniente. En realidad,
habíamos generado una gran resistencia muda y antipática.

Ocasionalmente era asaltado por sueños vagos en los que
creía percibirla aferrada compulsivamente a mi costado, pero
no había imágenes exactas sino, más bien, formas abstractas y
móviles.

Tomé alegremente el nombre de mi padre y llegué a la tan
ansiada armonía con el exterior. Me doblegué al lenguaje de
modo superficial y lúdico después de descartar mis antiguas
fantasías de trascendencia.

Entendí la vida como una forma de placeres alternos que
venían suministrados por mi madre, quien se esforzaba por
crear para nosotros una atmósfera de gran comodidad.

Así, de un modo extraordinariamente presente, transcurrie-
ron nuestros tres primeros años. Pero mi madre rompió el
equilibrio amenazándonos con la victimación. Mi hermana fue
la primera en notar que algo inusual estaba ocurriendo, y el
vertiginoso temor la hizo dirigirse directamente hacia mí. Me
encontró en esa clave que yo creía soñada o definitivamente
clausurada entre nosotros.

Se le generó una súbita y elevada erupción en su pierna derecha, a la vez que me señaló la figura de mi madre. Yo la miré sin encontrar nada especial en ella. Mi hermana, mediante un gesto, me volvió a indicar el sitio exacto al que debía dirigir mis ojos. Mi asombro fue instantáneo, como instantáneo fue el acceso de tos asmática que tuve, arrastrándome a un espacio confusamente antiguo.

Desolados y empujados uno encima del otro, mi hermana y yo nos miramos, sabiéndonos de nuevo peligrosamente indestructibles.

Mi MADRE se había encontrado en sucesivas ocasiones con mi padre, doblegándose humilde y sin placer a sus deberes nupciales. A pesar del prolongado intervalo que le opuso, finalmente cedió como ante una forzosa obligación. Inexplicablemente, ella no pensaba en un nuevo hijo y no relacionaba sus profusos actos con tal posibilidad, pero la suspensión de su programa mensual la alarmó y con el correr de los días se enfrentó al hecho ineludible de una nueva maternidad. Entonces apareció en ella su sostenida contradicción. En vez de solidificar su impulso materno, se llenó de horror al darse cuenta de que estaba verdaderamente extenuada por entregarse a los caprichos de esas pequeñas vidas que ella misma había gestado. Hastiada de tanto sacrificio, se sintió imposibilitada de abastecer a un nuevo ser que se expandía en su cuerpo; pero, sabiendo que no podía impedirlo, se refugió tras una sutil apatía aunque siguió cumpliendo cada uno de sus ritos.

Mi padre recibió la noticia con alegría. Había criticado a mi madre por el excesivo tiempo que nos dedicaba, y este nuevo hijo, pensaba, venía a romper el molesto triángulo. También se complacía por sí mismo, pues esta nueva paternidad lo confirmaba en su rol y en sus exactas aspiraciones familiares.

Por eso, cuando vio la cara velada de mi madre, quien desacostumbradamente no logró reprimir sus verdaderas emociones, se le desató la furia y la recriminó durante horas por su aberrante conducta.

Mi padre sintió que estaba ante una desconocida, pero luego pensó que ella requería una atención especial. Al día siguiente le obsequió un fino y costoso perfume que mi madre recibió sin levantar la cabeza, pero ya repuesta –aparentemente– de su desolación anterior.

Para mi padre todo recobró la armonía desde el instante en que la sintió impregnada por el perfume. No volvió a gastar un minuto de su tiempo en reflexionar sobre ella, salvo cuando la veía deformada, deambulando por la casa. Se sentía entonces traspasado por un profundo sentimiento de compasión hacia ese destino animalizado, y a la vez se redoblaba en él la felicidad por su condición de hombre, que le deparaba un destino estable e iluminado en su dignidad.

¡Ah! ¡Cuánto nos exigimos mi hermana y yo en esos meses! Comprendiendo que sólo nos teníamos el uno al otro, nos estrujábamos para evitarnos cualquier desengaño. El ancestral pacto se estrechó definitivamente, ampliándonos a todos los roles posibles: esposo y esposa, amigo y amiga, padre e hija, madre e hijo, hermano y hermana. Ensayamos en el terreno mismo todos los papeles que debíamos cumplir, perfectos y culpables, hostiles y amorosos. Jugábamos hasta caer desfallecidos, pero luego recomenzábamos para internarnos en la yunta predestinada. Jugábamos, también, al intercambio. Si yo era la esposa, mi hermana era el esposo y, felices, nos mirábamos volar sobre nuestra suprema condición.

En esos meses conseguimos consolidar nuestra astucia, dejando de lado a nuestra madre, hundida en una aplastante autocompasión.

Fuimos vigilados, apenas, por mi padre, para quien nuestra vitalidad marcaba el impecable buen curso de nuestra vida.

PREFIERO OLVIDAR el nacimiento de la niña. María de Alava fue desde la cuna un ser insoportable. Cuando nos obligaron a mirarla, vimos en su pequeñez enrojecida la crispación de su mal carácter y la pesadez de su futura silueta.

Mi madre, en el límite de sus fuerzas, sólo podía nutrirla en las horas estipuladas. Sin lograr descifrar objetivamente su estado de ánimo, se dejaba arrastrar por un sentimiento anodino que la distanciaba aún más de sí misma. El fervor maternal había cumplido un ciclo en ella. Un ciclo, por cierto, pleno y alienante que ahora cesaba apagadamente, arrastrándola a un prolongado fastidio.

Sentía que su vida carecía de sentido y arraigo. Expuesta a sucesivas transformaciones, se había estrellado contra cada uno de los escollos que le habían puesto por delante, comprometiendo en su empresa, por sobre todo, su propio cuerpo sometido a bastardos experimentos. Por supuesto, la trampa primera y la más corrosiva era mi padre, quien la había utilizado vilmente para reafirmarse ante los demás, obligándola a cumplir gestos para él sin considerar sus propios deseos o aptitudes.

Ella soñaba otra vida que sobrepasara la opacidad de la condición que mi padre la había obligado a asumir. Mirando a María de Alava, su horror se duplicó al verla con la cara descompuesta por el hambre.

Palpó sus pechos hinchados, apretándolos, y un chorro de leche inundó su camisa de hilo. El olor de su propia leche le ocasionó náuseas y no pudo acercar su pezón a la boca de la desdentada niña, que se abría como una oscura y mítica caverna.

Mi hermana melliza y yo pudimos independizarnos del apretado cinto familiar. Empezamos, deslumbrados, a recorrer la casa en que vivíamos, pero nos perseguía el llanto permanente de nuestra nueva hermana, la que usaba ese instrumento para evacuar la magnitud de su rebelión. Donde estuviésemos, su llanto agudo nos seguía, y optamos por habituarnos al desesperante sonido. Mi hermana melliza la detestaba con más fuerza que yo. Al menor descuido de los mayores, trepaba sobre ella apretándola y cubriéndola de arañazos.

Mi madre, una vez, la sorprendió; sin embargo, su actitud no fue lo suficientemente enérgica. Aún conservaba por nosotros un amor especial, aunque despojado de la pasión del primer tiempo.

Mi hermana se aterró al verse descubierta, pero cuando vio la mancha turbia en los ojos de mi madre entendió que María de Alava inspiraba un sentimiento antiguo y profundamente destructivo.

¿En qué momento se abrió una fisura en mí? Empecé a ver el mundo partido en dos, amenazando tragarme en sus intersticios. Todo estaba totalmente escindido, con los bordes abiertos hacia un abismo.

Pronto sentí que mi cuerpo se resquebrajaba consumido por una fragilidad indescriptible. Me invadió el terror a perder una pierna en una carrera, a perder un brazo por un movimiento, a que mi lengua rodara por el suelo ante una palabra. Creía que mis pupilas empezarían a girar descontroladamente dentro de las órbitas, estallando en mil pedazos, cegándome.

Completamente aterrado, suspendí la evacuación de las heces, seguro de perder en el acto mis intestinos. Así mis movimientos se redujeron al mínimo, hasta llevarme a una semiparálisis.

La constancia del miedo me enfrentaba con un mundo

empecinado en destruirse y destruirme. Yo, que estaba extremadamente sensibilizado, representaba la víctima más propicia en esa posible inmolación. La inestable movilidad del exterior condensaba la suma de perversas emociones que amenazaban devorarme. Con mi organismo puesto en contra, sólo me quedaba confiar en el rigor de mi razonamiento. Los latidos cerebrales me precipitaban en la angustia, provocándome serios desajustes ópticos y los más increíbles trastornos auditivos.

Sin interlocución posible, me hundía cada día más en mi doloroso estado, llegando a temer permanentemente por la integridad de mi cuerpo. La magnitud de mi sufrimiento era desproporcionada para mi ser de apenas cinco años, incapaz de ejercer ningún movimiento de salvataje real sobre sí mismo.

A los cinco años sentía que el universo lastimado me azotaba con los ganchos de su deterioro. Todo entraba en mí, sin que pudiera devolver nada. Demasiado herido, me dejé caer hacia el abismo. El abismo no era nada más que una zona confusa cruzada de dudas en permanente debate. Era la masa desquiciada en un juego eterno e infernal.

Empapado en la duda, hasta mi existencia me pareció cuestionable, o bien la prueba más tangible de un mundo oscuramente contrariado. Un mundo caotizado por la ausencia de un forjador que depositara en cada ser, en todo engendro humano, la paz ante su finitud y una resignación piadosa ante la apetencia genital. Desde el instante en que percibí el descabezamiento del mundo sin institución ni norma, choqué con mi momento más oscuro y crítico.

Mi madre, como fracaso de su propia institución, era la masa que me había aprensado contra sus grietas, cercenando en mí la posibilidad de navegar tras mi propio naufragio. Con el mundo partido en dos, mi única posibilidad de reconstrucción era mi hermana melliza. Junto a ella, solamente, podía alcanzar de nuevo la unidad.

Fue un ascenso lento y detenido en cada tramo. La viveza

del cuerpo de mi hermana me daba fuerza para caminar apoyado en su hombro, o para extender un brazo y tocarla. La validez de su boca me impulsó palabra por palabra. Paciente ante mis tropiezos, incrédula ante mis presagios, me cargó de regreso hasta aproximarme a mi elástica edad cronológica.

Mi hermana melliza armó pieza por pieza mi identidad, mirándome obsesivamente y traspasando en mí su conocimiento. Me obligó a separar el cuerpo de mi pensamiento y a distanciarme del orden de las cosas.

Utilizando el sistema ancestral del juego, me introdujo de nuevo a un mediano equilibrio: "Un padre no se rompe, ¿ves?", me decía realizando el juego del padre indestructible. Caminaba después en forma geométrica mientras yo permanecía en el centro-eje de sus pasos.

Optó por la repetición, por la desesperante y útil repetición. Hasta en sueños escuchaba: "Un padre no se rompe, ¿ves?", repitiendo las palabras en un eco sostenido y geométrico.

El vicio de mi madre consistía en aferrarse a circunstancias altamente riesgosas para lograr rehacerse a sí misma. Después del fracaso de cada opción a la que se había entregado en forma verdaderamente anormal, caía en un estado neutral y melancólico.

María de Alava creció en medio de ese estado, pero estaba medianamente protegida por la unidad genética de mi padre, que en ella era dominante. Tenía algo virilmente hostil que se podía leer no sólo en sus facciones y modales, sino en la manera en que procesaba conductas mentales.

Su cuerpo era ancho y pesado. Un levísimo arqueo en sus piernas hacía que su caminar estuviese ostensiblemente unido al movimiento exagerado y duro de sus hombros. En sus primeros dos o tres años de vida se fueron consolidando estos rasgos sin que experimentaran grandes alteraciones. Su semejanza con mi padre, notoria desde su nacimiento, se mantuvo en constante progresión, lo que atrajo la debilidad paterna hacia ella. Gozosa de este privilegio, pudo así evadir su necesidad de madre, pues la nuestra estaba, una vez más, inmersa en una grave crisis personal y elaborando pertinaces fantasías.

María de Alava desarrolló hacia nosotros una cauta observación. Si bien nos espiaba frecuentemente, no realizaba gestos que indicaran acercamiento, como si temiera el rechazo o el abuso. Elaboraba solitaria sus propias ceremonias lúdicas en que el rito remitía a animales míticos. Imaginarias batallas feroces en las que algo parecido a una pantera era devorado por algo parecido a un centauro.

Inicialmente, no nos percatamos de la naturaleza de los entes que ella ponía a combatir en la historia de sus juegos, pero sus sonidos, guturalmente salvajes, nos llevaron a descubrir su secreto. Mi hermana melliza se admiró de su valentía. Yo, pensando en la fuente de su conocimiento, lo adjudiqué a la calidad de los sueños de mi madre, quien, durante el proceso de gestación, seguramente estuvo desgarrada entre pulsiones animales. Pasada la sorpresa, sus juegos no nos despertaban asombro ni interés, e incluso su ocasional vigilancia no constituyó motivo de molestia.

María de Alava parecía un ser convencional. Todo estaba racionalmente medido en ella con la razón que tan bien identificábamos en mi padre.

Fue él quien, personalmente, se encargó de llevarla a la red del lenguaje, que ella adquirió después de algunas dificultades. Fue él, también, quien le enseñó algunos rincones de la casa, advirtiéndole que no se acercara demasiado a nosotros, manteniéndonos en espacios alternos.

Sin dolor fuimos testigos de su preferencia por ella y asistimos a su constante proteccionismo. Esta entrada tardía en la paternidad parecía verdaderamente inexplicable, como si se hubiera sentido obligado a duplicar su rol ante la indiferencia de mi madre, que no lograba salir de su modorra.

Nada de esto afectaba a María de Alava. Seguía con sus juegos relacionados con las más delirantes zoologías, con su única persona como público.

Mi hermana melliza, a veces, mostraba una carga homicida en sus ojos y corría hasta mi madre, quien buscaba en esos días una fórmula para abandonar la casa. Todas sus horas las destinaba a planear su fuga, estremecida por el resurgimiento de su fiebre genital, la que le ocasionaba ilimitados deseos y ansiedades. Vivía escudada tras la fantasía de la huida y, de hecho, una parte de ella ya nos había abandonado. Sin perder su encanto cumplía cada una de las peticiones que se le hacían, pero una mirada atenta podía percibir que sus gestos y movimientos eran mecánicos, que no veía ni escuchaba nada más que sus propias imágenes y voces.

NUESTRA SALIDA al exterior fue verdaderamente estremecedora. La ciudad, tibiamente sórdida, nos motivó a todo tipo de apetencias y activó nuestras fantasías heredadas de mi madre. Se podía palpar en el espesor ciudadano el tráfico libidinal que unía el crimen y la venta. Los bellos torsos desnudos de los jóvenes sudacas semejaban esculturas móviles recorriendo las aceras. En ese breve recorrido nuestros ojos caían en una bacanal descontrolada. Mi hermana melliza, encandilada por la musculatura masculina, tendía su perfil con los labios resecos por la falta de saliva. Sus párpados entornados permitían leer en la caída la instalación de una significativa y precoz lujuria.

Un pantalón raído y desgarrado, liberando un fragmento de pierna, volvía la mirada de mi hermana tan oscura y penetrante como la viscosidad de un pantano. Yo miraba todo aquello por sus ojos hasta que los míos se abatían enrojecidos por el potencial de las imágenes.

Esos curiosos y opulentos hombres sudacas parecían a

173

punto de estallar por la presión de la ciudad. Mi hermana y yo soñábamos perdernos por esas callejas ofertando trágicamente nuestra niñez inédita.

Llegando a las aulas pasamos, humillados, nuestra experiencia escolar. Tardábamos un tiempo en descartar las visiones anteriores y concentrarnos en el mundo del saber. No podíamos con la multitud de magros seres imposibles que poblaban las aulas. Nuestra compostura y la vivacidad de mi hermana provocaban prontas envidias de parte de los niños, quienes no cesaban de agredirnos a cada minuto. Mi hermana melliza estaba conmocionada por la vulgaridad del recinto y detestaba ser confundida con el resto del grupo. Buscaba destacarse sirviéndose de los perfumes de mi madre o de su perspicacia para captar cualquier defecto.

No teníamos dificultad alguna para entender las distintas materias; el conocimiento se canalizaba fluyendo por nuestra inteligencia, lo que irritaba aún más a los niños, quienes lograban torpemente dominar asuntos simples y grafías estereotipadas.

Mi hermana gustaba de vanagloriarse de sus logros. Se burlaba de los tropiezos de los demás inventando denigrantes apodos que pronto empezaban a circular de boca en boca.

Toda esa energía fue demasiado para mí. Exhausto por los cuerpos sudacas y sobrecogido por el bullicio mediocre de los niños, caí en un cansancio sospechoso que me hacía dormir en cualquier sitio. Una palidez cetrina empezó a amedrentar mis facciones, disminuyéndolas hasta un semianonimato. Mi hermana melliza apretaba mis mejillas para procurarme color, pero el efecto rojizo desaparecía casi al instante.

Mis entresueños tejían fragmentarias historias taponadas de gritos y muslos sangrantes. El rojo, protagonista de esas visiones, escurría líquidamente espeso, derramando imágenes de muerte. Algo estaba, una vez más, apagando mi organismo, pero también alertando mi cerebro y generando defensas.

El más mínimo esfuerzo se transformó, pronto, en un punto inalcanzable. Mi concentración decayó y mi fluyente aprendizaje se atascó como en un dique.

Nuevamente mi madre encaró mi enfermedad. Procedió según sus propias reglas intuitivas, mezclando yerbas fuertemente amargas que me devolvieron lentamente la salud y la fuerza para afrontar el espacio público.

Mi hermana melliza, en esos días, desarrolló modales provocativos y banales. Tuve que ejercer sobre ella todo el peso de mi autoridad, basándome en sucesivas humillaciones y menosprecios a sus capacidades. Ella, en el fondo extremadamente vulnerable, volvió a elaborar gestos complejos y profundos que eran la clave central de nuestro entendimiento.

Con su breve cambio había pretendido excluirme para lanzarse solitaria a la caza de otros afectos permanentes.

BRUSCAMENTE dejé de interesarme en los avatares de mi madre. Su presencia se incorporó a la totalidad de los movimientos de la casa, transformándose casi en un objeto más como prestadora de servicios. Incluso pensar por más de un segundo en ella me llenaba de una vergüenza que no era capaz de desentrañar.

Ocasionalmente, me rodeaba con muestras exageradas de afecto que yo rechazaba de plano. A mi madre esto la divertía, y ejercía entonces una sonrisa irónica que yo evadía alejándome.

Su constante ironía me mantenía distante la mayor parte del tiempo, pues no sabía cómo responder o desde qué flanco atacarla. En el límite de mis diez años, me negué a ser bañado por ella luego de percibir su huella irónica en los momentos en que dejaba caer el agua tibia sobre mi cuerpo desnudo. Así me desligué de todo contacto personal, permitiéndole sólo asistirme en funciones de máxima objetividad. Ella no opuso resistencia a ninguno de mis desprendimientos, los que yo iba estableciendo de manera muda y perentoria. Sensible a mi conducta, entendía de inmediato el sentido de mis gestos y me liberaba con una cierta indiferencia.

Sólo se manifestaba contrariada por la cercanía entre mi hermana melliza y yo. Ingeniaba sistemas para separarnos, pero mi hermana socavaba su resistencia con súplicas obsesivas. Erróneamente, pretendía producir encuentros entre mis dos hermanas, pero ninguna mostraba simpatía por la otra. Al revés, cualquier circunstancia era propicia para golpes y caídas que dañaban principalmente a María de Alava.

Yo odiaba los disturbios y me tapaba los oídos, llevado hasta el borde del desquicio. Si estaban cerca la una de la otra, me ponía tenso y alerta a cualquier pretexto que pudiera generar los insoportables conflictos que tan bien conocía. A veces yo mismo era motivo de conflicto. Si le hacía una simple pregunta a María de Alava, se desataba la furia en mi hermana melliza, que se le abalanzaba encima. Después se fugaba, dejando a la otra convulsionada por un llanto histérico.

Estaba francamente alarmado por los pleitos familiares. La vanidad y los celos dirigían convulsivamente sus actos, apartando todo vestigio de racionalidad. Yo, como mi madre antaño, aspiraba a abandonar la casa para encontrarme con un paraíso uniformemente masculino.

Mi padre se comportaba conmigo formalmente considerado y distante. Su única excentricidad consistía en salidas ocasionales para abastecerme de ropas. Sus ojos brillaban ante las distintas prendas, demostrando gran conocimiento en materia de telas. Las palpaba entre los dedos y describía agudamente su calidad y resistencia. Las camisas de seda eran su adquisición favorita. Yo compartía con él el placer por la seda, que me cubría de agradables escalofríos cuando se deslizaba por mi carne desnuda. Mi padre tardaba horas en tomar una decisión. Extendía sobre el largo mesón dos o tres camisas, comparándolas o examinando la calidad y nitidez de los brillos. Extasiado por los pliegues, las yemas de sus dedos recorrían la superficie de las prendas con la precisión de una caricia íntima y con el temblor de una pertinaz impotencia.

Para él, yo no contaba en esas horas. Cuando finalmente se decidía, me ordenaba la prueba final. Sus ojos, entonces, demostraban una evidente decepción, como si mi cuerpo disminuyera la calidad de la tela y mi rostro ahuyentara la grandiosidad de su belleza.

A los doce años tuve mi primer encuentro genital. Estuve al borde de consumar el acto trasmutado por la fuerza ancestral de la pasión. No sabía si estaba librado a la gloria o al suplicio, quería ir más allá, debía ir más allá aún, hasta unir lo lento con lo vertiginoso, el desorden y el máximo rigor conjugados vertebralmente en la carne sagrada.

Fue un encuentro callejero en un día pesadamente nublado. Yo caminaba atento por las estrechas callejas cuando intuí que alguien me seguía. Mi corazón palpitó desbocado, anhelando el secreto goce que emergía desde una parte de mi mente.

Muy pronto me di cuenta de que era yo quien seguía a alguien pausado y grácil que se deslizaba con un rítmico contoneo. La exactitud de la situación me hizo temer la presencia de una alucinación fantasiosa, pero el ruido sigiloso de sus pasos, el frío preciso, la irregularidad del suelo, me confirmaron que estaba ante un mundo completamente real.

Asombrado, entendí que estaba siguiendo los pasos de alguien sin saber por qué lo hacía o a quién correspondía esa figura. Me pareció un tiempo extraordinariamente fijo y crucial, que me hizo salir de los terrenos conocidos e internarme por el jeroglífico ciudadano en donde la similitud y la diferencia se desdibujaban.

En un momento determinado perdí la figura. Desolado e invadido por la inercia, empecé a rondar circularmente el lugar, pensando, ya nostálgicamente la difusa pérdida. Me sentí privado de una presencia absoluta, más fundacional que mis padres y más misteriosa que la suma de mis flujos.

Terriblemente entristecido, inicié el regreso. Los cuatro caminos que tenía ante mí se me presentaban igualmente posibles e igualmente errados. Comprendí que no sólo había perdido a alguien: yo mismo me había perdido en la búsqueda.

Era absurdo apostar al regreso. Uno de aquellos caminos me devolvería a mi casa, pero si erraba, el tiempo del regreso se retardaría tres veces más. Parecía que era castigado por seguir el impulso de mis designios. Pronto iba a oscurecer y con ello se extendería el peligro en la ciudad. Había sido advertido tantas veces de esto que me parecía un sueño estar expuesto allí, justo al borde de las prontas tinieblas, amparado por construcciones humildes y desconocidas.

Algunas caras me observaban con curiosidad mientras yo permanecía empecinadamente rígido frente a los cuatro caminos. Intenté, desesperado, rehacer el camino original, pero todas las posibilidades me parecían igualmente válidas. Angustiado por el frío, tomé una azarosa determinación. No sabría cómo definir mi opción ni qué recuerdos o presunciones calibré mientras enfilaba directamente a lo que yo creía era el sur.

Me aguardaba una larga y solitaria caminata, aumentada por el miedo que estaba sobresaltando mis pasos. Nada había que me distrajera, salvo el cielo cerrándose cada vez con mayor rapidez.

De pronto, cuando la miseria se me dejaba caer encima, vi la figura detenida a una cierta distancia. La visión casi me paralizó y de inmediato me posesionó un irreprimible deseo. Sin pensar caminé a través de la casi completa oscuridad y me detuve guiado por el olor de la piel.

Me sentí empujado contra la pared de piedra, respirando al unísono con la figura que se acercaba rozándome. Sus manos empezaron a recorrerme en forma suave y experta, presionándome con los dedos para apartarme las molestas ropas. Fui recorrido una y otra vez por esas manos que encontraban en mí lo más bello del intercambio público.

Sin sentir las piedras a mi espalda, buscaba llegar a la profundidad total luego de que las caricias me prepararan hacia ese instante. Completamente fuera de mí, intenté palpar el otro cuerpo, pero sus mismas manos me frenaron.

Como desagravio, su boca tapó la mía conjugando el vicio de la saliva. Mi lengua, interna e insignificante, adquirió otro valor. Mi lengua era una espada que buscaba herir a mi rival y que, a la par, buscaba lamer a mi aliado.

El líquido combate movedizo de nuestras bocas se prolongó por un tiempo desesperante y desesperado. Ondulaciones, persecuciones y aguijonazos imprimían un ritmo jadeante a mi respiración, que se elevaba nasalmente vulgar. En el límite de mis fuerzas, busqué decididamente la consumación, pero la figura huyó, dejándome ardido contra las piedras.

Entonces empezó el dolor. Un dolor agudo y genital, provocado por el deseo vivo y demandante. Impúdicamente solitario, me resigné a la gloria individual que por primera vez cursaba totalmente. La satisfacción alcanzó la curva del deseo y la dimensión del abandono. Cuando sentí la violencia de las piedras a mi espalda supe que todo había terminado.

Las horas de regreso a mi casa fueron horas agónicas en las que maldije asesinando mi vitalidad sexuada. Me reduje al estado de mácula, indigno de habitar mi casa y mi familia. Sentía que mi mente y mi cuerpo condensaban el eccema del mundo.

A intervalos, violentas oleadas me entibiaban reproduciendo la templanza anterior, que redoblaba el deteriorado juicio sobre mí mismo. El sermón de la razón me imprecaba incesantemente, acusándome de un alevoso crimen cuyo precio eran la vergüenza y el horror permanentes.

Para sacarme ese peso de encima me prometí los más vastos sacrificios, que llegaban hasta el castramiento eunuco. Sin embargo, algo se había pervertido irremediablemente en mí y, en el fondo, me había abierto hacia una forma de vida cínica a la vez que sincera.

Un intenso sufrimiento me acompañó por varios días, pero paulatinamente me concentré, lleno de ansiedad, en dilucidar los detalles del encuentro callejero.

No pude precisar quién ni qué me sedujo ese anochecer. En ninguna de mis constantes reconstrucciones pude afirmarlo con certeza, aunque estoy seguro de haberme encontrado con la plenitud de la juventud encarnada en una muchacha mendicante o en un muchacho vagabundo que, cerca de la noche, se convirtió en una limosna para mí.

Mi hermana melliza captó de inmediato lo que había sucedido. Al principio negué, empecinado, lo que catalogué como delirantes suposiciones suyas. Luego, como continuaba presionándome, acudí a un mutismo molesto para ahuyentarla. Ninguna de mis actitudes era capaz de detenerla y llegó hasta ofrecerme regalos si le detallaba lo ocurrido.

Me ofreció casi todo lo que poseía, incluso aquellas cosas que más apreciaba y que ornamentaban su existencia. Finalmente cedí, no porque me hubiesen tentado sus ofertas sino por la imperiosa necesidad de dilucidar los sucesos del atardecer.

El inicio fue titubeante y engorroso, pero luego las palabras fluyeron extraordinariamente precisas, estimuladas quizás por la expresión inequívocamente alterada de mi hermana, incitándome a una procacidad cada vez más profunda. Su rostro oscilaba desde una palidez elocuente hasta un enrojecimiento culpable y sensual.

Aunque yo la nutría de sensaciones desconocidas, la fuerza

de la envidia aparecía en la crispación de sus facciones y en la permanencia de una sonrisa insostenible. No me interesaba aplacar sus sentimientos, pues había caído en la compulsión reiterativa de aludir a lo pasado una y otra vez, como si la fuerza de los detalles pudiera atraer el vigor de lo vivido.

Reconozco que no medí el real efecto que mi acto alcanzó en la conciencia de mi hermana, pues me comportaba según mis propias necesidades y carencias. Pronto la fiebre y la peste la estragaron, llegando a tal deterioro que estuvo al borde de la muerte.

Casi no dormí en esos días. La fiebre delirante la hacía nombrarme frecuentemente y, lo peor, modulaba fragmentos del episodio que le había relatado. Mis padres entendían a medias sus palabras, pero no les era ajeno su procaz contenido, imposible en una niña de doce años. En ellos crecían el repudio y el asombro, matizados con el dolor por su próxima pérdida. Confieso que me aliviaba el que no relacionaran esas palabras conmigo, pero en mí también crecía el terror por su inminente abandono.

No me era posible pensar la vida sin mi hermana. Una parte mía terminaba en ella, quizás la parte más sólida y permanente.

Casi no me moví de su lado, compadeciéndola por las pústulas que la invadían impidiéndole beber, mirar y —casi— moverse. Su esbelto cuerpo se transformó pronto en un raquítico esqueleto amarillento, cubierto de erupciones que sus pequeñas manos rompían con el roce. La sangre y la pus corrían manchando las sábanas, las que debían ser cambiadas varias veces al día. Mi madre fue informada de que debía aguardar el curso propio de la enfermedad, que descansaba sólo en la resistencia orgánica de mi hermana.

La casa era un caos, sacudida por el rumor de la muerte. El contagio trepaba por las paredes y nos observaba desde las ventanas. Pero yo no me amilané. En algún lugar sabía que estaba inmune, pues mi hermana había invocado al mal para liberar sus propios apetitos. En realidad, ella había invocado a la muerte para castigarme y castigarse. Sabía, también, muy confusamente, que en mí descansaba la posibilidad de su cura, aunque desconocía la forma exacta de procurársela.

En las horas en que mis padres dormían, me sentaba al borde de su cama, acechando en ella alguna señal proveniente de la profundidad de su cuerpo.

Una y otra vez su voz se elevaba dificultosamente, reproduciendo las frases de la situación que yo, nuevamente, quería olvidar. Sin duda, mi hermana melliza se estaba dejando morir. Su lucha era a cada momento más débil y su estado transitaba entre la vida y la nada.

No iba a permitir su deserción. Dispuesto a todo, busqué desesperadamente un recurso único capaz de devolverle su altanera resistencia al exterior. Revisé atentamente la situación pasada, buscando una razón posible para su fisura. Un elemento permaneció entero después de descartar la mayoría de los sentimientos que eran frecuentes en ella. La obsesión que la regía era, desde luego, el centro de su crisis.

Aun así, aislando ese factor, no podía resolver la causa exacta que había desencadenado su quiebre obsesivo que yo me sentía desde ya capaz de disolver. Yo mismo llegué a obsesionarme, pero me parecía lícito pues me movía la emergencia de la muerte.

Mi cabeza estaba a punto de estallar. Por un momento pensé que no había ninguna salida posible y que se estaba consumando un fratricidio.

Volví a pensar que una parte mía correspondía a una zona común con mi hermana y, ocupando su lugar, me interrogué sobre aquello que podría constituir en mí una fractura. La voz y la verdad me iluminaron. Como un antiguo y eficaz curandero me arrastré hasta su cama surcada de pestilencia y sufrimiento, y empecé a hablarle con el amor de un enfermo a una enferma, diciéndole que para mí ese otro o esa otra que me asaltó o asalté en la angosta calleja fue siempre ella, que en ningún momento estuvo fuera de mis sentidos, que estaba allí, que era ella, que éramos. Mi mano se posó en su cuello mermado por la infección para hacerle entender que no le temía y que su cuerpo agarrotado seguía hegemonizando mi mente.

La realidad de mis frases descorrió el velo que tan angustiosamente trataba de conservar. Sollozando, me dejé caer sobre su pecho hasta que su mano, que entendía, tocó mi cabeza.

Después vino la mejoría. Mis ojos tardaron en encontrar los de ella. Sus ojos dilataron la frontalidad como si el mal hubiera roto algo entre nosotros, dejándonos abruptamente encadenados a una desoladora falta de ficción.

Mi MADRE mantuvo una espesa conversación con mi hermana. Sondeando sus costumbres, la emplazó sobre la naturaleza y el sentido de su salida al exterior. Yo le había advertido del efecto que sus palabras habían tenido en mis padres, y esto le permitió salvar con éxito el difícil momento.

Habló en tono confesional de los sueños turbios que la atemorizaban. Dejó entrever que su delirio onírico la consumía en una fuerte carga corporal desconocida para ella. Mi madre aparentó entender, pero desde entonces apartó decididamente a María de Alava de nosotros.

La casa estuvo terriblemente tensa. Mi hermana melliza fingía hasta el cansancio diversas actuaciones púdicas, dejando de lado los perfumes de mi madre y restándose sus amados atributos.

Me negué a participar en su farsa. La hosca actitud con mi madre se acrecentó hasta la evidencia. De modo inapelable entendí que mi madre estaba profundamente envidiosa de mi hermana y encubría sus sentimientos con rigurosas y ajenas pautas morales. Mi hermana era sancionada no por lo que hacía sino por lo que era, una niña que crecía ajando a su madre.

Temí la venganza. Ya percibía que una mujer envejecida era

capaz de cualquier cosa para encubrir su proceso. Hube de alabarla y me plegué a la actuación de mi hermana. Le hablé de lo que más me desagradaba en ella: su permanente sonrisa juvenil que la distanciaba de su mirada, de sus pasos, de sus palabras.

Le hablé de su sonrisa joven y los ojos de mi madre se velaron por las lágrimas. Atisbé, una vez más y a pesar mío, que ella seguía atada a sus malas apetencias apozadas en su mente con la misma carga de los pasados años.

Aconsejé a mi hermana la distancia. No soportaba que fuera victimada por los años de otra mujer. Silenciosos y juntos retomamos la respiración de las salidas. Encubiertos detrás de lo imposible, soportamos íntegros las miradas que nos juzgaban desde todos los rincones de la casa.

¡Ah, el terror y el acoso de la sangre! Recuerdo cuando mi hermana sangró por primera vez. Muy cerca de los trece años inició un viaje ajeno, lleno de malestares jamás sentidos por mí. Ya antes había intentado hablarme de eso, asustada y ansiosa por el proceso que la esperaba. No quise escucharla y menos aún hacer comentarios sobre lo que me parecía un síntoma sucio y personal.

Pero llegó el día en que mi hermana se vio manchada entre las piernas y reaccionó como si hubiera recibido un palmazo en plena cara. La vi terriblemente pálida, tomándose el bajo vientre con las manos, aún bajo el efecto del asombro. Las lágrimas corrían por su cara sin querer aceptar el testimonio de su infertilidad.

Mirándola, por única vez me pareció una niña casi anodina al borde de la desfiguración. No sabía ni quería consolarla, algo definitivo se interponía entre nosotros. Ella pagaba su costo sexual y marcaba su normalidad a esa filiación. Me conmocionó su mansedumbre genética, como si nuestra unidad gestante no hubiera significado nada o, al menos, nada importante.

No pude evitar que mi mirada dejara traslucir mis sentimientos. Mi hermana se sintió culpable e inocente a la vez, y leí en ella una serie de reproches capaces de erosionar aún más el signo de nuestra alianza.

Un golpe de sangre nos detuvo. Horrorizado, me di cuenta de que sangraba profusamente por la nariz. Me llevé la mano a la cara y la retiré mojada. Mi camisa estaba completamente salpicada de rojo. Nos miramos suspendiendo la necesidad de las palabras y la arrogancia huyó despavorida de nosotros. Se había establecido de nuevo, ostentosamente, el nexo íntimo agobiante y absoluto.

Debo reconocer que el paño helado detuvo la sangre de inmediato, pero no aminoró la potencialidad del designio.

Sin saber si yo intentaba fundirme en ella o si, al revés, era ella quien había desatado mi sangre, nos apartamos intuitivamente, sintiendo el hábito de la transfusión.

Nunca, que yo recuerde, hicimos ningún comentario sobre el hecho. Los ciclos de mi hermana fueron silenciados y apartados. Se retiraba de mí en esos días, ocultando su palidez y macilencia, pues sabía que no la apreciaba en ese estado.

Cuando retornaba a su belleza, se abría entre nosotros la locuacidad. Hablábamos de las mujeres y los hombres que nos embestían saliendo desde las angostas callejas.

La apetencia. La brusca emotividad de la apetencia. Era el ir y venir de una herida infectada y abierta que palpitaba irregularmente. La oferta y la demanda se concentraban en mi cuerpo, a instantes degradado, a instantes ascendente. Escudado en la serenidad de la noche, la vigilia ciega me asaltaba tal como una mujer desnuda en un terreno erial o como la magnitud cósmica de un parto.

El titubeo culpable de mi mano respondía al clamor de mi carne e invalidaba todos los pudores que pedía a la parte más intangible de mi ser que yacía violado.

Vital como la comida, mi apetencia renacía desde la muerte, venciendo mi voluntad. Había perdido la conciencia de mí mismo en el campo de batalla abierto entre mi cuerpo y mi mente.

El asalto podía venir en cualquier instante. Temí, por lo tanto, el estar solo. Lo temí con la intensidad de la oscuridad de la primera infancia, y entendí que ese miedo primitivo era la alerta por el tráfico procaz entre el cuerpo y la mente.

Nada más amenazador que el rito con que el cuerpo se festejaba; nada más humillante, tampoco, que el cuerpo lacio y exhausto dotado de imágenes que forzadamente reaparecían, extravagantes en su sensualidad.

Mis paseos por las callejas parecían ser un depósito de visiones que luego, en soledad, rehacía según el dictado de mis caprichos. Me parecía inverosímil el quiebre de mi integridad, dócil a las peticiones de mis fibras celulares, porfiadamente activas y clandestinas.

Debí habituarme a mi cuerpo como hube de acostumbrarme a casi todas las irregularidades de mi vida, acumulando la ira de la víctima destinada a no compartir con nadie su secreto, ni exhibirse, ni festejarse en sus vicios.

MI HERMANA quiso agotar toda la seda y todos los brillos. Su cuerpo de trece años estalló de la infancia y, púber, se asomó a las líneas que auguraba. Las épocas desfilaban en los trajes que improvisaba para mí. Carente de estilo, yo era su público y su consejero. Pensé que el color malva era para ella. Pintaba sus mejillas de malva. Escurría el malva por sus labios. A veces me inclinaba al rojo y, si mi índole estaba serena, le esparcía suaves tonos de rosa.

Procurando desesperadamente un estilo, su actuación febril me esclavizaba por horas a su lado mientras yo intentaba complacerla. La pintura facial la ponía en el centro del absurdo; los ropajes con que ceñía sus caderas y su pecho, en vez de resaltarlos, evidenciaban su excesiva delgadez. Sólo parecía ir bien cuando su disfraz remitía a sus trece años.

En esas ocasiones su edad amenazaba desintegrarse, y pasaban todos los años por su cuerpo de modo salvajemente carnal y provocante. Pero ella se resistía, llevada por su fantasía de mujeres exactas y unívocas.

Su vanidad crecía como la oscuridad invernal. Viviendo en sí y para sí, me utilizaba para reflejarse en mis pupilas, para leerse en mis pupilas, para apreciarse en mis pupilas.

Yo sabía que ella estaba desviando sus propios apetitos. Asistía a la sucesión de actos dolorosos en los que se negaba para suspender el perturbador presente. Agitada y sufriente, la noche la encontraba rendida y su pálida faz se entregaba al sueño de su cuerpo cansado.

No obstante, un día me lo dijo en medio de un arranque que no pudo dominar por más tiempo. Me lo dijo conociendo la profundidad de la herida que me iba a provocar. Me habló de ejércitos de muchachas y muchachos que la visitaban en su mente. Me habló, también, de mendicantes sudacas que la seguían para desgarrarla.

Quería abandonar la casa y bailar el exterior hasta caer muerta. Cada minuto, para ella, era una pérdida. Todo el mundo se reía, en todo el mundo la fiesta crecía sublime mientras ella estaba condenada tras el muro del claustro. Yo era su guardián, su carcelero más feroz. Me habló con odio, un odio inmerso en una desconocida frialdad.

Pronto la posesionó la histeria y me culpó de intenciones más perversas. Afirmó que yo jugaba con su mente para empujarla a la insania. Su injusticia era insoportable. Mientras la observaba, casi no podía creer que ella estuviera diciendo verdaderamente esas palabras.

Me pareció un pequeño espíritu del mal y, sin poder controlarme, inicié una serie de acusaciones contra ella. Invadido también por la histeria, denuncié su patetismo femenino y su irrisorio contacto con el mundo. Le dije que en la fiesta del universo ella jugaría el papel más despreciable, que no tenía vida si yo no se la otorgaba y que sin mí no era digna de ser tomada ni siquiera por un labriego. Denuncié las escasas líneas de su cuerpo y la limitación de su pensamiento, encubierto tras la mediocridad de su astucia.

Aulló como un cachorro y se me vino encima para golpearme. Mis manos la esperaron. No podía dejar de atacarla, reaccionando como un marido que recién se hubiera enterado de que su mujer copulaba con todos los hombres del pueblo. La golpeaba para vengarme de su peso, que arrastraba desde el segundo día de mi vida. Me golpeaba también a mí mismo a través de ella.

Viví, entonces, la utilidad de la violencia sintiéndome capaz del crimen, ansiando el crimen para terminar definitivamente con el conflicto.

Tirada ella en el suelo, seguí golpeándola con pies y manos. De pronto sus quejidos cesaron y el silencio, a la vez que me desconcertó, despertó mi razón. La miré terriblemente extrañado por mi actitud. La extrañeza llegaba antes que el arrepentimiento. Me parecía imposible que yo hubiese sido capaz de tal furia. Por eso mi mirada buscó en ella el detonante de mi ira. Allí estaba, ovillada y rodeada por sus brazos. Sus ojos parecían aun más calmos que de costumbre y la crispación de su cara había cesado. Había recuperado su belleza a pesar de las líneas rojizas en sus mejillas, en sus brazos y en sus piernas.

Ella estaba sonriendo. Creí que era una ilusión óptica, pero la volví a observar: una definida sonrisa se dibujaba en su boca.

Desde el dintel de la puerta sentimos la voz de mi madre. Por su expresión supimos que había asistido a toda la escena. Mi hermana se levantó y, de pie, ambos la enfrentamos. Yo estaba demasiado avergonzado para inventar un ardid. En realidad, no fue necesario, pues mi madre se adentró en la pieza y, apoyada en la muralla, se tapó la cara con las manos.

Los muchachos rondaban a mi hermana permanentemente. Como insectos de luces giraban cerca de ella, dando bruscos aletazos a la pose. Intentaban halagarme para hacer de mí un cómplice, proponiéndome absurdas competencias cuyo precio era permitirles la entrada hasta mi casa.

Entre todos ellos, uno parecía haber sido desintegrado por la pasión. Alto y bien dotado, perdió toda su compostura por ella. Antaño él dirigía, altanero, las agresiones y las burlas, pero con la aparición de mi hermana empezó a debilitarse de una forma tan alarmante que su imagen trastabillaba entre el patetismo y la compasión.

Cerca de mi hermana su timidez parecía francamente femenina y chocaba con su parte masculina, en la que leía la prisa por la posesión. Podían interpretarse como en un libro abierto todas sus fantasías nocturnas y diurnas aflorando en el temblor sudoroso de sus manos y su cuerpo que, significativamente, se erectaba rígido cuando la tenía cerca.

El quería, ante ella, mantener un modelo ejemplar. Pero su modelo se desplomaba hecho trizas, remplazado por una conmovedora bondad paterna en la que suspendía su propia vida; le regalaba su vida para obtener parte de su cuerpo.

Sin embargo, era constante en el muchacho su belleza. Incluso hundido en la pasión, su belleza se iba profundizando hacia un estadio de gran pureza que adquirían delicadamente sus movimientos. El muchacho parecía el producto de un prolongado desamparo afectivo o bien, al contrario, se podía pensar que había sido mimado hasta el paroxismo y por primera vez quería devolver el gesto.

El implacable e inseguro mundo masculino lo desalojó del

pedestal que se le había otorgado. Su nombre fue vituperado de boca en boca con toda clase de apodos ridiculizantes, extraídos del carácter de las niñas.

Curiosamente, al muchacho nada de esto le importaba; a la inversa, parecía complacido por la creciente humillación. Muy cerca del misticismo y del sacrificio, parecía regocijado por el ataque social, como si su marginación brutal fuera el precio que debía pagar para alcanzar su deseo.

La vanidad de mi hermana creció como la instalación de un nuevo sol en el universo. Oscilaba entre el rechazo y la cercanía. Ávida de mayores sacrificios y muestras de amor, cada fractura en el muchacho era recibida como signo de homenaje. Yo, que no dejaba de observarla, vi cómo él iba adentrándose en su mente desde una posición degradada pero no por eso menos significativa.

Desde luego, mi hermana no podía entender la enorme diferencia que el muchacho tenía con ella y de qué modo no era sino un pretexto que le permitía liberar su ambigüedad. El muchacho la estaba utilizando para despeñarse cuesta abajo, sintiéndose aterrado por su creciente belleza.

Había decidido renunciar y reducirse al dominio de mi hermana, desligándose de su propio poder. Era el fracaso y el pánico ante el modelo masculino, modelo que quebraba, precisamente, para hacer triunfar la seducción.

Vi que mi hermana estaba al borde de caer en la trampa. Sólo podía ser, esquivamente, atrapada por aquel que imitara su propio género y su única casta. Por aquel que fuera capaz de compartir y adscribir su lugar mermado y expuesto.

Me deslumbró el sacrificio del muchacho. Entendí que había explorado a fondo en la confusa mente femenina, comprendiendo el aprecio que sentían ellas por formas alteradas, paralelo a la devoción que les despertaban las formas regulares. La diferencia al modelo se transaba, en las mujeres, a un precio elevado y podía llegar a ser más esclavizante y perdurable que el arquetipo conocido.

Desde su lugar el muchacho mantenía conmigo una prudente distancia. Sin demostrar animosidad, permanecía apáticamente al margen. Nuestra casa tampoco parecía constituir para él una obsesión. Sólo se movilizaba con sagacidad por las aulas y a través de las calles de la ciudad.

Como un adicto de la mirada, mis ojos no me daban tregua. Las horas transcurrían descifrando movimientos y situaciones. En momentos privilegiados llegaba a una sabiduría tan absoluta que temí ser capaz de descifrar secretos campos jeroglíficos. Nada me interesaba menos, pero parecía que el misterio se ponía delante de mí ofertándose como una mujer hambrienta.

Mi cabeza no cesaba de destejer las hebras que tramaban la conducta humana. Pero no quería examinar mi propia conducta ni reconocer lo penoso de mi actividad.

El muchacho logró, sin proponérselo, volverme hacia mí mismo. Durante todo el tiempo el conocido malestar me había poseído, oprimiendo mi pecho bajo la forma de la angustia.

No soportaba asistir al traspaso afectivo que entre ellos se estaba produciendo y que me lanzaba a la exclusión y a la desdicha. Yo casi sentía lo mismo que ellos, e incluso, vibraba aún más intensamente que ambos, pero —también— nada me era propio, salvo el excedente de sentimientos ajenos. Como un parásito deshacía y anulaba mi estima.

Intuía que todo era un truco fantasioso de mi hermana, para quien los celos eran la fuerza viva del amor. Mi hermana melliza desconfiaba de mi cariño y anteponía barreras y dolorosas pruebas para reafirmarlo.

Ansiando la completa indiferencia, quise poder permitir libremente la alianza entre ellos. De ese modo mi triunfo habría sido rotundo, pero era preciso detener mi angustia, pues mi inestabilidad exigía una pronta reparación.

Los celos se superponían al odio, el odio al abandono, el rencor parecía un vigía que anunciaba el cataclismo de mi mente. El sufrimiento que invadía mis días me hacía temer cada amanecer. Decidí, en el límite de mis fuerzas, intentar una ofensiva para aniquilar a mi hermana melliza: que se hiciera visible que había jugado su último juego conmigo.

En mis sueños volvían a aparecer esas dos formas amalgamadas que se trenzaban en un abrazo o en una lucha, debatidas en la calidez de las aguas. Hube de responder a la voracidad de esas imágenes y me preparé a enfrentarme a ella tal como un amante en su primera cita.

Repudiándome a mí mismo, engarcé todas las piezas de la escena. Grácil como una pantera y sensual como una cortesana oriental, borré al muchacho de su mente.

Me valí de una graciosa aunque insignificante muchacha sudaca que, sin entender lo que estaba haciendo, accedió a mi pedido. Con lentitud y suavidad realcé el recorrido de mis dedos mientras mis músculos me seguían, extraordinariamente sagaces.

No hubo final ni consumación, tan sólo el poderío de la muralla de piedra que brillaba con la fama del último sol del atardecer. No obstante, mi hermana sintió frío y tembló como si la envolviera la mitad de la noche.

MARÍA DE ALAVA seguía estrechamente ligada a mi padre. De esa cercanía extrajo una serie de certezas y aptitudes. Se paseaba por la casa como única dueña, inspeccionando sus dominios. Su habilidad con el espacio era sorprendente y demostraba un admirable manejo con su cuerpo. Al borde del malabarismo, lograba unificarse con las cosas, atrayéndolas para su beneficio. Su estructura gruesa y más bien viril se contradecía con su cualidad equilibrista.

Yo me divertía mirando sus juegos y los ejercicios que realizaba con gran solemnidad. Fingía estar al borde de un abismo o cruzando la línea de un incendio. Esquivaba a una peligrosa pantera desde lo alto de una roca, logrando sobrevivir y vencerla.

Su juego más frecuente era con aguas: infernales animales acuáticos querían devorarla, pero ella escapaba irrumpiendo hasta la superficie del oleaje redentor.

El mar, que no conocíamos, parecía obsesionarla. Las embarcaciones la trasladaban directamente a la catástrofe. Frágiles embarcaciones destrozadas por la furia del mar la empujaban al naufragio. O fuertes embarcaciones de las que huía, perseguida por seres anormales a punto de sacrificarla. Creaba escenificaciones perfectas en las que fingía los arañazos de su cuerpo revolcándose en la arena.

Sus juegos concluían siempre de manera unívoca. La figura de mi padre la trasladaba a tierra firme, acunándola entre sus brazos. Encubría a mi padre bajo la forma de diversos seres heroicos —marineros, vigías, capitanes, gladiadores— que evidentemente lo encarnaban, pues el disfraz lo encubría sólo a medias. El pelo, un gesto o la conducta que estaba describiendo correspondían a su exacto pelo, gesto o hábito.

Claramente, María de Alava estaba actuando las hazañas diseñadas por mi padre. Su epopeya tocaba la muerte con una atracción significativa y casi suicida. Invariablemente, la muerte era vencida para una próxima y vívida escena. Mi hermana menor portaba la muerte anhelada por mi padre y eso la obligaba a reducirse a dos polos: el éxito o el fracaso, el bien o el mal, la vida o la muerte. Exactamente en esa pobreza convencional mi padre había arraigado en ella con mayor profundidad. Sólo en ocasiones mostraba rasgos diferentes que coincidían con su enfrentamiento al núcleo femenino.

En su relación con mi madre y mi hermana melliza le era necesario impostar procedimientos cautelosos, pues le imponían una serie de obstáculos para cursar sus peticiones.

Mi madre la atormentaba con la comida, apelando a su mediana robustez. Con ademanes histéricos la culpaba de una apetencia desmesurada a que amenazaba conformar un cuerpo ridículo y avergonzante para la familia.

Mi hermana la escuchaba sin contradecirla y luchaba por

reducir su cuota de alimentos, sabiendo que la raíz de su problema no era la alimentación sino el centro de su constitución ósea.

Pero el conflicto mayor se daba con mi hermana melliza, quien la acusaba ante mi madre de persecuciones, robos y mentiras. Se sucedían los castigos sobre ella, pero mi padre intercedía y la libraba.

Desde luego, mi hermana no era del todo inocente por la hostilidad femenina. Su permisiva actitud era, sin duda, una forma elevada de agresión; además, ella no intentaba en ningún vértice ampliar hacia los demás el radio de su afecto.

El punto límite de las pasiones familiares se condensaba en su relación conmigo. Aunque no me otorgaba la categoría de héroe, me ubicaba en un lugar superior donde era necesaria la cercanía física. Sabiéndome solo, irrumpía hasta el interior de mi pieza para obsequiarme un baile.

La danza era otra de sus aptitudes: una danza extrañamente intemporal, creada originalmente por los movimientos extremos de su cuerpo. La pasión del baile afloraba con la belleza de lo eterno. Cercano y distante, agónico y vital, su cuerpo bailaba la historia del mundo; su rostro danzaba la hoguera de sus pies y parecía expulsar sus pensamientos para que bailaran y saciaran los contenidos.

Pocas veces he visto un espectáculo semejante y realizado según la plenitud de mis deseos. Cierto de nuestra soledad, yo bailaba con ella, dirigido y estimulado por ella, allí donde todo mi cuerpo se ponía al servicio de mis mejores percepciones y sueños. Parecido a lo sensual, estaba más allá de la sensualidad misma; semejante a lo irreal, portaba la realidad de todas las vidas humanas.

Buscábamos el tiempo y los designios que ya mi hermana menor había comprendido desde la infinitud de sus diez años. Por ello, yo podía imitarla, adivinarla y crear para ella un símil. Se trataba de la vida y no de la muerte; o bien, la vida a pesar de la muerte, ondulando en nosotros como un homenaje a las raíces, a los héroes y a los mendigos. Un festejo a la adolorida miseria humana y a la incertidumbre de nuestro futuro.

Era un baile sagrado que miraba directo a la tierra, encarnado y posible sólo en la tierra que contenía la perfección de nuestros pies para que el cuerpo erguido pudiera trenzar el universo y rehacerlo.

Sin rehuir la naturaleza humana, nuestros cuerpos gesticulaban el odio y la envidia, la lujuria y la corrupción, con el mismo énfasis que el asombro ante el nacimiento de la especie. Mirándonos en nuestra capacidad de ser, íbamos desintegrándonos y renaciendo, más allá y fuera de las palabras, logrando abordar esas horas sin horas.

Era nuestro secreto. Después de terminar la danza, María de Alava abandonaba la pieza cerrando cuidadosamente la puerta tras de sí. Yo me tendía en el suelo recuperando mis miembros. Con la memoria perdida, el baile se replegaba hasta un rincón de mis huesos para reposar su grandeza y apaciguar su desgaste.

LA IRA DE MI PADRE estallaba como la disolución final de una estrella quemada. Su autoridad contrariada golpeaba la casa dando alaridos y sumiéndonos en la angustia al constatar nosotros que lo unía a mi madre la vertiente del odio. No necesitábamos conocer las razones de su disputa, ni tampoco saber quién de los dos había desencadenado el pleito. Ya nos eran suficientemente pavorosos los golpes a los enseres y el llanto histérico de mi madre deseándole la muerte e implorando la llegada de su propio fin.

Ambos buscaban las frases más hirientes, como si las palabras tuvieran un valor definitivo y material. En algunas ocasiones parecía que el disturbio por fin se había disuelto, pero de pronto seguían con violencia sus voces abriendo el depósito del rencor. La comedia familiar rodaba hecha trizas, y asomaba su real fragilidad. Comparecía ante nosotros una pareja hostil, agobiada por el nudo perpetuo, cuya esclavitud se encadenaba en sus materias filiales.

Incapaces de explicitar su resentimiento, se acusaban mutuamente de cancelar sus vidas encerrados en el catastrófico espacio familiar. Aunque mi madre era la más certera y encarnizada, finalmente optaba por rendirse pues mi padre, invariablemente, anunciaba su intención de abandonar la casa. Mi madre se veía en el oprobio de la pérdida y del abandono. Imaginaba legiones de mujeres cargando a sus llorosos hijos a través de montes y pantanos. Veía manadas de huérfanos hambrientos, entregados a diversos tráficos carnales. Se ponía, ella misma, en la situación de una anciana reumática y desquiciada, esperando la muerte en el asilo de las afueras de la ciudad. Suponía que su cuerpo maduro y soltero podía caer en el exceso del tacto, siendo observada desde los ventanales de su pieza.

Mi madre cedía, pues pensaba que mi padre, fuera de la casa, se internaría por caminos felices, plagados de mujeres que le otorgarían gratuitamente sus favores: mi padre en el sendero del éxtasis y la burla a la antigua familia. Ella sólo rescataba para sí la tragedia cíclica de la degradación personal.

Aun así, mi madre estaba permanentemente buscando el enfrentamiento y jugando con su supuesta desventura. En algún lugar esperaba el desplome final y la desarticulación de la familia, pero cerca de la realidad se replegaba, almacenando la tentación.

Para mi padre los disturbios no eran sino una parte constitutiva de su vida. Los consideraba útiles para mantener el equilibrio y recordarnos la extensión de su poder. Jamás pensó verdaderamente en abandonar la casa. Más aún, la sola idea le era insoportable pues el afuera le generaba gran inseguridad. Aprensado contra las casas de la ciudad, surgía en él un desamparo infantil que lo hacía retroceder hasta su penoso desarrollo.

Cerca de mi madre había conseguido ahuyentar sus temores cumpliendo con sus designios genéticos. Las disputas, pues, le eran fundamentales porque así se cumplían sus anhelos bélicos, de los que salía no sólo indemne sino también triunfante. Más tarde logré adivinar la raíz del juego entre ellos. Pero por largo tiempo mi corazón debilitado medía los efectos devastadores con que la figura paterna castigaba a su rebaño.

A LOS TRECE AÑOS fui atacado brutalmente por una horda de jóvenes sudacas furibundos. Mientras caminaba hasta la fuente donde pasaba algunas horas observando la inquietud de las aguas, pude verlos a una cierta distancia. Pese a que abundaban por la ciudad, en esa ocasión el grupo que avanzaba hacia mí me produjo una relativa intranquilidad. Intenté devolver mis pasos y sortear a los muchachos internándome por calles paralelas, pero de inmediato me avergoncé por lo que consideré una cobardía.

La tarde estaba sombríamente helada. Me hundí entre mis ropas intentando convertirme en un bulto anónimo. Muy cerca, pude ver difusamente sus rostros. Todos ellos tenían algo en común por el modo en que manejaban las líneas de sus caras.

Pensé fugazmente que el parecido era como la arquitectura de la ciudad, que desorientaba al paseante: éste veía cómo las diferencias muy pronto se mimetizaban entre sí. Algo similar pasaba en la cara de esos jóvenes. Su raíz popular formaba un cuerpo único, diseminado en distintos movimientos individuales. También era común en ellos, precisamente, la eficacia de sus movimientos, muy acentuados y en el límite de la provocación.

Cuando casi nos cruzábamos sentí que me había alarmado tontamente, pero de pronto uno de ellos me tomó, inmovilizándome. Me vi rodeado de un número indeterminado de figuras que se me venían encima. El miedo me hizo sentirme en el centro de una pesadilla. La soledad del lugar indicaba que no había ninguna posibilidad de auxilio; además, el pánico me impedía gritar e intentar la huida.

Los muchachos se reían y hablaban en un dialecto que no pude descifrar. Empujándome contra la pared, me propinaron golpes aislados y soportables. Mi cuerpo se balanceaba grotescamente, lo que aumentaba sus carcajadas. Aun sabiendo que estaba cometiendo el peor error de mi vida, ataqué al que dirigía el humillante acto.

Mi pierna se disparó contra él y alcanzó su cadera. Al tomarlo por sorpresa conseguí liberarme y empecé a dar golpes descontrolados. El grupo reaccionó de inmediato y fui lanzado al suelo. El dolor empezó a superponerse. Los golpes implacables me arrastraron a una semiinconciencia en la que perdí la distinción de mi cuerpo. La equidad entre mi cabeza y mi estómago alcanzaba, también, la planta de mis pies. Ni siquiera sentí correr la sangre desde la herida abierta en mi mandíbula.

En el fondo de mi mente aún seguía creciendo la ira. Sin saber cómo, logré erguirme y miré directo al muchacho que antes había logrado golpear. Tambaleando, traté de acercarme mientras el grupo se cerraba en torno a él. Cada paso era un esfuerzo indescriptible. Completamente mareado, veía a los cuerpos acercarse y alejarse. Posesionado por una idea única, proseguí con mi intento. Mi brazo se levantó para atacarlo pero trastabillé y caí al suelo. Una vez más conseguí levantarme, aferrado a la pierna del muchacho que me miraba desde lo alto. Traté de llegar hasta él en un ritmo lento y desesperado. Mis ojos nublados habían retenido su figura y casi ciego me apoyé en él. El muchacho me recibió tenso, sin hacer el menor movimiento.

En el límite de mis fuerzas empecé nuevamente a desplomarme mientras mi cabeza me llevaba vertiginosamente a la oscuridad silenciosa de la nada.

Después me enteré de que me dejaron en la puerta de mi casa, apoyado contra el dintel. Al anochecer sentí el primer escalofrío recorriendo mi mandíbula. La profunda herida arrebataba la carne abierta y mordaz. Debí asistir a la formación de mi primera cicatriz, que se acomodó al costado inferior de mi faz.

La violencia se dejó caer en plena noche. Mi hermana melliza irrumpió en mi pieza mientras dormía, y me despertó remeciéndome. La débil luz la hizo aparecer como una visión, pero allí estaba su bella palidez descalza mirándome fijo.

Debíamos hablar, me dijo, por primera vez debíamos hablar en forma clara y solamente emocional. Debíamos, dijo, sacar del mutismo todo aquello que a menudo nos separaba y de lo cual éramos completamente inocentes. Me explicó que su silencio le era impuesto por mí, pues yo le ordenaba hábitos quebrantadores para su mente.

Sus palabras lograron impactarme. Me levanté de la cama y me senté a su lado. Estaba dispuesto a decirle todo. Más aún, me invadió una urgencia impostergable, pero un movimiento de sus manos me distrajo. En la penumbra pude ver que sus dedos afilados estaban cubiertos de tierra alrededor de las uñas. Seguí buscando la tierra y la encontré en sus pies manchados por toscas placas oscuras.

Mi hermana melliza había salido al exterior, desde donde algo o alguien la había llamado. Pude verla huyendo de su pieza, pude imaginar, también, su cuerpo cayendo en el jardín empujada por una figura claramente masculina.

Por un instante y a gran velocidad proyecté la escena oscuramente pasional. En ese instante interminable pensé huir o expulsarla de la pieza. Tomé su mano derecha y limpié la tierra que parecía no querer desprenderse de sus uñas. Mi hermana, con gran nerviosismo, intentó en un primer momento retirarla, pero de inmediato me dejó hacer detrás de una sonrisa que yo tan bien conocía y que me había ocasionado ya suficientes pesares.

Quería pensar, debía pensar el modo de separar mi vida. Ella quería arrastrarme hasta la enajenación suicida y donar al final mi cadáver. Me sentí mordido por ejércitos de hormigas que desfilaban por mi epidermis; me sentí, también, profundamente desdichado.

Removí la última partícula de tierra desde su uña más pequeña y sólo entonces busqué sus ojos. Ella se levantó y quiso cursar su lujuria atentando contra su camisa de hilo. Mis ojos fueron hacia el piso para explicitar mi negativa. Una lejana campanada me sobresaltó. Iba a iniciarse el amanecer y vislumbré todos los campos preparándose para la luz. Vi la ciudad escondida que se aprestaba a horrorizarnos. Pude sentir el último sueño de mi madre, en el que se postraba a los pies de un hombre pidiéndole ser la primera elegida para el sacrificio. Más allá adiviné a María de Alava saltando de su cama para venir directamente hasta mi pieza.

Mi hermana melliza esperaba de pie la respuesta. Aunque quería hablar, algo más poderoso me detenía. Habló, entonces, del resbaloso lodo que rodeaba la casa. Dijo que cada noche sus sueños la empujaban al afuera. Sonreí. Reí después, abiertamente. Estaba viendo a mi madre en ella. Jugando a los celos había llegado hasta la tierra que tanto amamos en nuestra infancia, y la había usado para cegarme. Mi hermana sólo estaba jugando con tierra, como entonces, y desde ella se sublevaba por su prolongada abstinencia, por su dolorosa y profunda continencia.

Aunque vi su sufrimiento no pude ayudarla. Quería reírme del tiempo que incansablemente nos castigaba. Quise mirarla como a una muchacha, pero no había ninguna muchacha, salvo su existencia aferrada a la mía desde antes de ser, o desde el ser mismo. La compadecía tanto como yo me compadecía y también era implacable para sobrevivir a la barrera de la existencia.

Ella terminó bruscamente su comedia. Inundada por la paz, me confesó que había pasado tres noches de insomnio, tres noches desesperantes en las que no había podido dejar de pensar. A veces conseguía dormir apenas unos minutos, pero despertaba invadida por las imágenes cortadas de sus sueños bastardos. Casi no podía recordarlos, pero ciertas frases o palabras que lograba retener la impulsaban a desentrañar un sentido.

Dijo que había muchas palabras, frases y órdenes en sus cortos sueños, voces que hablaban desde una oscuridad absoluta, clamando por un difunto a quien ella no conocía o no podía recordar. Las imágenes cubiertas por la oscuridad sólo despuntaban atisbos de sombras que no podía recomponer en su prolongada vigilia. Dijo que quería dormir pero que, sin embargo, el mundo del sueño la empujaba a permanecer despierta.

De pronto se hundía, se hundía completamente apaciguada. Era una caída plácida y necesaria en la que sentía que la mente perdía la batalla en contra de su cuerpo. El cuerpo triunfante iba descendiendo hacia el descanso, pero entonces la mente lo pinchaba y él retornaba en un fuerte espasmo que lo hacía saltar en la cama.

Después de tres noches sin dormir, ya no sabía qué era verdadero y cuáles sufrimientos eran parte de su invención.

Por algunos momentos pensaba que yo estaba a su lado como antes, y ese solo pensamiento le traía la certeza de que por fin iba a dormir. Con esa imagen pretendía engañar a esa parte suya que se le había vuelto en contra, pero su fracción sublevada le exigía tender su mano para buscarme entre las ropas desordenadas.

Sus músculos palpitaban hastiados por la extrema tensión, los ojos le dolían como si tuvieran arena lacerando las córneas y la sed crecía más allá del agua inversamente líquida. Creía ver guerreros incrustados en las paredes, con horribles tajos sangrando a través de las armaduras. Creyó que aves de rapiña le revoloteaban encima esperando que la sed la derrumbara.

Para ahuyentar a esos seres acudía a la luz. La claridad la

lanzaba a una sensación insoportable. Terriblemente presente, podía verse en la pieza aprisionada entre el absurdo de los objetos y, con una soledad que no podía resistir, sufría allí el vicio de la vida. Prefería retornar a la oscuridad en la que, al menos, podía generar a un otro, aun para escarnecerla.

Sus oídos también se habían trastornado. La casa crujía y parecía que las paredes estaban a punto de desplomarse encima de ella.

Sentía que las paredes contenían una forma de humanidad perversa que su estado sorprendentemente lúcido había descifrado. Escuchaba pasos, quejidos, escuchaba gemir a los objetos y reírse a la techumbre, oía murmullos en la pieza de mis padres, palabras que proclamaban la realización de una escena indecente. Podía oír nítidamente los huesos chocando, rodilla contra rodilla, y el cráneo de mi madre recalentado, resonando la expansión ósea.

Escuchaba a María de Alava hablando en sueños con una ingenuidad que la había maravillado. Su voz melodiosa parecía cantar tenuemente una historia de bondad donde los seres humanos sacaban lo mejor de sí mismos para donarlo a la tristeza de la piedra. Las voces de los sueños de María de Alava le demostraban que su propio ser estaba arrasado por heridas cortantes y perpetuas. Pensó que mi hermana menor soñaba así para aumentar su martirio y quiso huir del bien que siempre la esquivaba.

Esa tercera noche, la misma en que se apareció en mi pieza, marcó la culminación de lo que podía soportar. Superponiendo murmullos, gemidos, imágenes, buscó el exterior. Con un sigilo que no se conocía, recorrió la casa y abrió la puerta, que cedió mansamente y en silencio.

Vio el exterior cantar inmensamente poderoso, recibiendo su figura para fusionarla con la vitalidad de la tierra. Sin embargo, entendió que no había nada natural, sino que la tierra misma estaba construyendo el artificio de un espectáculo.

Le parecía que la noche la iba despersonalizando y la tranquilizaba retirándole la vaguedad de sus sentidos. Pensó que la familia quedaba atrás, junto a toda la especie humana, mientras ella vivía un exterior ilimitado donde era posible deshacer todas las pasiones.

Quiso probar la consistencia de su descubrimiento y, sin entender cabalmente lo que hacía, empezó a buscar gusanos que habitaban debajo de la primera capa de tierra. Los desenterró larvarios y húmedos. Se resbalaban por sus manos y comprendió que había vencido su pavor a la muerte. Cada gusano era la transformación invertida de su cuerpo, que algún día iba a llegar a ese estado inferior retrocediendo ejemplarmente la especie.

La piedad fue su fiesta nocturna: piedad al gusano, piedad a la cuenca de sus ojos y piedad para su esqueleto que crecía sordo y altanero, seguro de que la carne lo acompañaría para siempre.

Dijo no saber cuántas horas estuvo escarbando bajo la tierra. De pronto sintió que todo había terminado y que debía acudir hasta mi cuarto a despejar la otra incógnita. Ya había descifrado el sentido de su origen, cuya clave, le parecía, descansaba en mí y no en mis padres.

Pensó que consumarnos como uno podía traer a la memoria el impacto real del origen y el instante único e irrepetible en que el organismo decidió la gestación. Yo había sido testigo de su emergencia a la vida y, por ello, sólo en mí descansaba la respuesta.

Dijo que cuando se me puso al frente supo que yo no iba a descerrajar la compuerta. Me dijo que había leído en mi cabeza la caída hacia un acto vulgarmente genital; leyó los celos, la vergüenza, el miedo, y se compadeció por mi limitada mente.

Llegó a afirmar, con una seguridad que no le conocía, que estaba cansada de nutrirme puesto que yo, consumido en un error sostenido durante demasiado tiempo, la confundía con mi madre, traspasando no sólo su parte láctea sino, además, su limitado e inestable ser. Repitió que estaba cansada de nutrir mi vida y de ir limpiando cada espejismo que el desierto de mi mente fabricaba.

Aunque pude retenerla, le permití avanzar hacia la salida. Durante algunos minutos me quedé inmóvil, cediendo al dolor. Ya había aparecido la primera hora del día, aún espesamente gris.

Sin medir mis pasos ni esperar el silencio, salí de mí pieza y me dirigí directamente a su cuarto. No sé qué realidad alcanzó su arrepentimiento ni la calidad salobre de sus lágrimas. Sólo me importaban sus palabras negando todo lo que había dicho y maldiciendo el insomnio que la había alterado haciéndole creer que yo era su enemigo.

Mi MADRE precipitó el encierro. Desplomó el universo, confundió el curso de las aguas, desenterró ruinas milenarias y atrajo cantos de guerra y podredumbre. Mi madre cometió adulterio.

El adulterio de mi madre derribó con un empujón brutal a toda la familia. El intenso dolor de mi padre ante la actividad en el sexo de mi madre nos llevó desde el asombro hasta una vergüenza más crítica que todas las anteriores.

Esta vez un conquistador de carne y hueso había forzado la entrada, y mi madre se entregó con él a la lujuria bajo el techo de la casa, en la frontera de la ciudad y en una habitación sórdida en la que alternaba sus citas.

La ciudad se reía de mi padre y él la miraba estremecerse, sin entender el origen de su burla. La ciudad también se reía de nosotros.

Mi padre se enteró, aun más allá de su propia voluntad. Perseguido por los susurros, debió afrontarlos y sus pasos siguieron a mi madre hasta el lugar exacto de su última cita. Irrumpió en la tosca pieza que los amparaba y de una sola ojeada pudo recomponer cada una de las escenas de las cuales él quedaba excluido.

Creyó que el vómito lo aliviaría y que, después, todo habría terminado. Cuando vio los restos sobre la cama, resbalando hasta el piso, percibió que apenas cruzaba el umbral hacia una pesadilla.

Imaginó la desnudez de mi madre exigiendo la plenitud al otro cuerpo. Ese pensamiento visual le originó un chorro de orina que escurrió tibiamente, irrigando sus piernas. Exudó lágrimas y sudor, frío y espanto, mientras una parte de él moría definitivamente en medio del espasmo de la dolorosa herida moral.

Sintió que las carcajadas de la ciudad salían desde las bocas de sus padres muertos, que se reían del honor. El sonido de su vieja madre olvidada cruzaba todas las eras y llegaba hasta la pieza para impugnar el festín de las mujeres que la habían apartado del mundo.

Mi madre lo miraba aterrada. Le parecía como si una nación entera estuviese a punto de desaparecer. Casi no se reconocía y, ahora, frente a mi padre y de espaldas a su amante, sintió que el amor y el miedo la inundaban. Quiso arrodillarse pero carecía de fuerzas para realizar cualquier movimiento. Pensó en la súplica, pero no pudo encontrar las palabras que hablaran de sus culpas.

Lo más abismante fue la fuerza del deseo que la invadió: imaginaba que mi padre la tomaba violentamente sobre la cama mojada y la poseía bajo los ojos del antiguo y ya olvidado amante. La profundidad de la pasión que la estaba invadiendo le otorgó un matiz que ni mi padre ni el conquistador habían visto jamás.

Por un instante ambos la miraron extasiados, sintiéndola ajena y desconocida.

Semejaba una renombrada meretriz y, a la vez, una novicia con la cabeza rapada a punto de internarse en el interior del claustro. Parecía también una alienada recibiendo una golpiza para ser apaciguada. Era casi una mendiga a quien se le entregaba, inexplicablemente, una moneda de oro por limosna. Su expresión se topaba con el éxtasis que sólo es posible presenciar por una vez en la vida. Por eso ambos hombres no podían apartar sus ojos de ella, a pesar de que la situación que los había convocado no tenía relación alguna con la apariencia que mi madre estaba adoptando.

Mi madre había entrado en un estado absolutamente profano y misterioso al descubrir el orden exacto de su deseo. El haberlo vislumbrado la hacía sentir como si en realidad lo estuviera consumando.

Mi padre la poseía de un modo perfecto, con la perfección del dolor y la fuerza de los celos, ante la mirada humillada del amante pétreamente cosificado. Allí ella dejaba ascender su cara impulsada por los latidos de su cerebro iluminado como el espacio, sustentado en los huesos roídos de la especie humana.

Se creyó acompañada por la voz desgarrada y atómica de una mujer negra que le abría las piernas para llevarla al final, en un himno marginal y solemne.

Entendió que el placer era una combinatoria de infinidad de desperdicios y excedentes evacuados por el desamparo del mundo entonces, pudo honrar a los desposeídos de la tierra, gestantes del vicio, culpables del crimen, actuantes de la lujuria.

La cara de mi madre seguía ascendiendo en un viaje fijamente cósmico y personal. Mi padre y el amante pudieron observar, sobrecogidos, el clímax crispado en cada milímetro de su rostro.

Mi madre se dejó caer extenuada y por algunos segundos pareció desvanecerse. Mi padre la levantó y la sacó de la pieza hasta el frío exterior.

Caminaron por la ciudad, cada uno ensimismado en sus propios pensamientos y emociones. En un momento mi madre intentó acercarse, pero él rechazó el contacto adelantándose levemente. Ella lo siguió resignada, tratando de adivinar no sólo las siguientes horas sino la realidad de su prolongado futuro.

Mi padre caminaba sumergido en diversas impresiones. Algo de él ya había olvidado lo ocurrido. Especialmente al mirarla de reojo, le parecía imposible el cauce de su conducta y, al mismo tiempo, sentía que su orgullo quería aniquilarla hasta la muerte.

Le parecía no conocerla y su curiosidad quería descubrir cada pensamiento, cada sensación; lo atormentaba la urgencia de que ella le hiciera un relato nuevo y completo de su vida. Un relato reprobable y sincero. Quería agotarla y, después de saciarse, tirarla sobre las calles de la ciudad para que la acabaran el frío, la infección y el hambre.

Sentía, sin embargo, que no iba a abandonarla pues esperaba, en el tiempo que le restara de vida, borrar lo sucedido. Así pudo atisbar que a ambos les había tocado el privilegio de descender pausadamente uno a uno los escalones del infierno.

DECIDIMOS EL ENCIERRO para cubrir las vergüenzas y la carga de las humillaciones. Carcomido por el encierro a lo largo de los años, tomé distancia con los habitantes de mi casa, que se travestían incesantemente para disolver la perversidad de sus naturalezas. Mi hermana melliza adoptó la forma de la indigencia, caída, al igual que los otros, en el vértigo de la simulación.

En ese tiempo atroz e inaugural la familia se permitió todos los excesos, salvo la penumbra, que a mi hermana melliza la horrorizaba. Mantuvimos vigentes neones, candelas, fluorescentes, para espantar la oscuridad que podía arrastrarnos a prácticas solitarias censuradas por el orden.

En la gran habitación común redujimos los alimentos: María de Alava los impartía con su acostumbrada pulcritud. Permanecimos frecuentemente ovillados y apoyados en los muros para evadir una definitiva masacre mental. Sentíamos que la dimensión del delito se había acentuado hasta formar una gruesa capa intangible que nos volvía cada vez más inestables.

Casi no cruzábamos palabras, saturados por el sonido metálico de la voz de mi padre, quien no cesaba de fustigar a su orgullo.

La vergüenza de mi madre se había instalado en su piel cetrina y supurante. Nuestros rasgos, alarmados, empezaron a gesticular la condición única del pánico. Sintiéndome incrustado en un tiempo crítico, acepté depositar la confesión en mi hermana melliza.

II
TENGO LA MANO
TERRIBLEMENTE AGARROTADA

Mi HERMANO mellizo adoptó el nombre de María Chipia y se travistió en virgen. Como una virgen me anunció la escena del parto. Me la anunció. Me la anunció. La proclamó.

Ocurrió una extraña fecundación en la pieza cuando el resto seminal escurrió fuera del borde y sentí como látigo el desecho.

"¡Oh, no!, ¡oh, no!", dijimos a coro al percibir la catástrofe que se avecinaba. Evolucionábamos a un compromiso híbrido, antiguo y asfixiante que nos sumergió en una inclemente duda.

Decidí entregar a María de Alava la custodia del niño que acabábamos de gestar. Lo decidí en ese mismo instante original como ofrenda y perdón para las culpas familiares.

(El niño venía ya horriblemente herido.)

María de Alava, que había presenciado toda la escena, hizo un canto mímico que alababa nuestra unión y dijo:

—La familia sudaca necesita mi ayuda. Este niño sudaca necesitará más que nadie mi ayuda.

El acto quedó sellado. Para entenderlo era preciso repetirlo hasta borrarlo. Pisoteando a su virgen que llamaba el mal, que significaba el mal, María Chipia se dobló en el suelo y su boca mordió el polvo. Desnudo, como hijo de Dios. Me debatí en la mancha de sangre. Iracunda, como hija de Dios.

(El niño venía en la paz cetrina de su mal semblante.)

Me incliné para excusarme por mi sexualidad terrestre. María Chipia y María de Alava apelaron al erotismo de las masas. Yo, una de ellos, caí en laxitud después de la lujuria, sin forma ni cuerpo y con una espantosa fractura moral.

—¡Qué hicieron! ¡Qué hicieron!

La voz de mi padre atronó la pieza, cruel.

Nosotros temblamos, temblamos horrorizados. Mi padre, anciano y cruel, culpó, clamó, renegó de mi madre. Mi madre, ya anciana y obscena, se doblegó ante él, reconociendo que su odio era sagrado, y su cuerpo supurante esgrimió un gesto de menosprecio hacia nuestras figuras evacuadas por la pasión y traspasadas por el adulterio materno antiguo.

Vimos que la virilidad seguía aparentemente correcta e igualmente dañina. Como mellizos que descendíamos, estábamos gestando nuestra propia prole autista en la cerrazón familiar. Una prole somáticamente pareada con los cromosomas estrechamente emparentados. Como nunca.

María Chipia ya no era el muchacho glorioso de antaño. Ni soberbio, ni equívoco. Yacía de cara a mis padres, acusándome de contagiarle un rencor orgánico y venéreo.

María Chipia empezó a convulsionarse por los efectos de un inminente ataque epiléptico, los grumos formándose en sus comisuras. María de Alava y yo, sin asistirlo, inclinamos la cerviz. La cólera de mi padre terminó de rajar mi tela.

(Supe que el niño venía con el cráneo hundido.)

Torcí mi cabeza hacia María Chipia, quien, copiando a mi padre, apenas podía decir en medio de sus convulsiones:

—¡Qué hicimos! ¡Qué hicimos!

Mi madre paseaba ante nuestras cabezas bajas estilando un incesante hilo de sangre que la acompañaba desde el adulterio. Mi padre le ordenó que abandonaran el recinto. Me compadecí por sus figuras ya penosas.

María Chipia, pasándose las manos por la boca, dijo:

—Quiero que María de Alava me baile un homenaje.

María Chipia y yo sabemos que hemos nacido por una mala maniobra de Dios. Sin cansarse, repite obsesivamente "soy un digno sudaca, soy un digno sudaca", mientras las sílabas se trizan contra los muros de contención de la casa.

Su mirada diurna brilla desde sus ojos maquillados. Su mirada nocturna en agonía. Me nombra y me atrae contra su pecho desnudo, pidiéndome nuevos contenidos, otras poses; me pide revisar la posibilidad de lo obsceno. Su pecho desnudo se toca con el mío y en la distancia pulsa su genital y habla de deseo.

Me posee toda la noche. María Chipia me posee toda la noche mientras mis padres, trepados por las ventanas, nos observan entre los resquicios. Difícil, difícil hacerlo bajo sus miradas, pero una y otra vez nos encontramos en un plano aterradoramente personal.

María de Alava me ordena que describa el acto. Le obedezco franqueando la inutilidad de mi lengua. Dejo por escrito mis argumentos y María Chipia dibuja la posición de mis padres.

La vergüenza de mi madre nos rodea envolviéndonos en una estela profusamente azul.

María de Alava me pide una vez más que describa el acto:

—María Chipia me ha poseído toda la noche.

—¿Bajo la mirada de mis padres?

—Sí, en el centro de sus pupilas.

María Chipia, traspasado por palpitaciones, no deja de poseerme; su alma errante tapa los agujeros a la mirada de mis padres, quienes estrellan sus cabezas contra los dinteles de las ventanas.

A oscuras jugamos a los mellizos en la noche. Un juego íntimo, húmedo y lleno de secreciones. Extenuados, logramos al amanecer que el niño perfile nítidamente su sexo.

María Chipia me pide que viole mi secreto.

Destrozo mi secreto y digo:

—Quiero hacer una obra sudaca terrible y molesta.

ME MOVÍ fecunda. Que sí. Que sí. Fecunda. María Chipia no cesaba de llorar. María de Alava, muy gorda, más envidiosa, más lívida. Sentada en el taburete esperaba la explosión familiar y el olvido para nuestras culpas. Intenté bloquearme y leer para partera, emití la imagen de un peligroso bisturí, aluciné palqui.

Una voz me traspasaba la cabeza. Una voz incrustada en el trágico vacío neuronal, adivinando el momento del parto ya incrustado en el lóbulo izquierdo e inminente. La voz insultaba la abertura genital.

Difusa, diversa, estupefacta, me acerqué a la figura doblada de María de Alava y le supliqué una sesión más tarde, más tarde, le dije, una audiencia preliminar para diluir las culpas.

Doblada, asintió:

—Más tarde.

María Chipia, mi hermano mellizo, escuchó la cita excluyente y, por su debilidad fisiológica, hizo una neurosis, imitó una sicosis perfecta. Realizó a continuación una bella escena ritual en la que se tornó rubio, árido.

El pelo le caía hombro abajo, sus ojos se torcían en las cuencas. Su cabeza casi le estallaba (hacía dos noches que no dormía). María Chipia bailaba, bailaba, iba dejando atrás sus sentimientos, y sus mejillas lentamente se encendían hacia un afectado rojo artificial.

Desde afuera nuestros padres nos insultaban. Se venían en picada en contra de nosotros. María Chipia hizo un último cuadro afásico. Casi afásico. Fue cumbre y doloroso su gesto rictus sin lograr modular la complejidad de su nombre. Su alto índice de teatralidad convergió a un esquema perfecto y silencioso.

María de Alava y yo lo dejamos a solas gozando de su magnitud. Antes de salir, María Chipia murmuró en mi oído que el niño nacería malformado.

María de Alava recibió mi confesión. Yo estaba extremadamente cansada y me incliné con la cabeza gacha.

Ella permanecía recta, lívida, impávida y falaz.

—María de Alava —le dije—, expulsa tu sordidez y atiende a mi pedido. Ponte en mi lugar degradado e inútil.

Permanecía impasible, absorta, ajena y enemiga.

—María de Alava —le dije—, ha sido nuestra mala conducta sudaca la que ha precipitado esta espantosa catástrofe.

Se llevó su índice a la boca, se mojó los labios con la lengua. Escupió su saliva sobre el taburete.

—No es posible ninguna salida —dijo—. Acude a refugiarte en mi hermano.

—No lo nombres, que es en mí la obsesión y el miedo.

—Deberán enfrentar mi mejor combate —dijo—. Conquistaré en mi cuerpo interior el de ustedes.

—Estás traspasada por la necesidad —le dije—. Yo quiero ahuyentar mi urgencia.

—¿Reniegas de tu vientre hinchado? —preguntó.

María de Alava me miró en su inquisición. Le relaté el instante de la terrible rajadura y mi asombro ante la sangre que corría. Dije que incluso ahí no pude librarme de mi propensión al sueño. Dije, también, que mi preñez necesitaba un nuevo halo neónico que me destacara.

Forjó la barra para mí.

María de Alava me dio un presente. Un círculo azul y brillante que hacía juego con mis aretes, con mi peinado, con mi estropeada cara que se ahuecaba ante cada uno de los movimientos musculares del engendro.

Le hablé. Hablé de mí, del cuerpo lacerado de mi madre que se destruía por la continencia. Celebré lo inevitable de nuestro pecado capital. Pensé que la hoguera me cercaba, pero logré alejarla y terminé por relatarle las exactas aberturas de mi genital empañado y firme.

Hablé a María de Alava sencillamente, sin miedo.

—Mi madre está cubierta de heridas personales.

—Repite —dijo.

—Aun el adulterio está metido en su cabeza.

Mi cuerpo orgánico me dolía, mi alma orgánica también se quejaba ante ella, poseída por el maleficio de la fecundación.

Me dolían, me dolían los dos organismos.

La turbación se extendió por la pieza. La turbación creó una espesa capa entre nosotras. Nuestras caras macilentas, desencajadas, no se atisbaban con nitidez. La turbación operaba finamente como un láser. Mi hermano mellizo me turbó, su exasperante calma. Supimos que se avecinaba el momento de la confesión. Lo supimos al unísono e intentamos retardarla. Estábamos traspasadas por el agotamiento.

María de Alava, medio ciega, se aprestó. Yo, al frente y miserable, jerarquicé el orden de mis corrupciones. En mi pupila medio cerrada todavía bailaba María Chipia provocándome un desastre síquico intenso. Mientras bailaba, el dolor erraba por todo el ojo con la danza.

Incluso así, me dispuse:

—Debo olvidar el baile.

Sentía la figura bailar en mi interior, tentándome. La confesión perdía validez.

—Pero aún debo disminuir la vergüenza de mi madre —proseguí.

(Proseguí con una desconcertante lucidez.)

—Ahora la familia está tocada por la abulia. Todas mis voces me ordenan profundizar el descontento. Este descontento sudaca, rojo y ávido de sangre.

María de Alava se irguió levantándose del taburete (el taburete apenas contenía su gordura). Se manifestó preparada para el día siguiente. Alucinada por la espera, debí apuntalar el cuerpo de mi madre. Su cuerpo vivo y sublevado.

Cerca del amanecer, mi madre, apegada a mi costado, murmuró:

—Es de nácar. El hilo traspasa mi calzón de seda.

PRESENTÍ a mis hermanos moviéndose sigilosos por la casa para encontrar un sitio oportuno, arrastrando con ellos la fuerza de la anarquía. Cuando oí el roce de sus cuerpos, me quedé.

Me quedé atenta para cargar sus culpas, las mías, transportando la antigua y degradada humanidad sudaca sobre mi nuca. Cayendo. Cayendo explosionada.

María de Alava obtuvo esa noche un terror nocturno y material. María Chipia estuvo toda la noche al borde del placer, poseso de calambres, cruzado por movimientos inarmónicos, esperando el debate de su terrible antagonismo, aferrado a sí mismo como si fuera a eludirse.

Mi madre, pidiendo clemencia, paz para la familia. Mi padre, atacado de insomnio, habló emitiendo alarmantes juicios. "Ancianos abstractos", los nombra María de Alava, pero nos aman, nos aman con la misma intensidad de antes de la caída.

¿Cuándo? ¿Cuándo caímos?

Osé preguntar a María de Alava, pero ella me silenció desde la otra pieza. Mi madre se aprovechó de mi confusión y debí seguir apuntalándola con mis huesos forzados hacia la posición más impertinente de mi organismo. Como en cepo toda la noche.

Vi amanecer tullida y ya impersonal. María de Alava se presentó, en sus brazos aún mugía la presencia del cilicio que le imponía María Chipia cada vez que la tocaba. La tocaba. Yo, martirizada, cargando a mi madre para que ellos abominaran lo aberrante.

Caí en un estado de somnolencia contagiosa. Mi madre, rasguñando mi espalda, dijo:

—Divino. Divino. El ego maltrecho de María Chipia. La herida ranural de las mujeres.

—Te ves imponente, María de Alava —le dije.

—No me halagas —contestó—, no me produces un atisbo de placer.

Mi forma maníaca despertó un hambre desatada en María de Alava: empezó a morder pequeños tallos, trozos de pan. Se comía las uñas, palideciendo en su apetito.

La luz entró súbitamente. La virulencia blanquecina provocó una erupción en María de Alava, quien se revolvió en su butaca.

Me sentí confesionaria por la luz y me impulsé a nuevas revelaciones:

—Hemos hecho cosas terribles y molestas.

Mi hermana se burló y, convulsa en carcajadas, dijo:

—Nada es suficiente para el estigma sudaca. Mira la frente hundida de mi padre. En estos años mi madre no ha dejado de sangrar.

—María de Alava —le dije—, es urgente que me ayudes a descifrar la última visión que he tenido. Una visión aterradora, burlesca y amenazante para el niño.

Mi hermana ocultó su cara entre las manos y dijo que un homenaje nos podría liberar definitivamente de la nación más poderosa del mundo, que nos había lanzado el maleficio. Pensó levantar un lienzo en el frontis de la casa, con rayados fosforescentes. Dijo que la nación más poderosa cambiaba de nombre cada siglo y resurgía con una nueva vestidura. Afirmó que sólo la fraternidad podía poner en crisis a esa nación.

Pensé en la necesidad de un homenaje. Un homenaje simple y popular. Habríamos de responder a la nación más poderosa del mundo.

María Chipia no deja de buscarme, y yo espero de él un gesto de amor, un toque de amor, un alarido de amor. No hay lugar ya para nosotros y, como última salida, me pide que le cante.

Me pide que le cante la canción más obscena que jamás se hubiera compuesto. Me lo pide intensamente sonrojado y encuclillado en el vértice de la habitación. Me presenta frontal su cara dorada de maquillaje, esperando competir con las estrellas neónicas que titilan su esplendor.

Mientras aúlla y se retuerce, me pide que lo sacie y actúe de acuerdo a nuestra indisoluble fraternidad, plasmada en la canción de amor más devastadora de todos los tiempos.

Aúlla y se retuerce para huir de la vergüenza y de la caída de nuestra familia. Pienso darle un canto senil. Un canto terriblemente senil y cansado, para despejar las incógnitas que nos amenazan como un afilado cuchillo desde la oscuridad de las aguas fetales.

Le confieso mi inclinación por el vicio y me abro como una viciosa que hubiera contenido sus apetitos por demasiado tiempo. Abierta, espero que mis dientes se separen de mis encías para que él pueda enfrentarse a mi amenazante calavera. Lo lamo como a un niño gestándose en el interior de una madre desarrapada y desnutrida.

Me maldigo y maldigo mi canto, azotándome igual que una ramera que hubiera pasado la noche en una celda de hombres condenados a muerte.

Sabia como lo antiguo y procaz como lo presente, deseo que se incrusten en mi canto todas mis noches de insomnio y los gusanos que devoran mi cerebro. Quiero incrustar mi cabeza en mi canto.

(Canto, también, por el niño que ya sufre un proceso irreversible.)

Por fin se encuentran las zonas más tormentosas de nuestros cuerpos, en medio de un escindido temblor genital. El canto paraliza por algunas horas el desprecio hacia nuestra raza sudaca.

Estamos salvajemente preparados para la extinción. Un pequeño e iluminado grupo familiar maldito. María de Alava, poseída por la obsesión, me ordena que me incline.

—Ya no será posible mi confesión de rodillas —le digo—, estoy permanentemente expuesta a la náusea. Mirarte desde el suelo me asquea.

—No dilates, no divagues. Examinemos el último artículo.

—Soy culpable, María de Alava. Yo misma clamé el delito. Fue mi goce profundo el que impidió detener el arqueo de mi cuerpo.

María de Alava apunta. Anota los cargos que resultan excesivos para una sola muerte. Si yo me extingo, María de Alava ahogará al niño. Quedará libre. Pero nuestra casa está sitiada por la avaricia de la nación más poderosa del mundo y ella tampoco pervivirá.

(En mi vientre el niño está sufriendo convulsiones.)

Mi padre gime en la otra pieza, gime por la vergüenza de mi madre.

—Mi padre se ha convertido en un insoportable voyerista —digo.

Le cuento mi último sueño. Un sueño con figuras despegadas. Le digo que penosamente, en mi sueño, logré figurar una mano, pero las uñas saltaron de los dedos y los dedos desaparecieron mutilados de la palma. Me explicó que era un sueño en que aparecía mi terquedad, y antes de retirarse dijo:

—Tienes que aprender que el goce es siempre purulento, y el pensamiento guerrero, bacanal.

A María Chipia. Bello. Bello y fraterno

SOY VÍCTIMA de un turbulento complot político en contra de nuestra raza. Persiguen aislarnos con la fuerza del desprecio. Ahora mi madre duerme sobre mí, agotada después de haber realizado el homenaje a la nación más poderosa del mundo. Ella piensa que mi padre está coludido con esa nación y que nosotros somos la carroña. Me ha confesado que su devoción al placer ha abierto las puertas a este desastre que conjuga casi todas las plagas. Piensa que el niño es una plaga y que su llegada producirá un efecto atemporal, el justo efecto que mi padre espera para destruirla. Siente que María de Alava está coludida con mi padre. (Mi madre no gusta de María de Alava.)

Mi madre, que se ha pegado a mi lomo, me ha dicho en secreto que mi hermana incita carnalmente a mi padre, y de eso quiero hablarte en realidad. Cuando mi madre afirmó que jugaban el juego completo, yo sentí que no te perdonaría, pues entendí que tú formabas parte del complot. La otra tarde te sorprendí mirando extasiado por el hueco de la ventana, y cuando te pregunté qué estabas mirando, me contestaste, mintiendo, que medías la densidad de la luz. No te perdono, pues aún temes a mi anciano padre, que no ha derrotado a su virilidad. Tú temes aún a la suavidad de la seda. Temes a mi hermana y a mi madre, y parece que la multiplicidad de tus sueños te acercara a la nación más famosa y poderosa del mundo.

Pero yo, que leo y traduzco cada movimiento en la genitalidad de la familia, sabía exactamente cuándo los miembros hablaban de posesión. María de Alava no hizo sino responder a las súplicas enfermizas de mi madre, que se condolía por su mezquindad.

Sólo tú retardaste nuestro encuentro. Porque tú eres yo misma, conozco cada uno de tus conocimientos por muy distantes que nos encontremos, pues ambos sabemos la forma única de frenar nuestra extinción y la humillación a nuestra raza.

Esto me ha cansado mucho y me provoca un permanente sobresalto. Ahora mismo mi madre está profundamente dormida con su lomo pegado al mío. Más tarde, cerca del amanecer, acudiré contigo para que calmes mi mente. Cuando la luz lo ilumine todo y mi madre se despierte, yo alcanzaré a volver a su lado y ella no estará segura de lo acontecido entre nosotros.

María Chipia se arrastra buscando una moneda para abandonar la casa. Escarba desesperado por los rincones, insistiendo a gritos en la realidad del metal.

Su última seda raída lo hace parecer un mendicante histérico, convulso por el fracaso. Revienta con las uñas cada insecto parapetado en los orificios. Sus dedos, llenos de restos, logran conmoverme por un instante.

Me acerco para lamerlo y sus dedos entran por mi garganta provocándome una seria arcada. El niño, alarmado, me marca con un extraño movimiento.

—Estarás para el nacimiento —digo—. Tú te quedarás hasta el nacimiento.

Involucrado en su constante cobardía, me golpea acusándome de una maligna retención. Retrocedo lejos de su puño y grito un grito cuidadosamente elaborado:

—Te quedarás, sin embargo.

Sigue escarbando el sustento de su huida, más agobiado que antes, y yo miro desde lo alto su figura que voluntariamente se acopla al patetismo.

—Abandonaré la casa —murmura—. Te abandonaré —dice.

Aferro en mi mano la única moneda de la casa, la moneda que logré capturar camuflada en la pierna de mi padre, y veo en forma nítida mi propia salida.

Me quedo observando su inútil intento, fascinada por el movimiento de su cuerpo que se tensa hasta el límite. Sus músculos saltan, levantando la piel en medio de la abertura de la seda. Sus muslos y el talón se aprietan de ansiedad por la moneda.

Finalmente se deja caer en el suelo y en sus ojos se dibuja el odio cóncavo a mi vientre. Le ofrezco mi deformidad acudiendo a un gesto mínimo, pero que él traduce fácilmente. Mi gesto lo invita a compartir mi holgura.

Se acerca y su mano me roza, sus ojos lloran y el maquillaje se desbarata. Toco su frente afiebrada y, al tocarlo, mi mano se aproxima tanto a su cerebro que el desorden de sus pensamientos me empuja a dar un paso atrás.

—Abandonaré la casa —digo—. Después del nacimiento abandonaré la casa.

La moneda me hiere la palma, me fisura levemente el alma.

Estamos descansando tendidos de costado sobre el suelo. María Chipia me habla de los beneficios de la muerte y de la importancia del sacrificio. Describe a la nación más famosa y poderosa del mundo como una fosforescente calavera que nos lanza finos y casi imperceptibles rayos. Dice haberlos visto a través de las ventanas, entrando en la ciudad. Afirma que afuera se está abriendo un espacio de muerte. Me invita a abandonar la casa y dirigirnos a ocupar nuestro espacio de muerte.

Le hablo, otra vez, del poder de la fraternidad sudaca y de cómo nuestro poder podría destruir a esa nación de muerte. Le hablo del niño. Le detallo mis últimos presentimientos. Le digo que necesito descansar pues el niño también quiere abandonarme. Empiezo a despreciar la docilidad de mis genitales.

Mientras María Chipia dormita al lado mío, sigo fielmente el trazado del niño, quien acaba de descifrar el camino del laberinto. Siento sus movimientos, cabeza abajo, y el cierre de mis piernas no aminora mi terror.

Ahora que el niño quiere abandonarme, sé que me resta apenas la insistencia del cuerpo de María Chipia, que huye de mí, como yo de mí misma, persiguiéndolo por terror a perseguirme y deshacerme en la hostilidad oscura de mí.

Me siento cercada por cuerpos prófugos, por pedazos de cuerpos prófugos que antagonizan la cárcel del origen. Me siento herida por cuerpos que han capitulado las condiciones de su derrota. Me siento indigna de tener un cuerpo.

Serenamente me levanto del piso y busco a María de Alava. La encuentro mirando sus pies de manera extrañamente fija. Sabiendo que me he acercado, dice:

—Un baile, es necesario que haga un baile en homenaje.

El niño, que escucha y trafica en contra mía, se mueve en mi interior con una armonía sorprendente. Pienso en el maíz, en el trigo, en los sauzales. Bailamos los tres hasta el amanecer.

227

Entramos en la estación más fría de los últimos años y el frío nos ataca con una ferocidad que evoca las peores agresiones. Con el frío se desencadena en mí un sopor peligrosamente insano. Sólo el niño realiza, levemente, algunos movimientos entumidos. María Chipia, azuloso, me dice que ha preparado un discurso que nos mantendrá atentos. Sé que ha preparado un discurso que le permita abandonar la casa, pero soy incapaz de desenmascarar sus deseos. María de Alava hace un ademán de desagrado; mis padres, demasiado distantes, parecen ya fuera de todo.

Afuera las hogueras empiezan a levantarse en la ciudad, rodeándola con las llamas. Los reflejos enrojecen las ventanas y nos inundan de espesas y móviles sombras. María de Alava se acerca hasta la ventana y sus labios enuncian algunas palabras que carecen de sentido.

Mi padre abre los ojos y dice que ha llegado la peste. Mi madre asiente y también dice que ha llegado la peste. Yo me siento en el umbral del martirio. María Chipia ensaya, ensaya un discurso redentor de las culpas, un discurso en el que transa el peso de nuestra historia. Ensaya su discurso y en sus palabras disminuye el rigor de nuestra hazaña y la dignidad de nuestros cuerpos.

Salva la debilidad genital de mi madre con un tono que me llena de vergüenza. En el ensayo se vislumbra la verdadera intención de sus palabras. Pero ya es demasiado tarde y su ingenuidad me sorprende. En su segundo ensayo imita a una desgarrada y convincente oradora, imita el tono conciliador y aplastante de la entrega.

María Chipia está haciendo un discurso consagrado a sí mismo utilizando todas las voces que lo habitan, un discurso a sí mismo y al niño.

Aparece en una de sus voces el caudal de las antiguas aguas y una ráfaga de tibieza me toca.

Afuera los jóvenes sudacas se colocan frente a las hogueras y un ruido familiar llena mi oído. Cascos de caballos. Escucho cascos de caballos.

Hoy María Chipia y yo hemos cenado a solas. Fue un rito. Urdimos un símil de comida del modo más convincente posible. Cuando ya no quedaba nada apostamos a nuestros gestos y a la lentitud de nuestros dientes. Comimos como si la comida no tuviera ninguna importancia, desatendiendo el doloroso llamado de nuestros estómagos sometidos a una prolongada carencia.

Hablamos.

Habló él, al principio, inundado por la desconfianza. Habló con la cautela de un extraño intentando seducirme con una mirada forzosamente íntima. Actué también el papel de la extraña y mi cara se doblegó a la pose que inventé. Actuando, actuamos el inicio de conformación de una pareja adulta.

Cuando se asomaba el hastío, tomé otro papel igualmente impostado y banal. Me revestí de distancia, apoyada en la mirada esquiva y en la ironía de mis gestos. Sumergida en la distancia, construí para él una interioridad en la que no me reconocía, la interioridad que desde siempre él esperaba, tibia, sumisa y llena de orificios, esperando que él me destruyera. Representé en la pareja adulta la pieza más frágil y devastada.

Fue relativamente fácil levantar un misterio común y conocido; fue, también, muy simple observar el placer por la destrucción. Me dejé entrampar en una debilidad que, en verdad, no tenía y hablé, hablé de sucesivos terrores de mi ser fuera de control y preparé la escena para ser abandonada.

Lentamente el ritmo de aquel símil de comida me encaró con nuestra real naturaleza. Cuando el hambre se nos venía encima, acabó nuestra capacidad de parodia. Explotaron los fragmentos de pasiones que ya no nos alimentaban y, belicosas, nuestras pasiones empezaron a devorarse entre sí. La batalla empujó celos contra celos y la envidia, por un instante, coloreó nuestras mejillas.

María Chipia, envidioso del niño, me embistió con su astuta malevolencia, y yo, envidiosa de su vientre liso, me acogí al privilegio de su estado. Comimos los restos. Muy cerca el uno del otro, accedimos a la verdadera pareja que éramos, sin más tapujo que la antropofagia. Me escoltó hasta mi rincón materno como si aún permaneciera entre nosotros un atisbo de nobleza. Esa noche el deseo me mortificó el cerebro.

A HORCAJADAS, terriblemente gorda, estoy encima de María Chipia tratando de conseguir el placer. Va y viene. El placer va y viene. Cuando viene, viene un olvido total y el umbral del placer lo ocupa todo. Me ocupa toda y María Chipia redobla sus movimientos porque sabe que estoy en el umbral del placer.

Pero algo se interpone, algo molesto e incisivo, y lo pierdo. Me aferro al vestigio que permanece y, entonces, no me importa nada más que recuperarlo para olvidarlo todo. Entro a un estado agudo y desesperado, hablando cortadamente, exigiendo a María Chipia los movimientos y la continuidad que necesito.

Aunque sé que mi cara está deformada por la crispación, fijo mis ojos en él, que está debajo mío, extendido, soportando toda mi gordura y moviéndose a pesar del exceso de mi carne.

Retiene su placer por temor a mi odio, y a su cara también la aborda la crispación. Su cara está detenida en un plano completamente único, con los labios abiertos, jadeando, y su mirada, aunque se encuentra con la mía, la traspasa hasta perderse en el umbral de su propio placer.

Ha pasado así ya tres veces en el curso de esta noche, y he perdido, incluso, la singularidad de mi propio olor. Ahora tengo adentro el olor de María Chipia saliendo de mis poros empapados. No para. La urgencia no se detiene después de haber obtenido el placer en las tres veces anteriores: sigo en la angustia, exigiendo a María Chipia que recomience.

Me toca a la medida de mi urgencia y lo logro de inmediato. Logro instalarme de inmediato en el umbral, a pesar de que mis piernas extendidas me perturban.

La mitad del calor que tengo viene de la parte más cálida y peligrosa que poseo, y la otra mitad, del calor que María Chipia me introduce con sus movimientos. Sé que, aunque lo logre plenamente, volveré a empezar, pues mi angustia se sigue elevando a un ritmo que ya otras veces me ha tomado. María Chipia lo sabe y goza con mi enfermedad. Su calor lo obtiene del mío y de mi cara, que ha olvidado completamente su estado de armonía.

Me dejo caer hasta que mi lengua toca la suya, y el niño, esta vez, no nos separa. La fuerza de mi odio y de mi satisfacción me obliga a lamerlo, y temo que María Chipia sea incapaz de recomenzar.

Estoy tendida de costado y mi estómago cae enteramente sobre el suelo. Me asusto por su dimensión. María Chipia, a mi espalda, busca desesperadamente el placer. No me importan sus rítmicas embestidas y sus movimientos tangibles ya están perdidos para mi memoria. No lo complazco ni me compadezco.

Mi nariz, mi boca, mi oído, no precisan de ninguna atención. Salvo la sed, ninguna necesidad me clama. Presiento que en cualquier instante el niño emprenderá el camino de la huida. Estropeándome, saldrá por el mismo canal que lo fundó. Los perderé a ambos y quedaré herida para siempre.

María Chipia me busca para darle la salida. La otra mañana, cuando se lo pregunté, me miró como si no entendiera de qué le hablaba; pero entendía, y ese mismo atardecer me tomó más por maldad que por real necesidad.

Quiere darle una salida al niño para salir él mismo. Ya estoy demasiado abrumada por mi extrema corporalidad para detenerlos. Sé que empieza una noche crítica, pues mi presión cardíaca ha experimentado un vuelco. El asco también ha crecido y vivo en un estado de gran cansancio renal. No se lo he comunicado a María Chipia. Sé que él ha esperado ansiosamente la aparición de estos síntomas, pues se ha vestido con un traje que es el más llamativo que le queda. Su cabeza envuelta en seda, sus pies descalzos, sus ojos maquillados, sus cejas brillantes y sus labios engrasados me dicen que espera el momento del festejo. Aparento no tener ningún anuncio, pero él parece conocer con certeza mi precario estado.

Lo dejo atacarme por la espalda aunque María de Alava dé vueltas a nuestro alrededor, aunque siento los ojos de mis padres, que no se han despegado un minuto de la ranura de la antigua ventana. Aunque sé que estamos cumpliendo el estigma sudaca, continúo impávida, buscando yo misma una salida.

Pienso en un nuevo homenaje. Mis padres gimen al otro

234

lado junto al último y pesado estertor de María Chipia. Me levanto.

Le pido a María Chipia que reúna a la familia, le digo que pasaré toda la noche preparando un homenaje.

—¿Toda la noche? —me pregunta.

Un súbito ataque de asma me obliga a escudarme tras la venda.

EL MALESTAR, el dolor. El malestar, el dolor constante, el sueño sobresaltado y de nuevo el dolor. La gordura me aplasta. Mi gordura está a punto de matarme. Altera mi corazón, infecta mis riñones, perturba mis oídos. La grasitud de los párpados ha tapado mis lagrimales y la humedad estropea mi visión. Los tendones de mis piernas parece que van a romperse por mi peso. El dolor generalizado no me da tregua. La congestión trepa por mi espina dorsal. La alergia. Las marcadas placas alérgicas.

Los pechos hinchados. El dolor de la leche. El niño, en complicidad con el resto de la familia, me ataca desde dentro. He incubado a otro enemigo y sólo yo conozco la magnitud de su odio. Mi cabeza. En mi cabeza se gestan sueños confusos, recorridos por vastos campos de dudas. Las dudas del niño pasean por mi cerebro grávido. Aprendo, a través del dolor, a conocer todos los rincones de mi cuerpo y la furia orgánica con que se ejerce el castigo. Mis ojos inflamados presencian una realidad difusa.

Para huir de un final definitivo, urdo ahora un sueño que posibilite derrotar la violencia de mi cuerpo, derribar nuestra enfermedad. En el revés del placer, me abro a un territorio igualmente detenido que palpita y me vuelca a mí misma.

El malestar de la gordura atrae este dolor constante que punza los huesos unos sobre otros, y ya no me es posible cerrar la palma de mi mano. El oído, trastornado, deja entrar ruidos que lo desquician. Un crujido en mis oídos alcanza la frecuencia de un golpe en el estómago, y cualquier grito semeja una estampida en mi cabeza. Mi cabeza, las sienes, la concavidad del ojo, mis dientes corroídos. El asma, la calentura de los pechos. El asma y la asfixia. El sonido gutural del asma. Mi alma en la mira microscópica de la familia. El asma llega con la tos en cualquier momento y el niño se recoge aterrorizado por su futuro asmático. El alma asmática del niño.

Para huir de un final definitivo me abro completamente al dolor y llego a la neutralidad. Al interior de este nuevo sistema, el niño y yo transamos un acuerdo somático.

MARÍA DE ALAVA me exige una respuesta.

—Será al amanecer —le digo—. El parto será al amanecer.

Parece cansada de interrogarme, y por su expresión deduzco que padece los efectos de un prolongado ayuno. Mis padres, cobijados en un rincón de la habitación, nos insultan, desesperados por el hambre. Insultan la parición. Mi madre habla soezmente de su orificio. Lo compara con el nuestro e induce a mi padre a tomar partido.

Mi padre, demasiado hambriento, evoca la exactitud del orificio, y su boca ulcerada imita un vasto genital. Mi madre se ríe y dormita casi enseguida.

María de Alava, imperturbable, me mira fijamente:

—Será al amanecer —repito.

Cuando lo repito, repito la incertidumbre de mi afirmación. María de Alava se acomoda de manera irónica, adelantándose al efecto de sus palabras.

—Abandonaremos la casa —dice—. Mis padres y yo abandonaremos la casa. He arreglado la salida ahora que la ciudad ha acallado sus rumores. Ustedes disfrutarán todo el estigma sudaca.

Incrédula, busco en sus ojos el lugar del desmentido. No existe. Ellos abandonarán la casa y nos legarán el rigor de las paredes y las grietas de las culpas familiares. Abandonando la casa, se harán más amplio el espacio y más grotesco mi cuerpo.

Todavía incrédula, entiendo que María de Alava, después de todos estos años, ha hablado la verdad. Pensar que sus palabras son sinceras, después de tantos años, me da fuerzas para resistir el abandono y el abandono de la fraternidad. Sólo permanecen el niño y María Chipia, quienes representan el límite de la ficción de mi cuerpo, de mi cuerpo demasiado castigado. Mi cuerpo castigado por mi necesidad de duplicarme, mi cuerpo alterado por la certidumbre de la muerte.

Cuando al amanecer la familia abandone la casa, sólo quedaré yo doblada en las habitaciones. El amanecer que hube de vislumbrar era la partida, no el parto, o el parto límite entre la oscuridad y la luz, entre la noche y el día.

Mientras María de Alava y mis padres abandonaban la casa y cuando apenas cruzaban el umbral, María Chipia me ha atacado frontalmente, haciéndome sangrar. El hilo de sangre corría paralelo a mi dolor. La sangre corriendo tras la huella de mis padres fue el mejor homenaje que María Chipia, el niño y yo dábamos a la pérdida de la familia. Aún sangrante, no osé levantarme del piso. Me quedé sin realizar ningún movimiento. Permanecí allí, mirando el dolor seco de mi hermano ya demasiado indefenso, ya demasiado inocente de sus actos.

Supe también de mi inocencia, tejida por un acontecer inmutable en su equívoco. La certeza de mi inocencia me empujó al borde de la insurrección y me sentí digna de la propiedad que de manera tan violenta heredábamos.

Heredábamos la casa y la lujuria de la casa que, intermitente, nos invadía. Me invadía y, a pesar de la sangre, me escudé en una posición obscena para suplicarle a María Chipia que me acompañara a bajar el nivel de mi ira.

En ese día no nos dimos ninguna tregua. Difusamente, entre convulsos movimientos, vi perderse la hiriente claridad, y la noche, más benigna y más real, permitió que la imaginación no fuera coartada. Aunque el niño estaba sufriendo, no pudimos ayudarlo. No pude ayudarlo porque desde el día hasta la noche debí atender el pedido de mi sangre sudaca. Por el pedido urgente necesité ese placer más que cualquier otra necesidad de mi vida.

En el límite, llegué, siempre a horcajadas, a perder la noción del tiempo, pues se disolvió la frontera entre exterior e interior y María Chipia se integró a mis estructuras neuronales. Perfectos, únicos, estuvimos, desde el amanecer hasta la noche avanzada encontrándonos hasta fundirnos. El niño sufría. Su sufrimiento, también, fue integrado por nosotros ya sin culpas, sin angustia, ausentes de todo mal.

Fue un homenaje a la especie sudaca. Fue un manifiesto. Fue una celebración dinástica, celebrando la pronta llegada del niño, quien ese día pudo conocer la inmensa fuerza de sus padres. El odio de sus padres.

Aislado en un campo netamente orgánico, el niño conoció lo más placentero de sus padres.

He caído en un estado de semiparálisis. La gordura casi no me permite moverme y soy incapaz de atender a María Chipia, quien vaga afiebrado y hambriento por la casa. Su cara arrebolada se enciende más aún por el brillo inequívoco de sus ojos. Sus ojos enrojecidos se ven lacerados por la luz. Tenemos sed pero el agua no nos sacia. María Chipia se queja invadido por la infección, se queja de la luz e insulta a sus huesos, que se transforman en finos cuchillos, partiéndolo desde dentro. Levanto hasta él mi mano, y sus mejillas y su frente arden mojadas por un cálido sudor.

Temo el contagio, temo que otra enfermedad me caiga encima. Le pido, entonces, que se cobije en otra habitación, y se niega diciendo que el hambre ha provocado la fiebre; pero yo sé que es el abandono, la salida de la familia, lo que ha dejado la fiebre metida en la casa.

Inmovilizada, busco la manera de sanar a María Chipia porque necesitaré su ayuda para el nacimiento del niño. Mientras él murmura algo acerca de la hostilidad de la ciudad, recuerdo que aún somos dueños del agua y que el agua combate la fiebre de los perros.

Como perros sudacas afiebrados y hambrientos necesitamos el agua encima para sacarnos la infección, y, aunque la fiebre me ha respetado, siento su cercanía ostensible ahora que mi madre nos ha abandonado como a perros. La oscuridad del abandono y la ausencia de parte de la jauría ponen mis músculos en movimiento.

Me yergo a través de mi gordura, en parte líquida y en parte grasa.

María Chipia mira compasivamente mis heroicos movimientos. Lo miro con el amor de la última pertenencia, me aferro a su belleza equívoca y digo:

—El agua, debes practicar un rito con el agua.

Lo ayudé a desnudarse y alabé la armonía de su cuerpo. Acompasé con las palmas su débil canto, dejé caer el agua sobre su cabeza, y cuando alejamos la fiebre nos dormimos extenuados, cercados por mi gordura.

—¿Tienes frío? ¿Tienes sed? ¿Necesitas algo, María Chipia?

—Quiero saber algo más de la ciudad. ¿Te acuerdas aún de la ciudad? ¿Te acuerdas de las construcciones?

—¡Ah, sí! Las construcciones. Los jóvenes sudacas semidesnudos. Los mendigos. Ellos me perseguían por las calles. Los jóvenes sudacas siempre querían algo de mí.

—¿Qué querían de ti? Era nuestra fantasía.

—No era fantasía. Una vez un joven sudaca extendió la mano, y cuando puse una moneda en su palma, la rechazó. Aún veo sus ojos hundidos como los tuyos. Tal vez la fiebre. Habló de la fraternidad. Habló extensamente sobre la fraternidad.

—Yo vi un campo de trigo en las afueras. Un campo cubierto de espigas meciéndose con el viento, un campo de espigas sembradas por los niños ciegos del asilo de mi madre. Te llevaré a ese campo de trigo y parirás mecida por el viento.

—Yo vi una casa sórdida y a mi madre cimbreándose en una oscuridad parecida a la ceguera. No lo vi, pero lo imaginé. Lo imagino ahora mismo, y a mi padre aterrado en la ciudad. Imagino las plagas y la fiebre. No vendrá el niño a nacer para alimentar el desperdicio.

—Pero ¿el maíz?, ¿el trigo?, ¿los sauzales?

—No llegará el niño para ser menospreciado, no llegará perdiendo de antemano todo. El niño lucha por nacer en cualquier instante. ¿Qué haremos, María Chipia? Dime, ¿qué haremos?

—¡Tómame! ¡Tómame! ¡Tómame!

Afuera la ciudad devastada emite gruñidos y parloteos inútiles. Se ensayan todas las retóricas esperando el dinero caído del cielo, quemándose como una mariposa de luz. La ciudad cegatona y ávida regala los destinos de los habitantes sudacas. Terriblemente desvencijada y gruñona, anciana y codiciosa, la ciudad, enferma de Parkinson, tiembla.

Tiemblan las voces, tiemblan las voces ancianas y codiciosas disputándose el dinero caído del cielo pero que se quema como mariposa de luz. Se vende el trigo, el maíz, los sauzales, a un precio irrisorio, junto a los jóvenes sudacas que han sembrado. En venta los campos de la ciudad sudaca. En venta el sudor. Un comercio histérico chilla a los compradores, quienes astutamente bajan los precios y compran hasta a los vendedores. El dinero caído del cielo vuelve al cielo y los vendedores venden incluso aquello que no les pertenece.

La ciudad colapsada es ya una ficción nominal. Sólo el nombre de la ciudad permanece, porque todo lo demás ya se ha vendido en el amplio mercado. En la anarquía de la costumbre por la venta se ejecutan los últimos movimientos a viva voz, voceando la venta del vacío.

El dinero que cae del cielo apetece el vacío de la ciudad y cada una de las retóricas del vacío para sembrar el vacío sobre los campos, ya vendidos y definitivamente ajenos. El dinero caído del cielo entra directo por los genitales y las voces ancianas se entregan a un adulterio desenfrenado. El adulterio ha adulterado a la ciudad nominal, que se vende, se vende a los postores a cualquier costo. La transacción está a punto de concluir, y en el dinero caído del cielo está impresa, nítidamente, una sonrisa de menosprecio a la raza sudaca.

Lejos, en una casa abandonada a la fraternidad, entre un 7 y un 8 de abril, diamela eltit, asistida por su hermano mellizo, da a luz una niña. La niña sudaca irá a la venta.

Mano de obra

A Julio Ortega.
Agradecimientos en el tiempo de este libro:
a María Inés Lagos y a Nora Domínguez.

Algunas veces, por un instante,
la historia debería sentir compasión
y alertarnos.

SANDRA CORNEJO

I
EL DESPERTAR
DE LOS TRABAJADORES
(Iquique, 1911)

Verba Roja
(Santiago, 1918)

LOS CLIENTES recorren velozmente cada uno de los productos: los observan y los palpan como si necesitaran desprenderse de todo el tiempo del mundo mientras me asedian con sus preguntas maliciosas.

Los clientes (el que ahora mismo me sigue y me desquicia o el que me corta la respiración o el que me moja de miedo) se reúnen únicamente para conversar en el súper. Yo me estremezco ante la amenaza de unas pausas sin asunto o me atormento por los ruidos insípidos y, sumergido de lleno en la violencia, me convierto en un panal agujereado por el terror.

Amarillo. (Me pongo amarillo.)

Después, transformado en un ser pálido, preciso y enjuto, me desplazo a lo largo de los pasillos con un doloroso aguijón plateado que se incrusta en el costado más precario de mi encía. Mis dientes rechinan en seco comprometiendo severamente la sublime condición trasparente de mi ojo.

Parlotean alrededor de los mesones.

Los clientes murmuran de manera atolondrada y, plagados de gestos egoístas, impiden que los demás compren. Ah, ellos obstaculizan las mercaderías cuando se apoyan en los estantes y con el codo malogran hasta destrozar las mejores verduras. Además de las molestias y el perjuicio que le ocasionan a los productos, se ríen abiertamente de las compras que realizan los buenos clientes. Se burlan de sus adquisiciones y las ridiculizan a través de actuaciones miméticas abominables. Cuando eso ocurre, yo no cuento para nadie. (Mi delantal) como si no existiera. Sencillamente.

Ay, cómo desordenan todo lo que encuentran a su paso. Mi

persona ya no está radicada en mí mismo porque los clientes invalidan el tiempo que le he dedicado al orden programado por el analista (ese misterioso supervisor a distancia). Han interrumpido, impulsados por una perfidia voraz, la cuenta que llevo en la cintura, en el cerebro y en las piernas. Ya está completamente destrozado el orden que hube de realizar. Pero aún así, actúo con la maestría clásica de la palma de mi mano para conseguir que mi espalda se incline en exactos 90 grados hacia los vértices (desmontables) de los estantes.

Ah, estos clientes. Mezclan los tallarines, cambian los huevos, alteran los pollos, las verduras, las ampolletas, los cosméticos. Entiendan: lo que pretendo expresar es que revuelven los productos. Los desordenan con una deliberación insana sólo para abusar de los matices en los que se expresa mi rostro. Se trepan sobre la resistencia aglomerada de mis sentimientos y (después) los pisotean extensamente. Entonces no me resta sino acudir a una paciencia rigurosa para volver a acomodar las mercaderías ya manoseadas hasta el cansancio. Las mismas mercaderías que estaban perfecta, armoniosa y bellamente presentadas en el momento de la precipitación vandálica. Es increíble. Definitivamente increíble. Tocan los productos igual que si rozaran a Dios. Los acarician con una devoción fanática (y religiosamente precipitada) mientras se ufanan ante el presagio de un resentimiento sagrado, urgente y trágico. Es verídico. Estoy en condiciones de asegurar que detrás de estas actitudes se esconde la molécula de una mística contaminada.

Los clientes ocupan el súper como sede (una mera infraestructura) para realizar sus reuniones. Se presentan igual que si estuviera culminando una desatada penitencia. Los observo llegar con sus rodillas rotas, sangrantes, dañadas después de poner fin a una peregrinación exhibicionista desde no sé cuál punto de la ciudad. Ingresan como mártires de mala muerte, famélicos, extemporáneos, pero, al fin y al cabo, orgullosos de formar parte de la dirección general de las luces. Mientras tanto, en el revés de mí mismo, no sé qué hacer con la consistencia de mi lengua que crece, se enrosca y me ahoga como un anfibio desesperado ante una injusta reclusión. Me muerdo la lengua. La controlo, la castigo hasta el límite de la herida. Muerdo el dolor. Y ordeno el ojo.

Pongo en marcha el ojo. Este ojo mío, dispuesto como un gran angular, sigue el orden de las luces. Entre la bruma provocada por el exceso de luz, advierto que una aglomeración humana se me viene en contra con una decisión y una lentitud exasperantes. Cierro el ojo. Parpadeo. Parpadeo una y otra vez hasta que recobro la visión. Y consigo esta maravillosa sonrisa, mi estatura, el movimiento armónico de mis manos. ¿Qué les parece? Ya me encuentro en plena posesión. Con mi cuerpo pegado a mí mismo (como una segunda piel) me desplazo por el interior del súper. Me interno hacia su profundidad.

Camino directo.

Ay, sí, vidita. Hasta la médula de los huesos.

Luz y vida
(Antofagasta, 1909)

LOS CLIENTES ingresan al súper. En cuanto cruzan las puertas abandonan el cuidado de los niños. Exacto. Justo en los umbrales que demarcan los contornos del súper sueltan a los niños. (Los advierto, percibo el propósito del abandono y la curva de un miedo indeterminado se dispara.) Se dispara mi miedo como si me lanzaran al vacío desde una oficina del segundo piso con la cabeza en picada hacia el cemento. Ah, el brillo áspero del cemento auspiciando el estrépito óseo de mi cráneo final.

Pero qué puedo hacer si largan (a los niños) como quien arroja al baldío a un animal que no ha terminado de domesticarse. Y (los niños) se elevan espasmódicos hasta alcanzar los sonidos más ensordecedores. Unos chillidos que atraviesan y horadan los pasillos mientras corren, me atropellan, me agreden y se transforman en una realidad inmanejable. Representan un verdadero castigo de Dios cuando aparecen aullando por las esquinas, empujándome y llorando sin la menor vergüenza. A mi persona la embisten porque quieren dulces o chocolates o refrescos y hasta pan desean. Y, claro, buscan los juguetes con la desesperación que moviliza (torpemente) a un animal hambriento enfrentado a un mundo en plena extinción.

Los niños asaltan los camiones e intentan romper las cubiertas de plástico que protegen a las muñecas y pretenden –también– hacer volar los aviones o disparar las metralletas o despojar de sus armas a los músculos de los héroes. En esos momentos, cuando ya se ha desencadenado un clímax de pacotilla, mi vida carece totalmente de sentido.

Se va a pique mi existencia. Así de radical es el estado al que me inducen sus actos. Parapetado tras una experiencia somática intransferible, observo cómo (los niños) les ponen encima las manos sucias a cualquier juguete y —con una premeditación que me resulta indesmentible— manchan los vestidos de las muñecas. Cuando no consiguen aniquilar los vestiditos, les jalan el pelo mientras contemplan, arraigados en una abstracción hipnótica, el movimiento rígido de los mechones rubios entre sus dedos. Lo hacen. Y los otros numerosos (niños) se empecinan en sacar las ruedas de los autos o romper las puntas de las flechas o tocar, tocar y avasallar angustiosamente todos los juguetes hasta que se desarma y explota el cuidadoso rigor científico que le dediqué a los estantes.

El deseo estalla (tempestuoso) frente a mis ojos y a mí lo único que me resta es convertirme en un asceta de ínfimo pelaje. Sí. Me transformo en una ruina parca sin un ápice de adicción por las mercaderías.

Y, claro, es exacto, correcto, previsible; los supervisores se pasean (de lo lindo), en un atroz fuego cruzado con los clientes, para mirarme —a mí— con sus gestos amenazadores cargados de una reprobación odiosa. En el centro de la indisimulada crueldad, me levantan una ceja electrónica o mueven sus manos —furiosos— ante el riesgo y el deterioro que experimenta la mercadería. Pero ellos son así, siempre, los supervisores. Sin embargo, la angustia acuosa que hoy me invade proviene de los productos y de un pacto mal resuelto con las manos de los niños.

Ya sé. Ya sé. No sólo me debo a los niños y a los clientes sino a ellos, a los supervisores, trastornados por el estropicio a los camiones, los pelos plásticos de las muñecas, los aviones, los conejos, las pistolas, los osos, los atletas, las lágrimas de los niños que manchan y adulteran aún más los productos. Ya sé. Lo sé. Conozco bien ese llanto sucio y desgarrado que los obliga a arrastrarse por el suelo y los revuelca convulsivos entre los pasillos mientras sus familiares y los encargados conversan entre sí, ajenos a la pena y al enorme dolor que pueden ocasionar los juguetes.

Sí. Me refiero al dolor. Un dolor que está determinado y, sin embargo, carece de una localización precisa. Digo, como si el cuerpo funcionara sólo como una ambientación, una mera atmósfera orgánica que está disponible para permitir que detone el flujo de un dolor empecinado en perseguirse y, a la vez, huir de sí mismo. Mi cuerpo, claro, como siempre, se suma.

No me encuentro en condiciones de distraerme y solazarme en divagaciones estériles. Los clientes hablan de manera obsesiva y poco convincente mientras se fijan (verdes de envidia) en cada uno de los productos que escogen los otros —los buenos clientes— esos que sí acuden al súper a adquirir lo que tanto necesitan: la harina, el café, el té, la mermelada, el azúcar, el arroz, los tallarines, los porotos, la fruta, la sal, los garbanzos, los refrescos, la verdura y la carne.

Sin embargo, yo no trabajo aquí para auscultar a los buenos clientes. No controlo la calidad de sus compras ni permito que se instale en mí el desprecio por sus gustos. Yo (ya) no me detengo en los finales del pasillo, con una mirada más que ordinaria o bien con una expresión definitivamente turbia, a acechar a los clientes monetarios. No. Yo no espío a nadie.

Pero los otros clientes, excedidos por la escoria de su odio, escupen abiertamente en el suelo del súper. Escupen su rabia y su asco en el suelo y yo tengo que apresurarme a limpiar el piso para que no se vaya a resbalar uno de los supervisores. Eso sí que no puedo tolerarlo. Me precipito (hincado y febril) sobre el piso y lo limpio con el paño, para que no se (me) vaya a caer el supervisor impulsado por los efectos devastadores de la insegura materia del escupo.

Me obligo a la mansedumbre (ya no me cuesta nada, nada en absoluto. Quizás finalmente sea manso ¿no?) y me esmero en conservar la calma, apaciguar todo sobresalto que pudiera invadir mi ánimo. Estoy presto a cultivar una notable impasibilidad para conseguir una presencia solícitamente neutra. Debo (es mi función) lucir limpio, sin sudor, sin muecas. ¡Cómo no! Es urgente cumplir con el deber externo de parecer pálido. Obvio. Bien peinado, preciso, indescifrable, opaco. Yo formo parte del súper —como un material humano accesible— y los clientes lo saben. Me miran, se acercan y me abruman con preguntas que jamás se podrían responder. Pero qué seriada y monótona resulta esta hora tensa, la mañana, la extensión difusa y considerable de la vida misma.

Estos (malos) clientes me ordenan que busque en las bodegas un producto inexistente y se dirigen a mí con un rencor incomprensible y curioso. Más adelante, uno de ellos se quejará ante los supervisores por lo que habrá de calificar como una imperdonable falta de atención de mi parte. Ahora mismo estoy diciendo que sí con la cabeza (asiento como un muñeco de trapo) y me disculpo ante el cliente apelando a mi extenso servilismo laboral. No me cabe sino celebrar el malhumor, inmerso en una serenidad absoluta. Sonrío de manera perfecta mientras alejo a los niños de los estantes (no te olvides) con una cortesía impostadamente familiar. Luego me dedico a limpiar las huellas de las pisadas, recojo los papeles, restablezco las verduras y mi laboriosa tranquilidad termina por apaciguar a los clientes y a los supervisores y, definitivamente, pacifica a los niños que se cansan de llorar y sólo son capaces de emitir unos débiles y tolerables sollozos después que hubo de transcurrir más de una hora de un llanto impresionante y convulsivo.

Así es. Por la incapacidad (humana) de sostener una crisis infinita, los niños se cansan de azotarse la cabeza contra el suelo del súper cuando ya estallaron los botones y sus rostros terminan congestionados hasta arribar a un extremo carente de parangón. En esos momentos —justo en el instante preciso en que me invade una ininteligible sensación depresiva— traslado a los niños y los deposito junto a sus acompañantes. Y allí quedan tirados a sus pies, lacios, despeinados, agotados (los niños) después de rendir un magistral e insatisfactorio culto a los juguetes.

Los clientes (los malos) se retiran del súper como si respondieran a una orden sincrónica y secreta. Salen. Transportan a los niños devorados por una alergia que los deforma aún más y los enrojece (como tomates). Se los llevan casi dormidos y cuando cruzan la puerta, puedo escuchar cómo me lanzan un insulto solapado. Mi oído recoge el insulto y lo amplifica hasta el punto que produce una fina laceración en mis sienes. La terrible palabra destructiva que me dirigen retumba en mi cabeza y me hace sentir mal. Me hiere y me perfora la palabra abriendo un boquete en mi riñón. Me hiere. Me perfora. Me impulsa a pensar que el trabajo, al que le dedico toda mi energía, no vale la pena.

Esto pienso:

"Es posible que no merezca que los clientes me traten tan mal."

Pero no lo pienso enteramente. En realidad no. No enteramente.

Autonomía y solidaridad
(Santiago, 1924)

MI RUTINA continúa, me acomodo a las demandas. Después de todo cuento con habilidades. (Nunca padezco en graves proporciones.) Soy un cuerpo que sabe amoldarse al circunstancial odio imprevisible que invade en cualquier instante a los clientes. Ese odio infiltrado en el borde de esa mirada esquiva, diagonal y abiertamente descentrada: me refiero a una expresión cruzada por una voluntad inhumana. Pero me movilizo en el interior del súper prendado por una improvisada armonía porque debo evitar que me atrape el ojo terrible y prolijo de este nuevo cliente. Ah, sí, un ser deliberado que ahora mismo me persigue. Pero no consigo esquivarlo. Su presencia resulta ineludible pues se trata de un cliente (el que permanece a mi lado con su áspera cara vigilante) que ha llegado impulsado por una misión que, precisamente, está incorporada en su pupila.

Sí, sí. Aquí está (puedo percibir el matiz en que transcurre su entrecortada respiración), aquí mismo este cliente que no puede dejar de inspeccionar lo que se le ponga por delante: examina la precisión de las balanzas, revisa la solvencia y la seguridad de los estantes, aprieta las frutas, huele la carne, calcula la vigencia y el espesor de la leche. Sí, sí, sí, eso es lo que está haciendo. Viene al súper a oler, respirar, auscultar, sobar, golpear, agacharse, esconderse, interceptar, intentar entrar en las bodegas o espiar mi nombre en el delantal. Verdaderamente anota mi nombre.

Sin el menor tapujo lo apunta en su amenazadora (y gastada) libreta. Yo permanezco tembloroso (con el alma en un hilo) por el destino que va a alcanzar mi nombre que, en realidad, ya estaba escrito en la mirada minuciosa del cliente. Entiendo que, circunstancialmente (como ya lo he afirmado), soy su enemigo, aunque yo no sepa desde dónde viene ni cómo llegó a convencerse de la función fiscalizadora que se asigna. No me esfuerzo en entender. Sólo puedo asegurar que acude al súper empujado por una emoción fría en cuyo centro radico yo (por supuesto). Mi inestable figura trabajadora está incrustada en el espacio privilegiado de esa pupila alevosa y helada que me observa con un énfasis implacable. Incorruptible. Ay, este cliente me mira tal como si yo fuese el representante de una casta enemiga que se le ocurrió combatir.

Enfermizamente furibundo (el cliente) vaga por el súper para derribarme y entregar mi destino a los supervisores. Quiere saldar de esa manera (a costa de mi persona) la rabia que le suscita la incertidumbre frente a la ambigua resistencia de las mercaderías. Me odia porque sí. Lo sé. Pero podría, con seguridad, no odiarme. Por eso es necesario que emprenda una fuga constante por los pasillos para dar inicio a un riguroso baile corporal (una contorsión absurda) que me desmerece ante mí mismo. Y resguardado en un orden precariamente sublime, doy comienzo a una forma extravagante de danza a través de la cual consigo esquivar esa mirada hiriente. Pero poco o nada puedo hacer. Poco o nada como no sea demostrarle que los productos están ahí, que hablan por sí mismos, porque las mercaderías se presentan para ocupar (el espacio pues). Y hay que reconocer que, para agravar la situación, están esas bandejas con carne que, en realidad, es bastante menos apetecible de lo que parece. Por el exceso de grasa o porque es dura. Dura como palo.

Esas carnes de segunda desvelan y martirizan al cliente. Lo desquician y lo obligan a detenerse con una actitud vengativa delante del congelador. Su mirada ahora, depositada sobre la carne, se vuelve doblemente desconfiada y el olfato alcanza su máxima categoría. Se inclina como un pájaro de absurdas proporciones (precisamente como un ave de carroña) sobre esa carne que desmiente sin tapujos la realidad de su origen. Allí, entre la trasparencia del plástico, está escondida la certidumbre de una carne de segunda que se presenta como si fuese de primera. Claro que se trata de un fraude. Pero qué.

Y los tomates, el arroz, la harina, el aceite, el melón, los medicamentos, las mermeladas, también. En fin. En realidad así está la situación en el súper y este cliente parece incapaz de comprender. Es un ser dotado de un espíritu fanático, sectario e iracundo. Con una tozudez reprobable busca esclarecer una verdad conocida de antemano, una verdad que no puede conmover a nadie y, en cambio, con su actitud obsesiva sólo se pone él mismo en evidencia. Las horas transcurren y las posiciones se profundizan.

Ahora estoy en la mira de un número creciente de clientes que buscan culparme por el abierto fracaso de las mercaderías. Por esa cuota de pánico al fracaso es que acuden al súper para cumplir una osada e irreprimible tarea controladora. Sí, vienen prestos a dar una enconada guerra que, evidentemente, deriva en una batalla perdida porque (ellos no lo saben) yo cuento con el apoyo de los supervisores. Tengo su beneplácito (tumefacto e irreprimible) para destrozar cada uno de los actos de fe que pretenden adjudicarse los clientes. Y aunque ahora el cliente, con el rostro enrojecido, hipertenso y prácticamente colapsado, anote mi nombre en su libreta, a pesar que el cliente corra por los pasillos a quejarse con el primer supervisor que se le presente, comprendo que es inútil porque jamás conseguirá el menor apoyo para su empeño detallista. Entregado a un equívoco fatal, el cliente no entiende que para eso están ellos, los supervisores, para ejercer la malicia, el pesar, el control, la molestia, el rencor y la ira en las pupilas.

¿Y, después de todo?, ¿quiénes son estos clientes?, ¿qué buscan? ¿Qué esperan de mí? Resulta del todo imposible sucumbir a sus artimañas. La función a la que me entrego consiste en complacer a los supervisores y fustigar a este tipo de clientes. Mi obligación —moral— es conseguir que estos clientes salgan del súper y se olviden de mí, que dejen tranquilos los contornos fraudulentos de los productos y permitan que los supervisores puedan dormir, al menos, por una noche en paz. Que duerman tranquilos los supervisores porque viven cada momento como si fuese el último y, por la pesadumbre que les ocasiona ese sentimiento, es que me persiguen y paso el día sumergido en la (relativa) desazón que ahora intento expresar. El supervisor me apunta con el dedo y amenaza con despedirme (echarme a la calle). Pero sabe —cómo no— que después le va a corresponder a él. Sí, porque uno, dos o tres, van a incrementar las listas, los números, el horror de un final que todos los supervisores, sin ninguna excepción, se merecen ampliamente.

El *proletario*
(Tocopilla, 1904)

Más horas. Más tarde aún. Sin embargo, todavía sigo parapetado. Está oscureciendo de manera acelerada y, desgraciadamen-
te, yo padezco de una precisión más que maníaca con el horario. Es una de mis características. Las horas son un peso
(muerto) en mi muñeca y no me importa confesar que el tiempo juega de manera perversa conmigo porque no termina de
inscribirse en ninguna parte de mi ser. Sólo está depositado en
el súper, ocurre en el súper. Se trata de un horario tembloroso
e infinito que se pone en primer plano (más aún) cuando entra
de manera hipócrita este nuevo preciso cliente.

Sí. Me refiero al cliente que atraviesa la puerta como si
estuviera efectuando una acción casual o inesperada. Lo
conozco. Este cliente representa una moda, un estilo paradóji-
co, un acierto parcial y farsante. Así es, pues se esmera en pro-
yectar un optimismo que me sorprende y me pone en estado
de alerta. Su mente pragmática está demarcada por el cumplimiento de pequeñas metas y objetivos, por órdenes secunda-
rias (y astutas) con las que pretende consignar las posibilidades de sobrevivir en el interior de su inestable futuro. Su
existencia parece transcurrir en medio de una ingenuidad elemental que lo lleva a estudiar de manera concentrada (y exitosa) la disposición de las luces para aprovechar al máximo sus
efectos. Se solaza en la luz que cae, demarcando su perfil.
Como si fuera una sombra (china) se ubica bajo los focos para
exhibir y favorecer su teatral y pasmosa alegría fatua. Y entonces, sin intentar disimular sus intenciones, me busca a mí para
cautivarme (a sus deseos) entre los estantes del súper.

Pero, en la profundidad de su mirada (en el fondo técnico

de su ojo) sólo se proyecta a sí mismo como si hubiese sido capturado por un amontonamiento de espejos quebrados. Su reconocida indigencia camuflada en estilo, estalla en la profusión asombrosa de brillantes jirones estilizados. No existe nada más que él (partido y filoso) mientras me escudriña con sus inequívocas muestras de simpatía o me llama con una artificial cercanía por mi nombre (que está impreso en la identificación que cargo y me distingue). Sin embargo yo resisto impávido sus signos derruidos, plagados de una angustia que, en circunstancias diversas, hubieran podido llegar a conmoverme. Porque resultaría del todo inconveniente entregarme a la emoción. Tomo una distancia (laboral) inquebrantable ante el alegre revoloteo con el que me rinde un homenaje incesante. Pero yo advierto que necesita de mí para conseguir que le permita el flujo impago de ciertas mercaderías. Ese es su tema, su objetivo, su meta, su anhelo. Por la gratuidad, para no responsabilizarse por las mercaderías, por una mera conveniencia, movilizando un interés que linda en el escándalo, él va más lejos y se propasa conmigo mediante la asombrosa agilidad de sus dedos. Y a mí no me cabe sino resignarme cuando sus manos se acercan a mi brazo o me acaricia —como si no fuera cierto, como si no estuviese ocurriendo— la pierna o la espalda o el pelo para conseguir una intimidad abiertamente cuestionable e innecesaria.

Lo repito: es tarde y se ha desencadenado en mí la sensación de una vaga inutilidad, no obstante, es frecuente que justo al final de un día inexpresable me atrapen ciertas sensaciones incómodas que me impulsan a renovar mi concentración. Pero así es mi trabajo y lo acepto como viene. Con la paciencia que extraigo del espacio de reserva que acumulo para ocasiones especiales.

No me corresponde a mí desdeñar esta rotunda falsa calidez del cliente y menos todavía denunciar su roce inescrupuloso. Aunque, sí, por supuesto, entiendo que detrás del tacto y la alegría que me brinda, se esconde el plan voraz de comprometerme y empujarme a la mirada absoluta del supervisor o a la mirada más que especializada de la cámara que, con su movimiento imperturbable, recoge la singularidad de los detalles ilegales que ocurren en el súper. Porque la cámara retiene la relevancia de cualquier preciso signo (incluso la menor y, aparentemente, insignificante anomalía) que va a ser analizada después —en una sesión más que extenuante— por el supervisor de turno.

Así es. El supervisor de turno, con un ojo inyectado y paranoico, está obligado a permanecer frente a esa cámara que detenta la certeza de un fragmento de debilidad (la mía, mi inaceptable debilidad) que me podría aniquilar. La sala de grabaciones contiene la evidencia de una imagen congelada destinada a esclarecer la manera exacta y el instante justo en que se le podría entregar al cliente un producto por el que no iba a desembolsar un centavo. Soy (ya lo dije) un experto en pasillos, en luces, en mantener la frialdad programada de los productos alimenticios. Me convertí también en un avezado catador de clientes.

No busco ni pretendo sobredimensionar mis capacidades, sería torpe, arrogante y mezquino. Pero sí me atrevo a asegurar que este cliente que me ronda (como una perra loca) está dispuesto a todo para salir del súper de manera ilegítima y permanecer indemne. Porque su aspiración es abandonar el súper sin pagar por los productos (a costa de mi complicidad) y entregarse después —con una libertad y una algarabía frenéticas— a gozar de las mercaderías. Un goce que puedo comprender muy bien porque soy parte de ese deseo, de su necesidad de dejarme expuesto a la cámara, para así, enteramente vengativo, duplicar después su éxtasis, en parte universal, con el producto.

Así funcionan estos clientes, de esa manera viven y estas son sus expectativas. No sé cuál es exactamente la situación (externa) por la que atraviesan ni tampoco por qué se han convertido en lo que son. No me interesa indagar en estos asuntos. No me considero especialmente proclive a pensar en cuestiones abstractas que no conducen a un resultado mensurable.

Quizás ya estoy insensibilizado (impermeable como un grueso fieltro) a sus sonrisas zalameras y eso posibilita que, en cierto modo, las disfrute. Permito que el cliente se acerque, que me acaricie y me murmure obscenidades a una distancia geométrica de mi oído. Escucho con un equilibrio tolerable y sensato sus bromas procaces o sus insinuaciones. Es verdad. Puede que (más de una vez) haya llegado demasiado lejos con ese tipo de clientes, muy lejos y muy rápido, rápido en la sala de grabaciones, de espaldas a la cámara y luego, cuando ya lo hubimos de conseguir, cuando volvimos a ser lo que éramos, él sólo pudo afirmar que recibió mi rectitud inconmovible.

Consigo sortear la ira y la vergüenza profesional que le provoca su propio fracaso. Pero no deja de sorprenderme su necesidad extrema (de mí). No sé cuánto de él es normal y qué porción está completamente fuera de control. Bueno, en fin, me niego a todo de manera solícita y cortés. Ése es el único momento en que me permito el desparpajo de una fina y casi imperceptible ironía. Entonces no me queda sino expulsarlo del súper. Lo conduzco hacia la puerta acudiendo a gestos amables y a mis pasos más selectos. Es que no quiero incomodar a nadie ni menos ahuyentar a los buenos clientes. Intento mantenerme en lo que me he convertido: demasiado proclive a la paz y adicto a la corrección.

Pero cuando estoy fuera del súper, alejado de las miradas que me podrían enjuiciar, me apeno. La verdad es que no soy de fierro y la oscuridad realista de la calle me resulta francamente perturbadora.

Nueva Era
(Valparaíso, 1925)

O AMANEZCO con un ánimo menos sensitivo bajo el cómodo alero de una distancia activa con mi trabajo. Con una paz desmedida me radico como un objeto neutro en el pasillo, satisfecho por mi humor controlado pero, al fin y al cabo, saludable. En esas ocasiones favorables de mi espíritu me entrego de lleno a los viejos, a observar sus movimientos por los pasillos: inseguros, oscilantes, con la mirada errática.

Una multitud de ancianos, confundidos y encandilados con los productos, que se desplazan muy lentamente, demostrando un retardo corporal que podría parecer hiriente pero que a mí me resulta soportable.

Cuando los miro me obligo a preguntarme: ¿qué hacen ellos (aquí) en el súper?, pues ciertamente —para qué mencionarlo— son escasas las posibilidades que adquieran alguno de los productos. O si compran —si llegaran a comprar— su aporte va a ser insignificante, irrisorio, unas pocas mercaderías blandas que no los prestigian como clientes.

Estoy haciendo una pregunta ociosa. Ellos vienen a matar el tiempo que les queda. Más allá de toda lógica, con la tozudez dramáticamente impositiva que caracteriza a los ancianos, ellos decidieron, en medio de los razonamientos de la aritmética nublada que organiza sus pensamientos, que la poca vida que les resta va a ser dilapidada (en esta bacanal feroz y corporal que se proponen) entre las líneas intensas de los pasillos y la obsesiva reglamentación de los estantes. Sí, pues. Entonces no me cabe sino constatar cómo en el súper se está desgranando la aguda cifra que mantienen con el tiempo.

Pero yo tengo que ordenar mi vida. Y para eso es necesario

que elabore una estricta síntesis (mental) de mi cuenta, mi trabajo total. Por eso los nombro (con una abierta pasión clasificatoria) como: "los viejos del súper". Así, secamente, carente de cualquier ornamentación. Sin embargo, debo ser honesto y reconocer que me causan una efímera entretención cuando los diviso ultraconcentrados en la tarea alevosa de conservar el equilibrio. Sólo eso. Se trata de un equilibrio incierto que se me revela como extremadamente material y cercano cuando los ayudo a alcanzar alguno de los productos desde los estantes. Y entonces, entregado al influjo de mi masa muscular, comprendo plenamente la inestabilidad (definitiva, irreversible) en que transcurren esos cuerpos cruzados por masivos e incurables temblores.

No necesito comportarme con una excesiva amabilidad, pues todo el mundo huye de "los viejos del súper" y ellos lo saben. Entienden esos sentimientos y disculpan el malestar, la indiferencia y hasta la cuota evidente de desprecio que provocan. Es clarísimo.

Los buenos clientes no ocultan su impaciencia cuando los ancianos impiden que ellos avancen con sus carros por los pasillos: los detienen porque se enredan (con una torpeza estridente) en los metales o bien los demoran con una precisión majadera cuando los enfrentan (cara a cara) para interrogarlos sobre las razones y los beneficios de los productos que están adquiriendo. O se abocan a denigrar las mercaderías. Los buenos clientes enloquecen con "los viejos del súper" y sus interrupciones. Sí, los sacan de quicio cuando indagan —neciamente sólo por llamar la atención— en torno a la calidad de las papas o de las lechugas o de las habas. Les preguntan cualquier cosa a los buenos clientes y, de esa manera, los atan a sus divagaciones.

Mediante interrupciones absurdas, los clientes están obligados a permanecer atentos a una proliferación de palabras insensatas. (Los ojos seriados de "los viejos del súper" más insensatos aún.) Y, en un principio, los buenos clientes, provistos de un respeto y una impaciencia históricas, los escuchan, aferrados a los ácidos metales de sus carros, hasta que, sobrepasados por el abuso, se desprenden y se alejan. Entonces, los "viejos del súper" buscan, con la mirada inesperadamente brillante, una nueva presa para liquidar, desde una lineal voluntad decrépita, el tiempo urgente que los oprime.

Sé hasta dónde pueden llegar los ancianos; qué debo permitirles y qué rechazar. Así es. Todo depende, en gran medida, de los buenos clientes; de sus emociones y del carácter con que se presenten al súper. Sí, porque los "viejos del súper" deciden con un alto grado de precisión sobre cuáles clientes pueden dejarse caer, a quiénes apremiar, insistir, detener, alabar, extorsionar, asfixiar, detallar su estado de salud. Evidentemente. Lo saben.

Y lo consiguen. Se desencadena entonces −supongamos− una palabrería unilateral dedicada a analizar los beneficios y los rotundos fracasos de los medicamentos (el agobio programado de los expansivos laboratorios y sus campañas intermitentes e impunes, dicen). Y luego, con un énfasis teatral, "los viejos del súper", van señalando, sin un átomo de pudor, sin cesar, sin consideración, la aguda experiencia verbal de cómo transcurren sus dolores. Pero (tengo que reconocerlo) ellos están provistos de una sabiduría emanada de un mapa orgánico correcto y generosamente explorado por el tiempo turbulento que le dedican. Analizan las frecuencias, las intensidades, los antecedentes, los efectos que alcanza un dolor en otro dolor y en el siguiente. Así se forma una cadena científica y laboriosamente unida: dolores de huesos o esos dolores imprecisos que los atacan en las noches: la vejiga, los pulmones, el riñón, el hígado, el esófago. Se detienen en los puntos críticos de sus órganos y la forma que adquiere, en cada uno de ellos, la curva de la inflamación crónica. Y, claro, esa constante, angustiosa, social y comprensible opresión en el pecho. Una opresión tan extensa −prefiero decirlo de una vez por todas− tal como si alguien se les sentara encima (del pecho) y les impidiera la respiración.

Divagan en torno a los inexplicables y rebeldes dolores de cabeza que les producen mareos, vómitos y vacíos mentales y los llevan a pensar que paulatinamente la cabeza se les está llenando peligrosamente de agua. Y, desde la cabeza vuelven nuevamente a las rodillas, los codos, el espantoso dolor en la mandíbula, las caderas, el omóplato, el cuello tenso, la columna definitivamente. Sobrepasan por arte de magia el lugar común de la artritis para llegar con éxito a la crisis en cada una de las finas junturas de las vértebras. El punto álgido de sus quejas se hace presente cuando se refieren a los pies. Esos pies que ya no dan más debido al injusto y duro recorrido por el interior del súper. Una caminata que les resulta interminable y agudiza, hasta el infinito, la suma implacable de huesos que les martirizan los pies. El talón a menudo deformado. Hasta lo indecible. Pero "los viejos del súper" están comprometidos en una épica destinada a dominar sus pies y, de esa manera, continuar erguidos por la vida para dejar un testimonio indiscriminado de sus dolores.

Ah, así es como se empeñan y se vuelcan al legado de esos pies difíciles y poco confiables que en cualquier instante los podrían traicionar. Unos pies que ahora no están en condiciones de cargar con los efectos de unos huesos porosos, en franca retirada, envueltos en una carne que ya no tiene posibilidad alguna. Una carne que tambalea en medio de una grasa petrificada que se ha vuelto autónoma y está desapegada de toda su realidad corporal. Y la pierna. La amenaza de una pierna impresentable que sobrepasó sus condiciones de quebrarse en mil pedazos atravesando el umbral del hueso. Y con una resignación ambigua (los ancianos) aguardan el instante terrible y gozoso de la caída y el derrumbe final de su propia cadera fracturada que se apresta a cumplir la historia lineal y monótona que encarnan los huesos.

Y después, como si cada uno de ellos proviniese de un idéntico manual, "los viejos del súper" se dedican, con un entusiasmo inusitado, a pormenorizar las interferencias que experimentan en la visión. Se vuelcan al diagnóstico de sus propios ojos (la retina adentro). Aducen una vista más que perturbada que los obliga a enfrentar una realidad que permanece dislocada a una prudente distancia de sí misma. Un mundo —no podría ser de otra manera— que ha terminado por tornarse necesariamente ininteligible. Ah. Qué trabajo. Así es porque se imponen la carga velada de unos ojos imposibles que les impiden comprender las minúsculas instrucciones adosadas a las mercaderías: los usos, los beneficios, las propagandas, las prohibiciones, las recomendaciones. Unos ojos que los expulsan de manera cruel de los productos.

Porque la verdad es que todo el tiempo las letras les bailan ante los ojos. Y les bailan también las mercaderías más pequeñas de los estantes. Les bailan los nombres, la angustia, las caras, el dinero, los huesos, sus agotados genitales, la memoria. Todo les baila ante sus ojos. Por eso se convencen que los buenos clientes tienen la obligación de leer para ellos, el deber de explicarles, la función de desentrañar esos significados que, de todas maneras, ya no son importantes porque el cuerpo se los está comiendo vivos. Sí. Lo afirmo con rigor y para ser totalmente honesto.

Le temen al contagio del virus o de la bacteria que los va a conducir al desastre final y oclusivo de unos bronquios que ya se encuentran demasiado expuestos, en el espacio común del súper, por la proliferación (la verdadera plaga) de la última epidemia gripal y la fiebre infecciosa que —ya perciben— van a ser incapaces de soportar.

Ahora mismo uno de "los viejos del súper" se está desplazando con la dificultad de una oruga apenas humedecida. Pero, aún así, entre una espantosa sequedad orgánica —y esto es lo que sorprende y hasta cierto punto maravilla a mi ánimo— se comporta como una herrumbrosa maquinaria exacta. El último (ya el tiempo se está cerrando sobre mí mismo) anciano busca un cliente que lo arranque del silencio que le fue programado, le devuelva la palabra perdida y lo retorne a alguna parte decente y reconocible de su cuerpo. Pero para conseguirlo debe internarse en el ser de uno de los clientes, perturbar la intimidad de ese cuerpo para acercarlo y hacerlo uno con el suyo y así lograr que el cliente perciba (aterrorizado) en él la inminencia de su propio destino. "Los viejos del súper" vienen a contagiar y a diseminar sus muertes para ganar un gramo más de tiempo.

En fin. Que hagan lo que quieran. A mí sus deseos y procedimientos me importan un carajo. A mi persona. El tiempo ahora aprieta al súper como si lo estrujara en su puño. Estoy preparado. La hora se cumple. Yo me considero una persona que se expresa desde el corazón de la sabiduría. Después de todo soy un hombre aunque, en algún sentido (lo sé), termino enredado a la imagen con que se define una mujer. Mujercita yo.

Acción directa
(Santiago, 1920)

A UNA DISTANCIA inconmensurable de mí mismo, ordeno las manzanas. Ya se están desdibujando los contornos geométricos en los que adquieren su incisivo destino los metales. Estoy infectado, atravesado por la debilidad. Este enorme sopor me mantiene exhausto y vencido ante la impenetrable linealidad de los estantes. Miro fijamente (aunque sé que no debo hacerlo) las mercaderías y, sin embargo, no logro retenerlas ni tampoco hacerlas volver (recuperarlas) para anexarlas en la memoria profesional que debo ejercitar con los productos.

Ahora, en este mismo oprobioso instante, no sé exactamente qué son o qué nombre tienen o cuál es el lugar que les ha sido asignado a las mercaderías. Me encuentro inmovilizado por la embestida de un cansancio aterrador que apenas puedo resistir. Entre pedazos de imágenes inciertas, pienso, ya lo dije, entregado a un caos absoluto, en la legibilidad de los productos. De manera momentánea, se agolpan en mi mente, pero, de inmediato, se despeñan cuesta abajo resbalando y cayendo desde el abismo de mi discapacitado ojo interno. La lista alcanza una dimensión móvil más que impresionante. Ay, esa lista que tan cuidadosamente hube de memorizar, ha terminado por desmoronarse.

Asisto al inconcebible e inmerecido fracaso de mis noches. Porque (yo) las noches las dedicaba (cuando refulgía el don de mi salud inquebrantable) a rememorar la situación de las mercaderías. Las repaso todavía cada noche y la siguiente con el desánimo y la obligación uniforme que portan las tragedias. Así, por una urgente perseverancia laboral que me obligó a vivir en un estado de alerta permanente, es que conseguí establecer exactamente cuál ubicación le correspondía a qué, de acuerdo (por supuesto) al código. Pero ahora mismo, qué dolor más lacerante el de mi humillante condición, no recuerdo nada. Salvo, claro, lo más obvio, aquello que está al alcance del más basto aprendiz.

Un ciclo parece a punto de cerrarse. Me refiero a mi cuello que pierde su deslinde. Estoy poseído, lo afirmo, desde la cabeza hasta los pies por un síntoma enteramente laboral, una enfermedad horaria que todavía no está tipificada en los anales médicos. Aunque toque los productos, se me escabulle el orden y el sitial que deberían ocupar en el estante. Soy víctima de un mal que, si bien no es estrictamente orgánico, compromete a cada uno de mis órganos. Me voy hacia atrás con los productos y, con una lucidez perversa y radical, comprendo que estoy a punto de caer anestesiado (con una languidez fatal) en la geografía agujereada del súper. Me precipito hasta el umbral de un pavoroso momento en que podría prescindir de todo. Digo, el vértigo acucioso de perderme enteramente.

Ahora mismo, en medio de una escena torpe y agresiva, me encuentro muy cerca de las mercaderías, encuclillado. Permanezco agazapado como si actuara la reencarnación de un sapo y su ostensible respiración (su miedo) y así, tal como un ente entregado a una dimensión anfibia, me contengo para no dar un brinco y huir penosamente saltando entre las piedras en dirección impostergable al agua.

Es que estoy enredado a olores tóxicos que se superponen sobre mí. Por causa de una olfativa terriblemente química, arribé hasta esta neutralidad nasal que me impide discriminar el limón de la violeta porque se han vuelto indistinguibles (los olores). Pero hasta ayer podía clasificar, con una seguridad no exenta de grandeza: el limón, el jazmín o la frutilla.

Lo que ocurre es que estoy progresivamente cansado, exhausto, enfermo, aquejado por el efecto de un aprendizaje que me resulta inacabable. Los olores indeterminados se atropellan para profundizar la molestia que hoy me produce la iluminación del súper. Ah, sí. Esta obsesiva luz me agrieta y me ocasiona la sensación de un mareo persistente. Estoy enfermo, ya lo dije. Mal enfocado, desmemoriado y ligeramente ausente de todo lo que sigue transcurriendo en el interior de este recinto. Una distracción que, ya sé, va a alcanzar en mí su inserción endógena, es el efecto tangible que me produce el mareo. Experimento sensaciones que me atacan con una refinada alevosía, porque así, en este estado, soy víctima de una indiferencia que me puede conducir a la disolución. A la pérdida de todo lo que tengo. Lo que he conseguido retener. La miseria arrastrada de mí mismo ahora es lo único que soy capaz de conservar.

Mi salud, desde un espacio anclado a una realidad inasible pero contundente, se ha vuelto deplorable, turbada por el incremento cíclico de las mercaderías. Sí, he sido derrotado por un apoteósico ataque de debilidad que, lo repito, corresponde a una enfermedad laboral, un mal estrictamente técnico producido por el exceso (inútil, como ven, definitivamente inútil) de concentración mezclado a mi afán perfeccionista.

Esta situación (personal) me empuja a una peligrosa lasitud, por ejemplo, a refugiarme en una prolongada aversión a los olores industriales que caracterizan el espacio ambiguamente desodorizado del súper. No me importa dilucidar cuál es el origen (remoto) de los concentrados, es que sencillamente no tolero esos olores comerciales y ante el ojo de quien me observe (me miran permanentemente y no me refiero sólo a la presencia omnipotente de la cámara) es imposible ocultar mi condición enferma. Lo digo, lo repito: estoy enfermo. Estoy cansado. El estigma que sufro y que me ataca, me impide apelar a cualquier espacio prudente de mí mismo, me prohíbe pensar, responder a los más elementales estímulos. Me estoy viniendo abajo. Siempre cayendo (en pos de la manzana) hacia un estado más que degradado.

Lo único útil que puedo hacer ahora consiste en mantenerme a una cuidadosa distancia del estante. Como un animal viejo miro con una visión aletargada los productos. De manera progresiva (lo aseguro) voy adquiriendo un indudable parecido a una perra ni siquiera rabiosa sino entregada (con un cuerpo general idiotizado) a su fatal destino infeccioso. Encadenado a este final torpe (así, así, sin asidero) me estremezco ligeramente convulsivo de la misma manera como se rascan su propia repulsión los animales.

Pese a mi mal limítrofe todavía me aferro a un último intento por controlar mi pervivencia aunque, claro, le temo a la circulación clandestina de la noticia que el viejo (y astuto como dicen) sobreviviente del súper ha perdido su olfato. (No huele el animal.) No huelo nada más que un olor que ya hubo de ser neutralizado. Pero, ¿cuál es el temor que experimento? No sé, es que le tengo miedo a todo. En realidad estoy ya demasiado agotado (decirlo, decirlo y repetirlo para profundizar al paroxismo el eco del cansancio). Mi deseo (mi último deseo) es derrumbarme en medio de un estrépito más que irreverente y así arrastrar conmigo a una hilera interminable de estantes para que las mercaderías sean, finalmente, las que me lapiden.

Pero es un sueño absurdo, un festival demente el que transcurre por el estrecho borde de energía que aún conserva mi cabeza. Estoy enfermo, necesito con urgencia un permiso, un médico, una revisión total de mi anatomía, un examen biológico, el desmembramiento hostil, una radiación completa que me permita unos días de tregua. Estoy, lo he dicho, completamente al margen de las mercaderías y de los sonidos intermitentes del súper. Estoy enfermo. Me muevo hoy con los horribles estertores que caracterizan a un herido (de muerte).

Así me deslizo desde los cosméticos (sin el menor ánimo de buscar una máscara posible) al área comercial que se acaba de inaugurar con la ropa. Qué indescriptible el olor truculento del amontonamiento de prendas. Los cosméticos, la ropa. Quiero pensar exactamente en estos términos: los cosméticos, la ropa. Ay, de mí, no lo consigo. Es muy tarde. Antes que me entregara al agotamiento podía llegar a conjugar de manera perfecta los cosméticos y las diversas prendas de vestir. Y ahora tan elemental mi empeño y sin embargo es vano. Desde hace algunos días supe que arribarían las prendas, pero el hedor (nadie podía entonces suponerlo) superó todas las expectativas. Me vi obligado a acudir al perfume de lavanda para cubrir el vaho maloliente de la ropa. Sé que entre todas las obligaciones (que son exageradas) estoy asignado a las prendas de vestir, pero no quiero acercarme a las telas ni asistir al cliente ni tampoco contaminar mis propias manos buscando en el cajón. Porque para otorgar la ayuda necesaria (al cliente) debería impregnarme bacanal en la abstracción sintética del género. Estoy cansado, enfermo, atiborrado por una mezcla de humores. El olor más que seriado de la ropa, que fue disfrazado y cubierto de otro olor y de otro, me señala que actualmente yo padezco del olfato pues me siento condenado a una atmósfera nasal que no viene sino a profundizar mi asco.

He extraviado la pericia de mi olfato. No soy capaz de oler nada más que los compuestos básicos y sus matrices (nadie podría imaginar la miseria en que transcurren los primeros materiales), y esta patología es uno de los aspectos más crueles de mi enfermedad. Estoy enfermo en un lugar indeterminado de mí mismo, ya lo he dicho, el cansancio, el sopor, transcurre paralelo a mis órganos. Se trata de una enfermedad interna y subrepticia que emana desde el espacio aledaño e impasible de las mercaderías. Y también el cargar con mi abulia y mi cansancio brutal me agotan doblemente. Lo sé. Es tan grave mi estado que ya he perdido mi irreprimible pasión por las mercaderías. Me estoy convirtiendo en un paria mínimo que revolotea alrededor de los estantes mientras desatiendo a los productos envueltos por un plástico que no es completamente trasparente.

No es completamente trasparente. La configuración de una ventana tramposa que vela la calidad de los productos. Ah, cómo podría ahora aludir a la presentación de los alimentos. Los alimentos y su ostensible riesgo. El plástico es fatal (aunque claro, extraordinario el plástico). Yo sé cómo, allí mismo, debajo de la materia contaminante del plástico, los alimentos están entregados a un desatado proceso bacteriano. (Los lácteos se destruyen a una velocidad que jamás me hubiera imaginado si no lo hubiese visto transcurrir delante de mis ojos. No quiero hablar de lo insensato, renuncié a convertirme en un cautelador de gérmenes. Estuve, lo sé, entrenado para negarlo todo y defender la pureza de los trozos de cualquier tipo de carne (cada trozo librado a una descomposición abierta). Sé lo que es trabajar agudamente en torno a las variables a las que se expone la carne, sé también hasta dónde y cuándo empiezan a ser reales las fechas. Antes, cuando todavía era sano y no me habían deteriorado las mercaderías, velé salvajemente para que jamás gravitaran el asco y el pánico ante la sospecha que pudieran inspirar los alimentos.

No estoy enfermo (en realidad) sino que me encuentro inmerso en un viaje de salida de mí mismo. Ordeno una a una a las manzanas. Ordeno una a una las manzanas. Ordeno una a una (las manzanas).

Mientras ordeno (una a una) las manzanas, que ya han entrado en su última fase comestible, logro entender que no dispongo sino de mi apariencia laboriosa desplegada ante el mesón agudamente industrial del súper. Mis días podrían entrar en una considerable cuenta regresiva. (Mi delantal, mi rostro serial y opaco en el espejo.) Voy acomodando una a una las manzanas, una y una encima de la otra. La siguiente. Sólo tolero permanecer en este espacio aunque si estuviera sano debería moverme diligente con la eficacia que le corresponde a un cuerpo adiestrado para cada una de las tareas de servicio. Pero ahora sólo puedo abarcar con mi mano la manzana. Me pesa terriblemente la manzana. Antes (quizás ayer, no estoy seguro) hube de huir del óxido del tarro. Los metales en que se presentan las conservas se ven verdaderamente majestuosos brillando en los estantes. Ah, el pulcro y ordenado relámpago (definitivamente artificioso). Ah, si no estuviese atado a la desagradable metafísica de esta voz mía incesante y terminal cascada que me retumba en mis propios oídos (mi voz casi inaudible que me habla de manera monótona a mí mismo. De mí). En mi tiempo exitoso no huían de mi imaginación los alimentos, ni perdía un minúsculo espacio en los estantes. Conozco la inteligencia de las luces. Pero me he enfermado de adentro para afuera. No cuento ya con la menor expectativa. Es tarde. La última manzana podría terminar por destruir la costosa pirámide. Otra manzana se suma ya no sé a cuál acumulación numérica.

Sólo el resguardo tras mi hipócrita forma laboral ahora me sostiene. Finjo los pormenores de unas cuantas (duramente inoculadas) éticas, el uniforme caricaturesco y su impúdica leyenda inscrita en mis espaldas y la obligación de la caminata incesante cada vez menos acelerada por los pasillos bajo la vigilancia de esta luz entera e insidiosa (pero, claro, una luz divina que pareciera provenir desde ninguna parte, qué digo, del mismo espectro de un Dios más que terminal proviene). Simulo la sonrisa, el modo absurdamente sometido y actúo también una disposición cínica entre una sonrisa que no termina de consolidarse. Estoy enfermo, cansado como si en alguna parte de mí mismo tuviera que cargar con la silueta ahorcada de un indeleble despojo. Afuera, en un sector indeciso ubicado en un punto aledaño a mi retina, el horario, el pavor cierto que acompaña la figura extenuada del deslucido cliente. Allí está su mano eficaz (a veces burocrática) capturando el producto que cae limpiamente en el centro del carro.

Pero nadie conoce a fondo la fiesta final de la mercadería y su imperturbable deseo de asalto. Con qué voz pudiera referirme a aquella desatada imagen del alevoso atraco a las mercaderías cuando la turba incontenible arrasa los estantes, arruinándolo todo, impulsados por un amor violento y, sin embargo, más convocante el imperativo odio (de la turba). Ah, la furia de los cuerpos (que ya no tienen ninguna contención) astillando cristales y la sangre, la sangre, la sangre que irrumpe categórica (el producto visualmente mancillado con un tinte dramático) auspiciando la bacanal de una cuantiosa pérdida que solaza y, sin embargo, trae un curioso consuelo a la muchedumbre que hostiga a los estantes, los vuelca, los devasta entre ominosas carcajadas, aullidos, llantos irredentos, ahogos de un éxtasis fastuoso y así, como un coro enfermizamente preparado se deja caer un mar incontenible de las peores palabras (insultos a las mercaderías y a su poderosa gestión) y lo soez del gesto (en contra del producto) que la turba repite, da inicio a una destrucción mística, divina, de cuanto encuentra a su paso. Digo el paso abiertamente subversivo de un conglomerado humano que arremete como un solo cuerpo irrespetuoso, estéticamente desplegado en el presente de una gestualidad ultra moderna pero que, a la vez, resulta absolutamente arcaica.

Aunque siempre me aceche la primitiva esperanza de que se reúna esa turba. Pese a que me invada (salvaje, irreprimible) el deseo que avance y se desplace anónima soportando los golpes y el imperativo y bello fluir de la sangre, sé que hasta ella (el esplendor de la turba injuriosa) va a acudir con premura la desesperación del gas, el brutal desalojo, el desorden final de los productos. Y así podría consumarse (necesario) el despido masivo.

No es posible el asalto. Sigo acumulando la manzana tras un orden seriado y agotadoramente perfecto. Otra manzana gracias a mi oficiosa mano ocupa su sitial. Odio la turba y los desmanes de los agitadores y me parece insoportable la sola imagen de la mancha sangrienta en el producto o la pisada feroz sobre la lata o el escándalo que produce esta luna (artificial) y su luz implacable amplificando los cuerpos que se contorsionan huyendo y llevando, entre sus brazos, un botín siempre insuficiente. No odio a la turba, no tengo fuerzas ni deseos, ni más voz que la que está dentro de mi cabeza. Estoy enfermo. Cerca, a mi costado, percibo que una jauría se solaza ante mi pasiva conducta. Resultaré saqueado inevitablemente. Oh Dios, ya se viene en picada esta gloriosa luna oscureciendo hasta el infinito mi retina y sólo quedo yo enfermo y solitario entregado a la costumbre del producto. Envuelto en la nebulosa de mis adversas condiciones, el único recurso que me resta es implorarle a esta (última) manzana que, por piedad, me devuelva mi salud perdida.

El *obrero gráfico*
(Valparaíso, 1926)

LA LUZ HA INICIADO su gloriosa tarea de tomar venganza en mí. Por los altoparlantes se filtra la ambientación de una música carente de armonía que se resuelve como mero sonido aletargante. Una melodía (abstrusa) extensa, dedicada a suavizar a los estantes que sostienen al súper y pulir así la imbecilidad que reviste el material. Pero la luz (no la música, no, por ningún motivo) ahora, es mi enemiga. El mismísimo Dios es quien me sigue. Este Dios envuelto en una sofisticada y, a la vez, populista nomenclatura sintética, se monta encima de mis lentes (infrarrojos). Puedo asegurar que se ha empecinado en conducirme de manera violenta (pese a mi voluntad, en contra de ella) hasta su paraíso. Sí, quiere llevarme hasta su paraíso y, para conseguirlo, abusa de los dones que le fueron conferidos gracias a la jerarquía de su omnipotencia. Quisiera rehuirlo, devolverlo al estante o encadenarlo al metal del último pasillo para que se quede quieto y consiga —por qué no— descansar hasta morir.

Pero la desdicha de Dios es incapaz de permanecer inactiva y, por eso, está aquí, al lado mío. Es Dios encarnado en Dios el que actualmente me acompaña. Ha descendido (se trata de una feroz caída a tierra) para sentarse, a mi diestra, encima de la palma de mi mano. Me aplasta la mano. Me duele de manera terrible mi dedo retorcido por el peso inconmensurable de su culo. Ay, es obvio cuánto me duele el dedo y me duele, también, la luz divina de este Dios atiborrado de gracia. Dios me acompaña, centímetro a centímetro, para engrandecerme y obligarme a cargar con la verdadera pesadilla de una luz que carece de cualquier antecedente. Estoy poseído por un Dios que me invade con un brillo que me ubica en la mira ávida de todos los presentes.

Dios me posee constantemente como si yo fuera su ramera. Se me sienta (ya lo dije) encima de la palma de la mano o trepa, a duras penas, por mi espalda o se cuelga de una de mis piernas o se introduce de lleno en mi interior hasta oprimir los conductos de mi agobiado corazón. Dios está en todas partes. A lo largo y a lo ancho de mi cuerpo. Y se radica con una intensidad (que ni te digo) en mis órganos para que retumben en su honor. Quiere constatar hasta qué grado su morada se establece en mis retumbos. Ay de mí. No me queda más remedio que alabar el inmenso, incomparable honor que Dios me ha dado.

El honor que Dios me ha dado me permite asegurar que hoy soy su elegido. El elegido de Dios. ¿Qué hice para merecerlo? ¿Qué debo hacer para conservarlo? ¿Qué hago?, me pregunto, ¿qué hago?, me repito, mientras camino, borracho de fe, tambaleando en el pasillo para alcanzar a realizar, lo sé, la última representación organizada con la que se va a sellar el fin de mi episodio laboral. El tiempo ya se corta con la hoja de un cuchillo. Pero ahora, con una urgencia impostergable, necesito recobrarme para enderezar a mi Dios que hoy está desmejorado, peor que nunca, volcado sobre mí como si yo fuera la última migaja que le resta tras un suculento banquete. Pero la gula de Dios es insaciable. Ay, montado en mi pulmón hasta provocar un grumo de sensualidad en mi copiosa saliva. (Hay que decirlo: Dios me hace salivar como un guanaco.

El insuperable fuego de Dios se aproxima para palparme y recorrerme y obligarme al refinado oficio de su puta preferida. Será el ardor. Ah, el roce con esta consagrada y ambigua cercanía. Me inflamo y noto cómo y en cuánto se eriza la superficie de mi piel. Pero el maldito puto no me satisface con la gracia divina que le asignan. Como debiera su enloquecida y desatada majestad. Digo, la majestad que se requiere para llevarme hasta ese punto sin retorno en que Dios y yo seríamos indistinguibles. El y yo, uno, unidos para siempre.

Pero el implacable y sacrílego supervisor me observa con su expresión atea. Me mira con un dejo pragmático verdaderamente hiriente. Ay su mirada, justo en mí, que estoy a punto de conocer el éxtasis. El bastardo sin Dios y yo, en cambio, cargo a mi propio Dios incrustado en la ingle como una garrapata el cerdo.

Estoy borracho, lo sé, quizás alcoholizado de fervor. Es que Dios se ha presentado tomando partido por mi cuerpo y ¿dime?, ¿qué humano podría rehuirlo? Dios me ha hecho el favor de caer en pleno sobre mí, anticipándose a cualquier llamado. Digo Dios y digo luz. Los rayos del súper se me agolpan formando una aureola alrededor de mi cabeza, Dios me está apretando la cabeza. Mi cabeza se deforma por la aureola, pero no, pero no, no, no, es increíble para mí haberme arriesgado al punto de terminar parapetado tras esta facha de santo. Se acerca veloz la Navidad. Y aquí estoy, en la entrada del súper, formando parte del pesebre. Ah, sí, yo soy el que dirijo la ceremonia del pesebre. Tengo sed. Pero debajo de la paja guardo el pisco. Dios me autoriza porque, finalmente, ha nacido, gracias a mí, en todos los instantes. A cada instante lo obligo a nacer en la miseria del pesebre.

Así, hoy es Dios quien me induce al pisco. Mi Dios (mi diosito lindo) me lo concede porque yo soy el padre de su hijo y como suplemento (no me digas que Dios se va a privar, no te atrevas a afirmar que Dios haría una cosa así) cumplo con el oficio histórico que le fue asignado a la puta. Yo soy (también) la niña obscena que va a enderezar su alicaído senil miembro. Me he vestido con el disfraz que mejor me representa y Él me ha reconocido. Aquí mismo. Yo, su padre. A la entrada del súper, encabezo el pesebre disfrazado como un santurrón de pacotilla. Pero Dios se alegra conmigo y estamos a punto de reírnos (de matarnos de risa) porque me hace cosquillas para que yo, a mi vez, realice el trabajito que requiere su miembro. Viejo Dios impotente.

Me molesta la aureola, el báculo, el estruendoso maquillaje

que irrita el fondo de mis ojos. (Mis ojos ¿es visible?, ¿se nota demasiado el malestar de mis ojos?) y también me atormenta este gentío que me mira con la boca abierta, babeando una conmoción majaderamente religiosa. Pero el Dios que hoy me habita me permite soportar la constante infección de mi ojo y me otorga, también, entrada a la botella. La Navidad parece que no arriba debido a la inconstancia de los fieles.

(En cuánto dilatan la compra de regalos, cómo se regatean a sí mismos los mezquinos.)

Dios se pone furibundo y me hostiliza. Me trata cual un paria adentro de mi oído. Qué mal hablado el guardián de los insultos. Pero ya se sabe que la bondad de Dios es paradójica porque es, especialmente, vengativa. La necesaria venganza que ocasiona el amor. No me queda sino amar intensamente a este Dios y permitirle su venganza. Aceptar los insultos que le ocasiona esta marginal borrachera que sustento. (Escondo cuidadosamente la botella entre la paja picada.) Qué importan los insultos si cualquier cosa (¿quién podría negarlo?) que provenga de Dios es sagrada y perfecta.

¿Qué hacer con la sandalia? Mi pie, casi desnudo, está expuesto a la mirada. Las uñas de mis pies se ven tan sucias, diosito lindo, hasta dónde se extiende la fealdad roñosa de mis patas. No somos dignos de dejarnos caer ahora en la vergüenza (pero cómo cubrir el pie, el ojo legañoso, la horrible vena hinchada que surca mi tobillo). Quisiera hoy elevar hasta la saturación los decibeles de mi divinidad. Debería estar mucho más cubierto de Dios. Pero la verdad es que me encuentro a punto de caer cautivo de un sentimentalismo torpe debido a la melancolía que me imponen las campanas (pregrabadas) que señalan una Navidad que viene aproximándose. No sé por qué y, sin embargo, entiendo cómo me inunda parcialmente la tristeza.

Estoy en la tarima del pesebre, erecto, incitando con mi fe a los compradores. De pie, sí, solemne, mientras la mujer (una de las últimas cajeras) sentada, a duras penas, sobre un piso de mimbre, sostiene en su regazo al insignificante Dios de plástico. (De la peor calidad el plástico del niño.)

Juntos, debemos esconder la carcajada que nos suscita la representación de una familia, (qué me dicen, ¿ah?, ¿qué?). Pero nosotros, con la venia de Dios, nos empeñamos, con una rigidez alucinante, en actuar al grupito que ha sido favorecido por una serie de regalos idiotas. Estos horribles animales (sintéticos. Con cuánta saña se abusa de la masificación de las materias) que me causan alergia en la planta de los pies. Nos rodea la serie conocida de animales desérticos que adornan el pesebre. Me pican los pies. Introduzco el dedo índice a través de la sandalia y me rasco con furia. ¡Qué alivio! Luego bebo (a hurtadillas) el concho de pisco que me recompensa. Brindo directamente del gollete para que se conserve por toda la eternidad posible este numerito que se manda Dios en la incierta conmemoración de su ilustre nacimiento. En el súper, claro, de qué otro modo, pues, estaría yo encabezando la miseria de esta gloria que me ha sido concedida.

Es tarde. Me hartan las campanas, me aburre la sincronía del ding-dong zalameramente electrónico. Ya pronto mi Dios se va a quedar dormido para descansar en el séptimo día que se dio licencia. Y yo fuera de sus leyes, ajeno a la hora del descanso, me pregunto: ¿en qué maldito instante el supervisor va a encender la luz roja que dictaminará el fin de mi jornada?

La voz del mar
(Valparaíso, 1920)

LA MULTITUD. La muchedumbre.

Los supervisores decretaron un turno de emergencia. Sin tregua alguna. Atenderemos —se dijo exactamente así, en general, sin el menor énfasis— a lo largo de 24 horas.

Han transcurrido ya 14 o 16, no sé, no puedo estar seguro. Avanzo, me abro paso con mi ojo. Mi ojo es hipermétrope, técnicamente enfermo. Escondo el mal, lo disimulo. Pero cómo me dificulta la visión. Un cigarrito, un cigarrito. Un trago de pisco, un vaso no más de vino tinto. Claro que no. Está estrictamente prohibido. Y qué imperativo el orinal. No puedo orinar en este tiempo atiborrado de clientes. Pero la vejiga infame se ha repletado desde no sé cuál líquido. Imposible la orina porque yo no puedo ausentarme ni un instante de la acometida humana que se nos cayó encima. (Es que la Navidad ha concluido y se dispone bacanal el año nuevo.) La multitud enfebrecida (indescriptible la terrible calentura) por la próxima fiesta se disputa, claro está, la mercadería.

Las botellas (mi sed). El pan. Los altos de cangrejos. La sal.

Hace 14 o 16 horas que doy vueltas, finalmente, en redondo. Los pies me laten con mayor intensidad que el corazón. 14 o 16 horas transcurren ya desde la omnipotencia del estante. La bodega se llena y se vacía y se colma nuevamente (no se imaginan la entrada y la salida de camiones, las toneladas de mercaderías que pueden transportar. Son poderosos, enigmáticos). Tardíamente el perro ladra su sonido mecánico gracias a la potencia de la nueva batería, el loro grita. Y, por supuesto, la muñeca está agotada (su pila, me refiero). No llora, no habla, parece fallecida. Ah, el anacrónico espectáculo ya discontinuado de la juguetería, no, no, no, el altoparlante ahora me deriva a las cecinas, qué hacer.

Amable, envuelto en mi acostumbrada cortesía, me desvío (no puedo más) hacia el orinal y siento el chorro. Meo como un desaforado después de 14 o 16 horas de acumular el goteo. Estoy en riesgo. Lo sé. Pero cumpliré el trato de las 24 horas.

24 horas. 24.

24 horas sin salario adicional.

En un acto impulsivo de sinceridad, debería confesar (pero, ¿a quién?) que a mí nada ya me martiriza. Estoy robusto, bien cuidado, amable, seguro de mí mismo, atento a los rincones, consecuente. El súper es como mi segunda casa. Lo rondo así, de esta manera, como si se tratara de mi casa. Me refugio en la certeza absoluta que ocasionan los lugares familiares. Pero no es la primera sino definitivamente la segunda y me pierdo. Titubeo hundido en el agobio que me ocasiona esta creciente inestabilidad.

Me torno ajeno. Desorientado busco un norte, cualquier miserable referencia entre esta multitud que me avasalla y me golpea con sus carros. Y como si fuera un guerrero capturado me empujan hasta el centro de la arena. A combatir (entiendes, supongo, de qué hablo, comprendes que me refiero a mi puesto de trabajo). No a combatir sino a enfrentarme pasivamente con la fiera. Pretendo excluirme del rugido. El sonido es, finalmente, irrelevante, la fauce en cambio es estratégica. El colmillo, su filo irregular en medio de un hambre prolongada.

(Se han dejado caer desde la orilla un conjunto de ansiosos pobladores, ellos son magros, sólo la ansiedad es poderosa.)

Podría asegurar que soy la exacta víctima que han expulsado al redondel. Es verdad, sí, la víctima (¿resultaría cómodo?, ¿no?) pero creo (sinceramente) que yo fui quien me ofrecí porque necesito con desesperación enfrentar este colmillo; su roce, su desgarro, el espectáculo final del desmembramiento (qué lujo) y la caída definitiva de mi masa. De una vez por todas. Hasta cuándo.

La naturaleza del súper es el magistral escenario que auspicia la mordida. Oh, sí, los pasillos y su huella laberíntica, la irritación que provoca el exceso (de mercaderías por supuesto), los incontables árboles (artificiales pues) con sus luces inocuas. La música emblemática y serial. Un conjunto armónico de luces (de colores) correctamente conectadas a sus circuitos actuando de trasfondo para abrir el necesario apetito que requiere la fiera. Y aquí estoy yo, en plenitud, protagonizando el espectáculo intransable de las horas.

Catorce o 16 horas en que me apego a ésta, mi segunda casa, con los pies casi completamente destrozados. Y los brazos. Cargo no sé qué porcentaje ya de toneladas, digo, el azúcar, los tarros, las bebidas. Y los chocolates. El pan cargo. Cargo mi ira, mi odio, mi miseria. Cargo con todo. Estoy abajo, en pleno ruedo mientras el animal aúlla su apetito. No es cruel en realidad. Sólo lo mueve la invasión de un tipo de hambre externa e insaciable. Un apetito ultra estimulado por el reflejo estrepitoso de las luces. Hoy se precipita la masa compradora convencida por la ilusión de un bosque inscrito en el falso ramaje de los fugaces arbolitos.

16 horas. Continuadas.

16 horas cronométricas.

Como un inamovible enfermo terminal permanezco conectado artificialmente a mi horario. Quizás demasiado pálido, posiblemente en algo tembloroso, pero ¡vamos! atento, cordial, empecinado en la sonrisa para cubrir las horas que me restan. Ya no habito dentro de mí mismo. Estoy enteramente afuera, dado vueltas. Me doy vueltas y vueltas para cumplir, satisfacer. ¡Qué orgullo laboral! Se dejará caer inexorablemente el año nuevo. El pisco ahora está al alcance de mi mano y a una distancia incalculable de mi boca.

Padezco de una sed cristiana y apacible.

No es exactamente así. Me invade una sed agónica que me habla ferozmente de la sed. (Necesito un pisquito, un vino blanco helado, una cerveza.) El supervisor lee mi deseo y lo goza y lo acaricia y se solaza ante el titubeo de mi mano en la botella. La fiera avanza remeciendo los estantes y me busca. Estoy cercado, vencido de antemano como un guerrero exhausto que no fue tocado por el don de la carisma. Circulo y me desplazo estupefacto ante mi increíble y penoso anonimato. Circulo y me desplazo como una correcta pieza de servicio. ¿Quién soy?, me pregunto de manera necia. Y me respondo: "una correcta y necesaria pieza de servicio". No me respondo nada. Actúo silencioso en los pasillos resistiendo a la multitud desaforada que escarba y busca megalómana completar su próximo festín en una oferta. La fiera se inclina a la ebriedad para olvidar la dimensión de su barbarie y se vuelca a la botella. Repongo con una rapidez vertiginosa las botellas. Mi sed no es mensurable ni admitida. Mi mano se desliza por el pisco y la retiro pues me quema. Pero 16 horas se han cumplido y yo mantengo intacta mi impecable fortaleza.

Aunque el pie, la mano, el oído no responden, ni responde el riñón, el pensamiento, yo continúo. El supervisor sabe de mi estado y de su estado (corporal) y me vigila. Pero su extenuación es incompleta. Luce aún saludable ante la muchedumbre, se destaca. Estoy luchando contra una noche enorme, de pie (una silla, una cama o al menos un jergón) con mis riñones verdaderamente destrozados. La multitud parece enceguecida (por su dependencia oral a los productos). Y a mí me tiembla de manera obscena una de mis piernas. Me tiembla el codo, la mano. El ojo.

Me golpean, me empujan, me solicitan desde los cuatro puntos cardinales (los altoparlantes parecen no poner límite a la oferta). Ah, es verdaderamente impresionante la elasticidad monetaria con que intercambian su precio los productos.

(Los pobladores se agolpan mientras esgrimen un gesto despectivo.)

Me aúlla la mujer desde su carro, que no quiere esa carne, que no quiere, me grita, que no (quiere) y yo asiento y recibo impertérrito la próxima andanada del hombre que me insulta porque se ha cumplido el plazo estricto (cinco minutos rigurosos) de la última oferta y él no ha podido, no pudo arribar hasta el estante y más gritos aún, que esto, que el otro, que cualquier cosa a mí que estoy desmadejado, dispuesto a lo que venga. Y expulso de mi mente la escalada de mi atroz resentimiento, porque, después de todo, antes que nada, se trata de clientes que ejercen su legítimo derecho a maltratarme. Es que están cansados los clientes por la frustración que les provocan sus adquisiciones. Nuestros clientes son el lema obligatorio —no te olvides— que el cliente es el amo, el tutor absoluto de la mercadería.

(Ensordecido por la escalada de gritos me entrego a la fatiga de las 20 horas continuadas.)

Se aproxima el nuevo año. Cuento los minutos con los dedos. Este tiempo moderno y aleatorio se desgrana viajando desde mi frente hasta la palma de mi mano. Los guardias plenamente armados retiran los cuantiosos fondos y se desplazan hasta el camión blindado realizando un bello operativo bélico. Las armas, la estatura, el gesto decidido, el botín en las bolsas de dinero.

El año se retira colmado de divisas. Próspero el año y yo aquí, de pie en el súper cautelando la estricta circulación de la moneda. Cajera, aseador yo, empaquetador, promotora, guardia de pasillo, custodio, encargado de la botillería. Resuenan las estridentes finales campanadas. Inclinado, curvado por las peticiones, me abrazo locamente a los estantes y celebro mi año (nuevo), mi triunfo. Y mi silencio.

Terminan las campanas y se desencadena un impresionante haz de fuego artificial.

Veinticuatro horas.

Veinticuatro (horas). Qué importa la inminencia del despido. Hay que poner fin a este capítulo.

II
PURO CHILE
(Santiago, 1970)

AHORA LOS VASOS NO SIRVEN PARA NADA

ISABEL SE VEÍA cansada. Apenas entró a la casa nos informó que
su turno en el supermercado se había extendido en dos horas.
Dos horas más de pie, nos dijo, habían devastado su humor.
Nosotros nos apenamos. La acompañamos hasta su pieza. La
guagua ya estaba durmiendo. Isabel ni se percató. La ayuda-
mos a tenderse en su cama. La observamos hasta que empezó
a cerrar los ojos y, de inmediato, supimos que Isabel iba a despertar porque dormía a saltos. Se levantaba a menudo en las
noches, hacía ruidos inconvenientes. Entraba al baño o recorría la casa sin el menor sigilo. Ya se había convertido en una
insomne. Poco a poco. El exceso de trabajo del último año la
puso en ese estado. "Tensa", nos dijo.

Estaba tensa. "Pero le va bien, le va bien", comentó Gloria.
Nosotros asentimos. Realmente le iba muy bien. Ahora promovía tres productos: una licuadora compacta, un cepillo de fibra
y vasos de vidrio reciclado. Tres productos.

Tres empleos. Tres sueldos. Isabel tenía tres empleos y tres
sueldos. La queríamos y ella lo sabía.

Durmió mal, nos despertó varias veces, tomó una cantidad
considerable de agua en la noche. Orinó con estruendo. Nos
levantamos temprano y la acompañamos hasta la oficina central del súper. La esperamos en la antesala. Sabíamos que
adentro uno de los supervisores le estaba lamiendo el culo.
Eso nos dijo ella. "Me lame el culo". Agregó que ella también
era una lameculos porque dejaba que (ese viejo asqueroso)
(lo dijo despacio) le pasara la lengua por el trasero y afirmó
que francamente no le importaba. La tenía sin cuidado. No le
costaba nada ser una lameculos. "Todos ahora lo son", dijo.

"Todos sin excepción." Gloria estuvo de acuerdo. Nosotros también dijimos que sí. Opinamos, sin reservas, que la única manera de conseguirlo era lamiendo el culo. Gloria añadió: "Claro, porque si no, vean no más lo que me pasó a mí". Volvimos a asentir.

Isabel estaba realmente preocupada por la caída que experimentaba uno de sus productos, parecía afectada por la insignificancia de los vasos. Nos comunicó que era posible que los retiraran de circulación. No funcionaban bien. Habían llegado al supermercado gracias a la importación de una gran liquidadora. Tenían impreso un valor razonable. Eran incluso decorativos, pero se veían demasiado livianos. Inconsistentes. Prescindibles. Los tomamos en nuestras manos y verdaderamente había algo en esos vasos que no resultaba decisivo. Eso preocupó a Gloria. Se puso muy ansiosa y glotona. Nos vimos en la obligación de frenarla en seco. Tuvimos que castigarla. No podía comer más de lo necesario. Isabel iba a arreglar el problema. Siempre lo hacía.

Isabel era una promotora excelente. Si no resultaban los vasos pues muy pronto encontraría otro producto. Eso le dijo Enrique. Ella se enojó. Nos quedamos callados. Isabel nunca se enojaba así. Ya era mediodía cuando salió de la oficina del supervisor. Nos informó que le iban a dar un nuevo punto en otro supermercado.

"Ahora se van a multiplicar los viajes", pensamos. Más gastos. Isabel iba a ganar menos. Enrique no dijo nada. Gloria lloró levemente. Nosotros la consolamos y repartimos las nuevas listas que nos habían proporcionado en la Municipalidad. Se trataba de bolsas de trabajo para vendedores puerta a puerta. Los productos consistían en diversos tipos de jabones que pretendía industrializar una fábrica de la zona.

Enrique se rio. Aseguró que el negocio de los jabones no iba a resultar. Dijo que era una maniobra para encubrir la situación. "Jabones", repitió. "Culiados mentirosos. La gente ahora usa puro detergente. ¿Qué máquina culiada va a lavar la ropa con jabones?", añadió, Gloria le pidió que no hablara así de la Municipalidad, que por favor no. Él le contestó que hablaba como quería. Isabel señaló con una inusitada convicción que había que evitar las peleas. Nosotros estuvimos completamente de acuerdo.

GLORIA VA A DORMIR EN LA PIEZA DE ATRÁS

GLORIA SE QUEDÓ en la casa. Sencillamente no logró conservar ningún empleo. Fracasó de manera irreversible. Aunque la apoyamos y la estimulamos, en realidad no servía como recepcionista. Enrique le comentó que no era su asunto cuánto ganaban o dejaban de ganar los demás. Ella lo rebatió. "Todo es igualmente importante", le contestó. Después del despido, buscó en los avisos de los periódicos, se obligó a innumerables antesalas. Compareció a no sabemos cuántas entrevistas. Llenó cantidades de solicitudes, anexó certificados, sus fotografías. Adjuntó cartas de recomendación. Se arregló bastante para cada cita. Se vistió con su mejor ropa.

Finalmente resultó lo del supermercado. Pero sólo resistió unos pocos días como degustadora. El trabajo se lo consiguió Isabel mediante sus contactos. Gloria, al cabo de ocho días exactos, no pudo. Ni siquiera cobró la parte que le correspondía del salario. Era una tarea simple. Su obligación consistía en freír unas pequeñas salchichas y ofrecerlas a la clientela que se desplazaba por los pasillos del súper. "El olor es repugnante porque el aceite está pasado. Es un aceite de mierda", dijo. Ese día Enrique se puso notoriamente furioso. Nosotros hicimos todo lo posible para calmarlo.

Ella, entonces, decidió permanecer en la casa. Se ocuparía de limpiar, cocinar, ordenar, lavar, planchar, coser, comprar, realizar nuestros trámites. No logramos oponernos. Fue necesario efectuar un ordenamiento. Naturalmente Gloria debía dejar su cuarto y empezar a dormir en la minúscula pieza del fondo. Eso formaba parte del arreglo. Tenía que dormir alejada de nosotros y dejarnos sus frazadas, sus sábanas, la cubrecama. Debía también permanecer en nuestro baño la toalla, su tubo de pasta de dientes, el jabón, su desodorante, la colonia. Su tijera.

Empezó a dormir atrás. (Pobremente.) Enrique fue al centro y le compró un delantal que estaba muy rebajado en una liquidación. Todos pusimos una cuota para pagarlo. Ella exigió una escoba nueva, detergente, cloro, paños de aseo, limpiavidrios. También nos solicitó un delantal más. "Para cuando lave el que tengo puesto", dijo. Confeccionó una extensa lista. Pidió arroz, tallarines, salsa de tomates, huevos, azúcar, café, té, manzanas, harina, sal, aliños, aceite. Se volcó a las verduras. Enrique le dijo que ya estaba bueno. Que se dejara de joder. Agregó que si seguía molestándonos con peticiones tontas, la íbamos a despedir. Isabel le comentó a Enrique que había sido demasiado descortés. Que finalmente no le pagábamos un peso a Gloria. "Tiene casa y comida gratis", contestó Enrique. "¿Te parece poco?".

Permanecimos en silencio. Gloria se limpió nerviosamente las manos en el delantal y caminó arrastrando los pies hasta la cocina. Isabel se recluyó en su pieza de la que ya no iba a salir hasta el día siguiente. Enrique se acomodó en su silla y se dispuso a observar un programa en la televisión. Cerca de la medianoche, Gloria le llevó una taza de té y le preguntó si se le ofrecía algo más porque se iba a acostar. Enrique ni siquiera le contestó. Sólo le hizo un gesto altanero con la mano y continuó absorto mirando fijamente la tele. Emitían un especial de conversación. Hablaban de las parejas, de los hijos, de política, de religión, contaban chistes. Una muchacha cantó una canción que conocíamos bastante. Justo en el momento en que uno de los invitados lloró, Enrique se pasó la mano por los ojos. Estaba cansado.

Después de un tiempo, empezaron las carreras nocturnas a la pieza de Gloria. Se multiplicaban los ruidos que conmocionaban el pasillo. Gloria se dejaba hacer sin el menor entusiasmo. Dijo que normalmente pensaba en otras cosas, enfatizó que, en esos momentos, se le venía a la cabeza la enorme cantidad de cosas que tenía que resolver. "Cuando se me montan encima pienso en lo que voy a hacer de comer mañana." "O recuerdo que se está terminando la margarina y ruego que no se me olvide pedirles la plata para comprar otro paquete."

Exigía que le retiraran las botellas de cerveza del velador de su pieza porque le molestaba el olor. Hasta que un día, Isabel dijo que estaba harta de esas costumbres oprobiosas. Nosotros asentimos. Gloria impidió que recayera la culpa sobre la cabeza de nadie y dejó la puerta abierta para que no rechinara cuando entrábamos.

Nos gustaba el orden de Gloria. Todo estaba reluciente, las camas estiradas, el piso impecable, cocinaba de manera económica. Tenía buenos modales, nunca nos robaba un peso. Sí. Ella era honrada y era limpia. Caminaba cuadras para encontrar las últimas ofertas del día. Teníamos tan poco dinero y ella realizaba verdaderos milagros con la plata. Queríamos a Gloria. Pero ella se aprovechaba del afecto que le profesábamos. Nos irritaba. Decía que éramos unos fracasados. Que no teníamos dónde caernos muertos. Que éramos cochinos. Que se iba a buscar una casa decente. En cuanto pudiera.

Alberto quería formar un sindicato

Enrique descubrió que Alberto tenía malas costumbres. Nos advirtió, de inmediato, que debíamos tomar una decisión. No supimos qué decir cuando nos enteramos. Era tan peligroso. Una situación más que difícil. Alberto ordenaba las verduras en el súper. Cuando le contamos a Gloria lo que estaba ocurriendo, se puso fuera de sí. Dijo que siempre había desconfiado de Alberto y que ahora podía afirmar, sin el menor asomo de duda, que varias veces había encontrado papeles que aludían a ese asunto. Agregó, también, que los papeles estaban debajo del colchón de Alberto o entre sus ropas o en la maleta e incluso en los bolsillos de sus pantalones. Pero nos señaló que ella pensaba que se trataba de un pasatiempo o de una colección que Alberto estaba iniciando. "Ustedes saben", nos dijo, "la gente colecciona cualquier cosa". Dijo, además, que era un maricón. Agregó que se había aprovechado de nosotros y que nos había engañado.

Enrique opinó que había que esperar, que debíamos ser extremadamente cautelosos. Insistió en que ninguno de nosotros tenía que darse por aludido ante la noticia. Indicó que lo único que podíamos hacer era empujar a Alberto hasta que abandonara la casa por su propia iniciativa. Nos dijo que teníamos que conseguir que saliera de nuestras vidas sin la menor complicación. "Este culiado piojoso que apenas paga la parte de sus cuentas y nos quiere meter en este tremendo forro", dijo Enrique.

Isabel se enteró en la noche. Se abalanzó a mirar a la guagua que, por fortuna, ya estaba dormida en la cama y, después, se reunió con nosotros. Se lo contamos. Le dijimos que Alberto participaba en asociaciones secretas para organizar un sindicato en el supermercado. Isabel se puso pálida y en su rostro se instaló la huella de una tristeza infinita. Se retorció las manos. Dijo que cómo Alberto podía ser tan mierda, tan chucha de su madre. Nosotros lo lamentamos mucho por Isabel. Ella respetaba y quería a Alberto. Algunas veces lo invitaba a tomar una taza de café en su pieza y se reían de lo lindo. No nos dejaban dormir con las risotadas. Afortunadamente la guagua tenía el sueño pesado porque cuando lloraba el ambiente se volvía insufrible. Una noche pasó eso. Ellos se reían y la guagua lloraba. Tuvimos que pegarle palos a las paredes para que se callaran. Incluso a Gloria, que estaba al fondo, también la habían despertado los ruidos. Eso nos dijo en la mañana. "No me dejaron dormir y con la montonera de cosas que tengo que hacer".

"Este saco de huevas quiere que perdamos el trabajo", dijo Enrique. "Culiado envidioso", añadió Gloria. Nosotros asentimos. En la sucursal más importante acababan de borrar de las nóminas a un grupo de pendencieros que conspiraban para poner en marcha un sindicato. Con el fin de precaver la posibilidad de que el movimiento fuera mayor, se habían deshecho de todo el personal que ocasionalmente almorzaba unido. En realidad habían despedido al turno completo. Por eso nosotros no teníamos contrato. Para que jamás se formara un sindicato. "Y se hacía el huevón esta mierda. Si hubiera andado en la buena, debería habernos hablado del sindicato. No lo hizo por una razón muy simple: quería cagarnos", dijo Isabel. Nosotros, desde lo más profundo de nuestros corazones, pensamos que ella tenía toda la razón.

Dejamos de almorzar con Alberto. Contábamos con una hora de descanso. Comíamos los panes que Gloria nos preparaba, sentados en las orillas de los jardines que rodeaban el supermercado. De vez en cuando, Isabel nos convidaba un refresco, generalmente una Coca. La Coca acompañaba nuestro pan con queso. No nos sentíamos cómodos porque el queso se nos metía entre los dientes y, después, a lo largo de la tarde, nos escarbábamos la boca con las uñas. Y eso se veía feo.

Alberto entendió que estaba aislado porque cuando lo divisábamos, nos alejábamos de manera indesmentible. Empezó a comer solo. Parecía triste. Estaba enojado con nosotros.

Gloria fue quien tomó la iniciativa. Ni siquiera nos consultó. Se vistió con esmero. Se puso su mini elástica, unas medias de algodón, el pañuelo semitrasparente al cuello, unos aros alargados, sus botas, el chaleco de lana. Se pintó los labios de un color bastante rojo. Se esparció colonia detrás de las orejas. Lucía muy bien. Casi bonita. Fue al supermercado y le contó todo al supervisor. El supervisor era uno de los jefes que se encerraba con el culo de Isabel en su oficina. Gloria le dijo que Alberto quería formar un sindicato. El supervisor la conocía someramente. La escuchó con una expresión de espanto en su rostro. Si se descubría lo del sindicato a él lo iban a eliminar antes que a nadie. A Alberto lo despidieron esa misma mañana. Ni siquiera lo hicieron completar un solo documento porque el papel de despido lo teníamos que firmar cuando nos contrataban. Cada 30 días firmábamos los papeles. Sí. Cada 30 días teníamos que estampar una firma. Después de eso, Alberto ya tenía las horas contadas en la casa. Nosotros no permitíamos cesantes. Ni enfermos.

Gloria nos dijo que no iba a soportar que se la montara nunca más. Aseguró que si Alberto tenía tantas ganas, pues que se fuera y culiara a su mamá.

A Enrique casi le dio un ataque

Enrique quedó sin respiración cuando lo supo. Se puso ligeramente amoratado de furia. Nosotros pensamos que le iba a dar un ataque. Apenas regresamos del súper, Gloria nos comunicó que se habían llevado la tele y el equipo de música. "Conchas de su madre", dijo Enrique. Nosotros lo lamentamos en el alma. Sabíamos lo feliz que se sentía con su equipo y con su tele.

Enrique era tan generoso con nosotros. Nos dejaba mirar los programas en su tele, podíamos escuchar nuestros compact en su equipo y cuando, ocasionalmente, hacíamos alguna fiesta, permitía que bailáramos. O, si la fiesta se ponía aburrida, nos impulsaba a mirar tele para que no se retiraran antes de tiempo los invitados. Enrique no bailaba demasiado. No le gustaba. Permanecía lejano y pensativo. Era una persona extraordinariamente pensativa. Nosotros sabíamos en qué pensaba y por eso lo dejábamos tranquilo. Resultaba reconfortante, después de todo, que Enrique nos quisiera tanto. Nos quería a todos, aunque algunas veces se enojaba con nosotros. Sin embargo, se trataba de una rabia superficial que se le pasaba de un día para otro. Eso era lo más extraordinario de su carácter. No tenía una gota de rencor.

Pero ahora no estaba enojado. Parecía profundamente triste. Nosotros sabíamos, desde hacía un tiempo, que le iban a requisar el equipo y la tele. No había pagado las cuotas. No consiguió pagarlas porque en el súper nos habían bajado brutalmente los sueldos. Estaban contratando a más gente y el trabajo disminuía y disminuía. (Ahora ya no contábamos con jornadas completas sino con horas cruzadas por una insoportable incerteza.) A algunos de nosotros nos correspondía asistir a trabajar día por medio. La primera que nos entregó noticias acerca del problema por el que atravesaba Enrique fue Gloria. Dijo que Enrique tenía un sinfín de notificaciones guardadas en su pieza. Nos contó que las cartas decían que si no pagaba le iban a quitar la tele y su equipo de música.

Pensamos ayudarlo a cancelar las mensualidades atrasadas. Estábamos a punto de hacerlo pero desistimos porque Gabriel, el empaquetador, que era el más joven de todos nosotros, nos comentó que, más adelante, Enrique se iba a ir con su tele y con su equipo a otra parte y nosotros nos íbamos a quedar mirando el techo, Nunca tomábamos en serio lo que decía Gabriel. Era casi un niño y además medio tonto. Pero Gloria nos recordó que Enrique se había reído de su tele. Era verdad. Ella tenía una tele pequeña, con muchas interferencias, pero que todavía funcionaba. La había comprado a precio de huevo en un puesto de la calle. Pero Enrique le dijo, con una actitud que a todos nos resultó demasiado despectiva, que no estaba acostumbrado a ver tele en una cagada así. "En la tele culiada que tenís", le dijo.

Decidimos no pagar ni un peso. ¿Por qué razón Enrique se había comprado esa tele y ese equipo de música tan costosos? Claro que fue Isabel la que lo aconsejó. Ella, quien le argumentó que si iba a gastar, era más adecuado que se comprometiera en serio. Le insistió que por unos pesos más iba a gozar de un producto verdaderamente superior. Isabel sabía de precios, pasaba gran parte de su tiempo examinando las características de los productos. Se había convertido en una experta. La consideraban una de las mejores promotoras de la ciudad. Incluso le dieron un diploma por sus incontables méritos.

Ese día, el día de su premio, nosotros no podíamos más de felicidad. Acudimos a la ceremonia. Nos sentíamos tan orgullosos de ella. Incluso nos quedamos a la fiesta. Gloria nos dijo que teníamos que comer lo más posible. Le hicimos caso. Se veía linda Isabel arriba del escenario. Había bastantes promotoras pero ninguna lucía como Isabel. Estaba preciosa, preciosísima Isabel. Tenía un estilo, una mirada, un porte, un peinado, una manera mucho más armónica de caminar. Ese día dejamos a la guagua sola en la casa. Cuando volvimos, estaba llorando. Gabriel le preparó la leche y le dio la mamadera. Después nos vimos obligados a pasearla para que se quedara dormida. Isabel había abandonado prematuramente la fiesta con uno de los supervisores. Era un viejo (repugnante) que no la dejaba en paz. Ni siquiera el día de su diploma le dio tregua.

La casa nos parecía extraña sin la tele. Sin el equipo. Pero teníamos que acostumbrarnos. Era inevitable. Tarde o temprano iba a suceder. Como estaban las cosas, ¿a quién se le ocurría encalillarse en una tele y un equipo al mismo tiempo? Sacamos la antigua tele de Gloria del armario porque Enrique estaba acostumbrado a mirar la programación. Siempre el mismo canal, siempre la misma silla y, a su lado, la botella de cerveza. Nos retiramos a nuestros dormitorios. Lo dejamos solo sentado delante de la tele.

Todos escuchamos cuando Isabel le comentó a Gloria que Enrique había perdido un montón de dinero con esos aparatos. "Enrique siempre ha sido bastante huevón con la plata", le contestó Gloria. "Y además es mejor, porque en cualquier minuto podían haber entrado a la casa para robarse esas mierdas", agregó.

GABRIEL

GLORIA TENÍA RAZÓN. Era rigurosamente verídico lo de los robos. Proliferaban por todo el barrio. Ya habían entrado a robar a la casa del lado. Poco tiempo después robaron en la del frente. En la casa del lado se habían llevado la tele, el reloj despertador, unos casetes, las sábanas, dos trajes del marido. Un anillo y el abrigo de la señora, un montón de revistas que coleccionaba el hijo. La señora y el hijo, cuando encontraron la casa toda desordenada, se pusieron a llorar. El marido dijo que donde se topara con esos culiados los mataba. Que había que matar a todos los ladrones culiados, gritó. Fueron a estampar una denuncia. Volvieron furiosos. Nos contaron que a los policías les había importado una hueva el robo porque estaban mirando el partido de fútbol en la tele. Con un rencor inimaginable, nos dijeron que el teniente se había enojado con ellos cuando reclamaron ante la demora en la atención. Dijeron, además, que prácticamente los habían empujado para que salieran de la comisaría. "Pacos conchas de su madre", dijo Enrique.

La señora, al día siguiente, quería que la ayudáramos a extender unos alambres de púas encima de la pandereta. Nos negamos. Nos disculpamos con una gran amabilidad y le aseguramos que teníamos que ir al súper. Fue una tremenda mentira. Pero es que estábamos cansados. Además los ladrones no habían ingresado a la casa por la pandereta sino que se habían introducido a través de la ventana de la cocina. La señora siempre dejaba abierta esa ventana para que saliera el olor a comida.

Respetábamos a los vecinos, a pesar que la señora vivía pendiente de nosotros. Reclamaba por la música, por las risas, por el llanto de la guagua, por el sitio donde dejábamos la basura, por el barrido de la calle. Por los portazos que dábamos, por las peleas. "Me dan ganas de mandar a la chucha a esta vieja de mierda", decía Gloria ante los reclamos. Enrique se enojó con ella. Le dijo que no iba a tolerar que hablara así de la vecina. Que no era correcto. Pero Gabriel apoyó a Gloria. Aseguró que efectivamente la vecina era una vieja culiada. Añadió también que en todas partes estaba lleno de viejas culiadas. Que las veía a raudales en el súper. Que eran gritonas, dijo. Que se quejaban por todo. Que no daban propinas. Que eran desconfiadas. "Estas viejas culiadas son lo peor que hay", nos dijo.

Nosotros nos mantuvimos al margen de la discusión. No valía la pena argumentar con él, porque Gabriel se encontraba realmente fuera de sí. Gabriel se salía de sus casillas con facilidad. Muchas veces nos preguntamos qué iba a ser de él más adelante. Aún no cumplía 17 años y ya se había venido abajo. Nosotros sabíamos perfectamente por qué Gabriel era de esa manera. Conocíamos sus motivos. Pero de todos modos nos resultaba demasiado intransigente. A pesar de sus defectos, queríamos a Gabriel. Era servicial, veloz, se preocupaba de detalles y su mejor cualidad era la discreción. Guardaba todos nuestros secretos. Aunque, claro, no contaba con una gran inteligencia. La verdad es que carecía de cualquier atisbo de sutileza. Era inútil tratar de razonar con él porque pensaba que las cosas eran blancas o eran negras. No aceptaba términos medios. Enrique nos dijo en una ocasión que ya estaba harto del pendejo. Nosotros asentimos. Pero decidimos darle una última oportunidad. Algunas veces era muy difícil tolerarlo. Por impulsivo. Por impetuoso. Por tonto.

Pero el robo en la casa del frente ocasionó una verdadera catástrofe. Sacaron todos los electrodomésticos: desapareció el refrigerador, la lavadora, la juguera. Arrasaron con la tele, una enceradora vieja, la tostadora de pan, la radio, la plancha. La dueña de la casa del frente estaba desesperada. (Vivía sola, sola como un perro.) Nosotros no vimos ni escuchamos nada. Curioso. Pero supusimos que los ladrones ocuparon un camión o una camioneta o varios autos. En realidad esos robos eran pan de todos los días. Así le dijo la policía a la señora del frente: "Esto es pan de todos los días". La señora decidió cambiarse de casa de un momento a otro. Nos contaron que se fue a vivir con una hermana. También nos aseguraron que quedó cagada de susto. "¿Porque si yo hubiera estado adentro, qué me habrían hecho? ¿Ah? Me habrían matado, ¿no?", le comentó la señora a Isabel con una mirada extraña, insólita, atravesada por una sombra de satisfacción.

Gabriel se rio cuando se enteró de lo que le había ocurrido a la vecina. Le dio un ataque de risa cuando le enumeramos todo lo que le habían robado: la tele, el refrigerador... No pudimos terminar de contarle debido a la risa convulsiva que lo invadió. Nosotros no sabíamos qué hacer. Nos dio vergüenza la actitud de Gabriel. Nos causó risa su iniquidad.

Se levantó a las cinco de la mañana

Enrique nos anunció que había que organizar nuevamente la casa. Debíamos restringir los gastos. Nos advirtió (parcamente) que tenía que volver a examinar la repartición de las piezas. Dijo que ya estaba bueno. Que estaba a punto de dejar la media cagada. Comentó (furioso) que había desaparecido su lápiz fosforescente. Que Isabel no podía encontrar la frazada de la guagua. Nos contó que cuando se levantó (Enrique se levantaba al alba) se había percatado que le faltaba la llave del agua caliente al lavamanos.

Nosotros comprendimos, de inmediato, que Enrique estaba alterado. Supimos que decía esas cosas porque ahora sólo iba a trabajar al súper cinco veces a la semana. Lo había dispuesto así el último supervisor de la bodega de fideos. Ese supervisor que nos destinaron desde otra sucursal. Lo trasladaron a nuestro súper porque era un fracasado que no era capaz de hacer bien ninguna cuenta. Enrique dijo que tenía ganas de sacarle la chucha. Que sentía el impulso de darle un rodillazo en los cocos. Que incluso había pensado matar al huevón. Ay, con lo trabajador y bien presentado que era Enrique y tan mala suerte que tenía.

Sí. Enrique era alto. Más alto que cualquiera de nosotros. Su piel era mucho más blanca. Tenía bonita risa. Se peinaba para atrás, se esparcía productos en el pelo. Los productos se los regalaba Isabel. Era muy cariñosa Isabel con nosotros. Siempre nos hacía regalos. Si no era una cosa, era otra. A Enrique lo que más le compraba eran artículos para su pelo. La última vez, le trajo espuma y vitaminas capilares. Es que Enrique mantenía su pelo muy ondulado y esponjoso. Todos pensábamos que valía la pena el gasto que hacía Isabel.

Pero Enrique era malagradecido con ella. Isabel tenía que suplicarle para que le cuidara la guagua. Sin embargo, Isabel era tan buena que siempre nos perdonaba todo. Todo. Cualquier cosa. Claro que Enrique tenía razón: la guagua no era problema de nosotros. Eso también lo dijo Gabriel: "Después nos encariñamos con la guagua y entonces la huevona se va y se la lleva". Además, dijo Gabriel, "no sé por qué siempre tengo que ser yo el que le mete la mamadera en el hocico". Nos precipitamos y lo hicimos callar. No queríamos que Isabel oyera sus palabras. Isabel era muy sensible. Nosotros la conocíamos bien. Tanto la conocíamos que sabíamos en lo que ella pensaba. Pero no se lo íbamos a mencionar a nadie. Nunca. No íbamos a contar jamás lo que pensaba Isabel. Noche y día ella pensaba en lo mismo.

Nos quedamos en silencio esperando que Enrique nos dijera lo que tenía en mente. Estaba desencajado. Agotado. Cómo no, si se estaba dando vueltas por la casa desde las cinco de la mañana. Y allí estaba la mirada. Esa mirada que sabíamos hacia cuál tristeza lo arrastraba. La misma mirada que se desencadenaba en el trabajo cuando el supervisor lo mandaba a poner nuevamente los tallarines en el estante porque, según él, estaban en el lugar incorrecto.

Enrique pasaba la mañana entera trasladando los paquetes de tallarines de un lado para otro. El supervisor lo odiaba. De verdad que lo odiaba. Nosotros éramos testigos. "Es que le tiene envidia a Enrique porque el culiado es negro y chico. Un enano culiado y acomplejado", dijo Gloria.

No podíamos hacer nada al respecto. Ni siquiera Isabel logró ayudarlo a mejorar la situación ni un tantito. A pesar que Enrique había realizado estudios de computación en las noches. Pero no consiguió terminar. Resultaba demasiado pesado para él. Nosotros lo aconsejamos. Le dijimos que ya estaba bueno. Se lo mencionamos porque se había vuelto terriblemente irritable. A tal extremo que nos estaba haciendo la vida imposible. No le gustaba nada de nosotros. No se sentía contento. Llegamos a pensar que nos había perdido el cariño. Desolados, creímos que ya estaba harto. De la casa. De todo.

Pero no era así. Después de abandonar los cursos volvió a ser el de siempre. Hasta ahora que se le ocurría el tema de la nueva organización. Nos causó curiosidad lo que nos iba a informar. Enrique tenía buenas ideas así es que nos sentamos ordenados y lo miramos fijamente aguardando que empezara a hablar. Esperábamos ansiosos que nos comunicara lo que tenía en mente. Contábamos con tiempo. Salvo Isabel y Gabriel, ya ninguno de nosotros asistíamos al súper todos los días. Seguían y seguían reclutando gente nueva para pagar menos. Incluso a Sonia, una de las cajeras, que antes trabajaba alrededor de doce horas seguidas, le habían metido dos compañeras en su turno. Sonia también tenía tiempo. Su sueldo era insuficiente. Vivía con nosotros. (No le alcanzaba.) (No le alcanzaba.) Pero ahora, fascinados y expectantes, veíamos con qué violencia gritaba Enrique. Ah, sí, Enrique nos gritaba mientras su rostro se empequeñecía consumido por una línea de inalterable desasosiego.

Sonia tenía las manos rojas

Nosotros queríamos a Sonia. La queríamos aunque ella nos había tratado con una excesiva frialdad (con una distancia inmerecida) antes de llegar a nuestra casa. En el súper estaba prácticamente encadenada a la máquina. Sus manos veloces contaban y contaban los inacabables billetes o bien ordenaban los cheques o certificaban las tarjetas o manejaban las monedas hasta que las manos se le ponían rojas. Feas. Como sangrientas. Se le inflamaban las manos por el roce constante con las monedas. Las manos le olían a billetes. Todo su cuerpo terminaba impregnado con el hedor que exudaban los billetes, las tarjetas, las monedas y los cheques. Pero era una excelente cajera. Tan rápida. Eficaz. Una verdadera artista con las cuentas. Tan responsable.

Sonia no era bonita. No se parecía a Isabel. No tenía su porte, su risa, el pelo, los dientes, la cintura, las piernas, la bondad de Isabel. Pero poseía otras cualidades. Miraba fijamente, desde una densidad visual única. Una mirada que parecía no tener fondo. Por eso exactamente, porque intimidaba con la mirada, todavía no la despedían. Poco a poco se estaban deshaciendo de la mayor parte de los antiguos. Pero, a pesar de nuestro cariño, no podíamos olvidar lo mal que trató al pendejo. Sí, porque era Gabriel quien empaquetaba mientras Sonia iba marcando las mercaderías: las papas, los fideos, el aceite, el arroz, la leche, los condimentos, la mantequilla, los pasteles, la fruta o los desinfectantes.

Pero ella no le perdonaba el menor error a Gabriel: "Ten cuidado cabro culiado", le decía, "si te pillo robando, aunque sea una hoja de lechuga, te acuso al supervisor y te sacan cagando de aquí". Gabriel tenía una gran cualidad. Se desentendía de todo. Y de cualquiera. Además, Gabriel nunca sacaba nada de las bolsas. Al menos nada importante: "Sólo a estos culiados conchas de su madre. Total, estas mierdas ni se dan cuenta de lo que compran", decía. En realidad, Gabriel tenía razón. Incluso hasta Sonia se veía obligada a admitirlo. Nosotros conocíamos perfectamente la conducta de los clientes. Nosotros sabíamos cómo funcionaba el súper. Cómo operaba por dentro.

Eramos los últimos inciertos sobrevivientes. Los trabajadores más antiguos del súper. Para nosotros era cada vez más complicado mantener el empleo. La pobre Sonia por ejemplo: "Ni mear puedo. Se me está haciendo mierda la vejiga. Viejo chucha de su madre que no me deja ir al baño". Pobrecita. Era cierto. Estaba enferma. Ni mear podía. Especialmente ella que trabajaba encadenada a la caja. Porque si pedíamos permiso para hacer un trámite, si salíamos a respirar al jardín, si nos apoyábamos en los estantes, si engullíamos un dulce, si nos sentábamos a cagar en el baño, si nos daba hambre y sacábamos un yogurt vencido de los refrigeradores, si nos faltaban las fuerzas, nos despedían en el acto. Así estaban las cosas.

Ni siquiera esperaban el fin de mes. En cualquier momento se dejaba caer un despido, dos despidos. En los diversos súper pasaba lo mismo. Era inútil el intento de solicitar un traslado a otra sucursal. Más nos valía quedarnos dónde estabamos. "Al menos conocemos bien a estos cabrones de mierda", dijo Enrique. Isabel opinó lo mismo. Era la única que trabajaba dos días en la sucursal más importante. Por ella nos enterábamos de todo lo que pasaba en la cadena de supermercados. En todas partes sucedían las mismas tropelías. Siempre idéntico procedimiento: "Te llama el supervisor, generalmente el más cagón", nos decía Isabel, "y te dice puras huevadas. Puras mentiras. Después te pide que devuelvas el guardapolvo o el delantal y te manda cagando a la calle".

Estábamos en la mira. Cercados. Ya nos habían bajado los sueldos. No contábamos con el menor beneficio. Por eso Sonia se había venido a vivir con nosotros. De malas ganas. Pero, finalmente, se había percatado que estaba obligada a querernos. Nosotros se lo habíamos exigido. Necesitábamos una cantidad considerable de respeto y de cariño. Enrique lo expresó con toda claridad: "O si no a esta mierda la echamos a la calle. En pelotas. A poto pelado. Con una mano por delante y la otra por detrás". Lo dijo fríamente. De la misma manera en que ahora empezaba a entregarnos las nuevas instrucciones. Fríamente. Una tras otra.

La maquinación de Gloria

"Me dan ganas de decirles que se metan la cagada de trabajo por la raja" —nos había dicho Gabriel mientras salíamos del súper. Nosotros movimos la cabeza, molestos. Pero interiormente sabíamos que tenía razón. Que cada uno de nosotros queríamos expresar lo mismo: "que se lo metieran por la raja". Pero no podíamos. No podíamos. Aunque nos habían quitado horas de trabajo, a pesar que nos habían bajado considerablemente los sueldos, más allá de un cúmulo de atropellos que teníamos que soportar, necesitábamos el salario para sobrevivir. Después de un tiempo que nos resultaba inconmensurable, nos habíamos convertido en los más antiguos, en los únicos que pervivíamos.

Sí, nosotros éramos los que habíamos resistido y eso, de alguna manera, nos llenaba de orgullo. Nos aliviaba también. En el súper cambiaba y cambiaba el personal con una rapidez indescriptible. Filas de pendejos parados desde las cinco de la mañana. Macilentos a la entrada del súper, bien vestidos o mal vestidos, obsequiosos, zalameros o decididos a cualquier cosa para obtener nuestros puestos. Una cantidad enorme de pendejos que se desplazaban desde distintos puntos de la ciudad con el aviso del periódico en la mano, listos para despojarnos. Pendejos con estudios, desesperados por un trabajo, inmóviles en la fila con sus caras de imbéciles.

Pero todavía continuábamos nosotros, acechantes, conteniendo la respiración, espiando la inminencia del nombre que se iba a incorporar a las listas. Ordenando los productos con una radicalidad mecánica, empaquetando a una velocidad admirable y sobrehumana, siempre atentos al más mínimo movimiento. Despiertos, concentrados, observando con una precisión microscópica cada una de las actitudes de los supervisores. Sonriendo a los supervisores o riéndonos a carcajadas con sus ocurrencias o lamentando sus desgracias o alejándonos cuando nos convenía o cualquier cosa que se presentara, lo que fuese necesario con los supervisores. Por eso ya éramos más antiguos que cualquiera de los supervisores.

Y Gloria nos apoyaba desde la casa. Gloria pensaba por nosotros. Analizaba a los supervisores. Nos aconsejaba cuando llegábamos cansados. Sí. Extenuados por la monotonía rígida de los estantes, por la profusión serial de los clientes. Cansados de cargar las mercaderías (pesadas, pesadas) de un lado para otro, de contar billetes y billetes y billetes, de certificar tarjetas, de dar cambio. Moneda, tras moneda, tras moneda, filosas, metálicas, irregulares. Transidos y hartos de almacenar verdura, de intentar aminorar el desgaste de la fruta podrida, de cortar carne, de moler, destazar, despostar. Asqueados de trozar pollos añejos. De deshuesarlos. De olerlos. Malheridos por los pescados y los vahos rotundos de los mariscos. Agotados y vencidos por la identificación prendida en el delantal. Ofendidos por el oprobio de exhibir nuestros nombres. Fatigados por el trabajo de mantener intactas nuestras sonrisas en los pasillos. Desplomados y humillados porque nadie se dirigía a nosotros como correspondía. Desolados ante la reiteración de preguntas idiotas, acostumbrados penosamente a que nos gritaran, que nos obligaran a disfrazarnos. Que nos vistieran de viejos pascueros en Navidad, de osos, de gorilas, de plantas, de loros, de pájaros locos los domingos. Que nos impusieran el deber de bailar cueca el 18, de bailar jota el 12 de octubre, que amenazaran con denunciarnos, que nos recortaran el sueldo, que nos llamaran a gritos por los altoparlantes, que nos ocuparan para cualquier trabajo sucio con los productos. Sí, pero afortunadamente estaba Gloria. Ella nos esperaba y nos apaciguaba con sus agudos comentarios cuando ingresábamos a la casa demolidos por la fuerza del día.

Gloria llevaba la cuenta de los supervisores. Nosotros le

presentábamos una descripción somera de cada uno de ellos y ella adivinaba de inmediato cuál era el más peligroso. "Tengan cuidado, ese huevón sí que es maricón", nos decía. Gloria era inteligente, contaba con una gran inteligencia doméstica. Le gustaba la casa. Para ella permanecer en la casa era infinitamente mejor que trabajar en el súper. Parecía feliz de aguardarnos, de escuchar lo que teníamos que contarle, de planificar los siguientes movimientos con nosotros. Pero, claro, ella no se exponía. Eso fue lo que nos dijo Isabel. Lo dijo Enrique, lo dijo Sonia con bastante inquina. Lo dijimos cada uno de nosotros.

Lo aseguramos, especialmente, cuando nos enteramos por Andrés que Gloria estaba tratando de dividirnos. (Él siempre estaba metido en la pieza de Gloria.) Nos contó que ella le había aconsejado emprender una maquinación en contra de nosotros. Nos dijo que Gloria intentaba corromper a Andrés. Se había aprovechado de su calentura. Nos informamos con pena, ira y espanto de su increíble acción. Esa misma noche decidimos tomar algunas medidas. Una noche muy anterior a la furia de Enrique. Una noche en que todavía Enrique no nos había obligado a emprender el último y desesperado intento de organización.

Sonia lloró en el baño

Andrés estaba encargado de atender el mesón de informaciones y custodias en el súper. Era un ser bastante silencioso. También tranquilo, neutro, inexpresivo. Insignificante. Lo queríamos mucho por su bajo perfil, por ser tan poca cosa. Siempre estaba de acuerdo en todo con nosotros. Trabajaba bien. Atendía con esmero a la gente. Nos ayudaba a controlar a los supervisores. Se enteraba de cosas importantes porque nadie se daba cuenta que él estaba ahí, escuchando con su atención desenfrenada. Parecía perfectamente entrenado para esa función. Preparado para acumular y entregarnos datos. En sus ratos libres se desplazaba sigilosamente por el súper, pegado a los estantes (tenía una facilidad mágica para hacerse uno y mimetizarse con los metales) o se ubicaba detrás de las cajas o en uno de los intersticios de las oficinas dispuesto a capturar el número, las razones, la nómina, los posibles despidos que se iban a producir en el curso de la semana.

Andrés era muy abnegado. Nos quería tanto. Nos trataba con una consideración extraordinaria. Pero demostraba una especial preferencia por Enrique. Lo admiraba. Deseaba ser como Enrique. Pero su anhelo era imposible, imposible. Porque Enrique era alto, más blanco, más entero, más visible, más persona. Nosotros ya le habíamos encomendado a Gabriel que vigilara a Andrés. Le pedimos que observara, con un rigor científico, el curso de su comportamiento. Lo decidimos porque Gabriel estaba lleno de dudas. Así era. Nos insistió hasta la extenuación: "Este culiado del Andrés tiene algo raro. No sé qué de este culiado me atraviesa las bolas", nos decía.

Isabel no estaba de acuerdo. Ella quería a Andrés (Isabel era tan buena que nos quería a todos de la misma manera y con igual intensidad). Decía que Andrés era una persona excelente, que le gustaba cómo trabajaba, que admiraba su débil sonrisa y la delicadeza con que guardaba los paquetes que le encargaban. Y el odio feroz que les tenía a los supervisores. Era rigurosamente verídico. Andrés se había constituido en una pieza fundamental para nosotros. Incluso le debíamos gran parte de nuestra supervivencia porque él nos llenaba de advertencias, de señales, de gestos, de datos, de antecedentes, de informes que permitían que no integráramos la última lista. Eran advertencias, señales, datos y antecedentes inevaluables, gracias a los que todavía conservábamos los sueldos dementes que nos pagaban. Sí, debido a sus informes, susurros, carreras sorpresivas, contábamos con los cada vez más ralos billetes que nos servían para vivir amontonados, más apretados porque Andrés tenía la manía de conservar envases, cajas, papeles, productos fallados que se traía del súper. Y, después, en las noches, los amontonaba en los pasillos o los apoyaba en las ventanas o los extendía en el suelo como si buscara que la casa misma se convirtiera en un súper de mala muerte. Hasta que Enrique se lo dijo: "¿Te volviste loco, huevón?, ¿hasta cuándo llenai de cachureos la casa, culiado?"

Andrés se entristeció bastante. Permaneció cabizbajo. Pero, a partir de ese momento, mantuvo una conducta cautelosa. Nos respetó mucho más. Respetó la casa. Volvió la calma, el cariño. Hasta que sucedió la infamia de Gloria. Porque antes las cosas funcionaban muy bien entre nosotros, muy armónicas. Cada cual a lo suyo, cada uno ensimismado en sus funciones. Pero lo que hizo Gloria excedió todo lo imaginado, nos cortó la respiración. Nos introdujo, de lleno, en el centro de un horror que carecía de bordes.

Andrés se lo contó a Enrique. En la mañana, temprano. Se lo confió bajo estricto secreto. Le dijo que Gloria le había propuesto cagarnos para que nos echaran de una vez por todas del súper. Le confesó que Gloria le había pedido que él hiciera lo que fuera necesario para que entráramos a las listas. Que no nos advirtiera ni una palabra. Que se quedara callado. Y le dijo, también, que después ellos iban a seleccionar los nuevos trabajadores que iban a ocupar la casa. Ella y Andrés. Solos los dos. Andrés remarcó que Gloria no tenía un ápice de piedad en el tono de su voz. Ni una gota de cariño. Enrique, al principio, estaba apesadumbrado. Después se enojó. Pensó todo el día en el asunto. Trató de disimular ante nosotros, pero todos nos dimos cuenta que Andrés le había contado algo terrible a Enrique.

Claro que nos imaginamos que era un tema relacionado con las nóminas. Supusimos que Andrés sabía que uno de nosotros iba a ser despedido. Sonia pensó que era ella, que a ella la iban a liquidar. Se fue a llorar al baño. Tenía los ojos hinchados. Hinchados y rojos cuando volvió y se sentó delante de la caja. El supervisor la anotó en su libreta cuando se percató de los llantos. Sí, porque el supervisor supuso que Sonia estaba embarazada. Tenían un sistema especial para detectar los embarazos. Sonia padeció a lo largo de toda la jornada. Parecía medio ausente, retirada, sin la menor alegría de vivir.

Cuando llegamos a la casa, después de un día que nos resultó espantosamente agobiante, Enrique dijo que esperáramos. Isabel no alcanzó ni siquiera a observar a la guagua que dormía en la pieza. Enrique, más severo que nunca, nos habló. Mientras nos detallaba lo ocurrido, permanecimos mudos, estremecidos de compasión por nosotros mismos. Enrique llamó a Gloria y, sin decirle una palabra, le mandó de inmediato un tremendo puñete en la cara. "En el hocico de mierda que ni siquiera se le hinchó como se lo merecía", comentó Sonia. "La hija de puta, la culiada, la maricona", dijo Isabel.

Pero Gabriel pensó otra cosa: "Este huevón del Andrés es tan mierda, tan nada que es capaz de inventar cualquier cosa para llamar la atención. Lo que pasa es que la Gloria lo echó de la pieza. No quiere nada con esta mierda porque lo único que sabe es correrse la paja", nos dijo.

Esa noche, las palabras de Gabriel sembraron entre nosotros una incertidumbre atroz. Sus presunciones introdujeron la sombra de una peligrosa desconfianza.

ISABEL TENÍA QUE PINTARSE LOS LABIOS

GLORIA PERMANECIÓ con nosotros. Conseguimos olvidar el episodio –la traición inmerecida– gracias a una sostenida y perturbadora cuota de fortaleza. Nosotros la perdonamos. La perdonamos de todo corazón. La disculpamos porque la queríamos tanto. Seguramente se encontraba demasiado cansada. Es que se esforzaba en demasía. Lo sucedido se lo adjudicamos a su extenuación por el quehacer de la casa. A su búsqueda infatigable de ofertas. Al agotamiento ante la incertidumbre por la que atravesábamos. Además, ella negó todo. Nos dijo que jamás podría haber planeado una cosa así. Una maniobra tan inescrupulosa. "Fue una calumnia de este chucha de su madre, de este enfermo de la cabeza", nos dijo. Andrés se transformó en una sombra. Se recluyó en un silencio riguroso. Enrique decidió poner punto final al tema. "Hay que cortar ahora mismo este hueveo", ordenó.

La lamentable situación por la que atravesaba Isabel aminoró el impacto. Ahora promovía sólo dos productos. Había perdido un tercio del sueldo. Estaba más flaca, macilenta. Pero aún bonita. (Menos bonita, menos, menos, nos dijo Gabriel.) Resultaba evidente cómo y en cuánto decaía su poder con los supervisores. "Estas mierdas nuevas que están tomando vienen dispuestas a cualquier cosa. Son más lameculos que cualquier lameculos que una se pueda imaginar", nos dijo ella. Se encerró en la pieza con la guagua. Dejó que la guagua llorara. Nosotros quisimos consolarla. Era nuestro deber. Pero también debíamos atender a la trágica situación de Sonia. La pobre (pobrecita) Sonia que de un instante a otro la habían empujado a trabajar atrás. Sí, la habían destinado a la carnicería del súper.

"Y si no estai de acuerdo, te vai, porque estoy hasta las huevas con los altos de solicitudes", le ordenó el supervisor. "El más chucha de su madre de todos", opinó Gloria. De manera absolutamente despiadada habían obligado a Sonia a abandonar la caja. Ahora estaba aprendiendo a ser carnicera. A destripar pollos, a partirlos con la pequeña hacha, (rápido, rápido), a introducirlos en los paquetes o a entregárselos con su impersonal profesionalismo a los clientes o a distribuirlos en los refrigeradores. Tenía que velar para que los pollos, alineados bajo una luz mentirosa y abiertamente manipulada, brillaran con un frescor malsano. Ay, a Sonia la habían destinado a la carnicería para trozar los pollos. Ahora una de los nuestros formaba parte de la sección infame.

Pero Sonia trozaba con una velocidad que nos dejaba estupefactos. Una velocidad absorta que la ubicaba a una distancia geométrica de los pollos, de los supervisores, de los clientes, de los refrigeradores, de la luz, del hacha y de los carniceros que a su lado despostaban los animales entre unas carcajadas en eco que conseguían agotarnos. Unas risas que iba aspirando Sonia, impasible, inclinada laboriosamente sobre los pollos para encontrar la articulación exacta en ese débil hueso que se rendía al hacha y a su mirada meticulosa. La mirada de una Sonia impregnada enteramente de un olor que teníamos que evitar a toda costa porque nos envilecía y nos asustaba. Un hedor que nos indicaba que tal vez nos quedaba tan poco tiempo y que, aún así, contra el tiempo, intervenidos por un tiempo punzante e intransigente, teníamos que sobrevivir porque éramos los más antiguos. Los únicos en toda la larga y ancha cadena de supermercados que nos manteníamos en un equilibrio íntimo y voraz en nuestros feroces puestos de trabajo.

Allí se cursaba el espectáculo de las pirámides de pollos que Sonia, día a día, trozaba de manera cada vez más mecánica, más precisa y más bella. Unos cortes perfectos. Maníacos. Ensimismada ella, ajena a nosotros, a nuestro intenso cariño, a toda nuestra perplejidad por su talento. Ausente de Gabriel que se había quedado sólo, adelante. El (pobre) Gabriel entregado al ceño fruncido e inexperto de las nuevas cajeras. Pobrecito Gabriel, empaquetando sabiamente los pollos que atrás trozaba Sonia, mientras adivinaba que cada corte era producto de un esfuerzo detallista y solitario. El impecable trazado de su corte mantenía a Sonia atrás. Y nosotros bajábamos la cabeza cuando ella entraba en las noches a la casa. La inclinábamos porque nos derrumbaba su llegada. Ese momento preciso en que la carnicería se nos venía encima con su olor indesmentible, el olor repulsivo que emanaba de Sonia, la trozadora de pollos, quien nos traía su cansancio como un trofeo que no conseguíamos aceptar. Ni podíamos permitir tampoco ese malhumor de la llegada: "Culiados, chuchas de su madre, maracos", musitaba. Lo decía casi como si se dispusiera a ofendernos. Pero eran los supervisores. De ellos hablaba en sus susurros.

Isabel más fea, moviéndose penosamente entre los llantos de la guagua. Se dejaba estar Isabel. Todo el tiempo despeinada, vestida con una bata ordinaria, sin sus aritos, desprendida de sus pulseras, ojerosa, con unos pelos horribles en las axilas. Sin entender que si no engordaba rápido, si no sonreía, si no se bañaba, si no se ponía esas medias tan bonitas que tenía y que nos gustaban tanto, si no se pintaba el hocico de mierda nos íbamos a ir definitivamente a la chucha como le dijo con elegante serenidad Enrique.

Gabriel y las cajeras

Y así, pues, a Enrique lo destinaron a la sección de licores y refrescos. Nosotros ya estábamos enterados. Incluso sabíamos la hora exacta en que se iba a producir el traslado. Pudimos anticipar que, desde ese instante, Enrique se iba a abocar a desentrañar ese complicado y titilante pasillo. Pobre Enrique, obligado a desplazarse entre una multitud de botellas. (Pobrecito.) Nos parecía tan complicada la responsabilidad que, por una injusta arbitrariedad, debía asumir. Su ocupación consistía en llevar las botellas desde las bodegas hasta los estantes para ordenar, con una exactitud deliberadamente exhibicionista, las cervezas, el vino tinto, el vino blanco, los licores importados, los nacionales. Debía deslizarse, a lo largo de su pasillo, con una extrema pulcritud, para que no se le cayeran de las manos y se produjera una hecatombe con los vidrios. Tenía que concentrarse para que las botellas permanecieran firmes en los estantes y no chocaran entre ellas.

Todo su esfuerzo estaba destinado a que luciera el prestigio de los licores y resaltara el relámpago artificial de los líquidos. Nosotros implorábamos para que no se le confundieran las marcas, los portes, los tipos, las clases, los precios. Rogábamos para que las botellas se destacaran y resplandecieran como Enrique quería. Y (suplicábamos también) para que no se equivocara cuando debía acumular, como si fueran esculturas, los altos de Cocas, las montañas de Pepsis.

Pero él realizaba su trabajo con un rigor y una disciplina que ya se habían vuelto impenetrables. Gabriel lo ayudaba cuando podía. Sin embargo, eran escasas sus posibilidades de acceder a la sección de licores y refrescos porque las cajeras estaban crecientemente inquietas por todo. Nerviosas por lo

329

que hacían, por lo que dejaban de hacer: "El genio de mierda que tienen estas maracas. Parece que el mes entero anduvieran con la regla", decía Gabriel que no terminaba de aprender a controlarse ni sabía cerrar la boca. Que parecía no entender que jamás, en ningún instante de su permanencia en el súper, debía mirar a nadie a los ojos.

Así era Gabriel. Se sostenía en el trabajo por su habilidad desmesurada con los paquetes. Depositaba la fruta en las bolsas de una manera verdaderamente científica: los plátanos, las naranjas, las manzanas, las peras, las sandías, las frutillas, los melones, las chirimoyas, los pepinos, los caquis. Después, cuando la fruta quedaba enteramente adaptada en el interior de la bolsa, se dedicaba frenético a la carne. Lograba armonizar la posta, el choclillo, el asado de tira, el filete, el asiento de picana, la carne molida, el tapapecho, el lomo vetado, el lomo liso, los riñones, las panitas. Con una habilidad cercana a la magia, convertía a esa carne sanguinolenta en un espectáculo. Y, con una concentración admirable, se volcaba a los tallarines, el arroz, los porotos, las lentejas, las salsas de tomates. Sus manos trazaban una suerte de malabarismo que deshacía la catástrofe que portaban los productos. Su manera de empaquetar causaba conmoción en los clientes del súper. Su don, como decían las cajeras.

De esa manera conseguía el dinero que necesitaba. El súper no le otorgaba sueldo. Su pago consistía en obtener la autorización para envolver. Por eso él trabajaba de esa manera tan deslumbradora. Como un artista popular, como un tragafuego, como un músico, como un malabarista, como un payaso, para conseguir, al final, después de toneladas de paquetes, una propina que inevitablemente le resultaba insignificante, despreciable. Eso nos molestaba. Su tontera. Nos perturbaba esa especie de arrogancia vacía que lo rondaba, un halo interminable de ceguera, como dijo Enrique, como corroboró Gloria cuando afirmó que Gabriel era el que contaba con más posibilidades de todos nosotros, pero que no le servían de nada porque era un amargado, un total insatisfecho "y mal hablado el concha de su madre", añadió.

Gabriel prácticamente carecía de tiempo para ayudar a Enrique con las botellas. Estaba atrapado en su programa perpetuo y circular, se encontraba atado al mesón como un animal de feria porque su acto insoslayable era celebrado de manera casual por los clientes y esa atención pasajera, animaba a las cajeras. A las tres cajeras que atendían el lugar donde envolvía Gabriel. Las cajeras nuevas (las cambiaban, las despedían, las acosaban) lo necesitaban permanentemente en el mesón para atraer a los clientes y así satisfacer el ceño del supervisor que se paseaba y se paseaba ante las máquinas, vigilando a las cajeras y, especialmente, a Gabriel. Lo rondaba de manera inquisitiva, como esperando un desliz, aguardando que Gabriel rompiera una bolsa, reventara la fruta, exprimiera la sangre de la carne. Sí, el supervisor deseaba que por fin se desplomara la integridad de Gabriel y le dijera a cada uno de ellos lo que pensaba, lo que estaba tan escrito en su mirada frontal, lo que tenía en la punta de la lengua. Aquello que los supervisores sabían que podía expresar en cualquier instante con una ansiedad desesperante, que dijera, para despedirlo de una vez y así expulsar su mirada lúcida que ensombrecía la trasparencia voraz del súper. Una mirada ya larga que envilecía los estantes, la disposición de los precios, la alegría artificial distribuida en leyendas optimistas a lo largo de los pasillos, el incesante incremento y proliferación de los productos.

Que dijera, que dijera lo que las cajeras, los empaquetadores, los carniceros, los cargadores, los vigilantes, los supervisores y los clientes adivinaban. Que Gabriel abriera su boca sucia, contaminada y desobedeciera a Isabel, que se insubordinara frente a los mandatos de Enrique: "Mantén el hocico cerrado ¿entendís culiado?". Y Gabriel no lo hiciera. Y, por fin, abriera su hocico y mirara a cada uno de los supervisores a los ojos para lanzar al aire ese mordisco suyo cruel y destructivo.

Teníamos que despertar a Isabel

Pero Isabel no remontaba. "Si sigue así, se va a ir la chucha", dijo Gloria. Vivíamos permanentemente preocupados por ella. No sabíamos qué hacer, de qué manera animarla. Se estaba quedando atrás con sus productos. Resultaba demasiado peligroso lo que le sucedía. Su actitud nos mantenía desesperanzados y heridos. Pensábamos que Isabel nos había dejado de querer. La verdad es que sentíamos que ya no nos tenía cariño ni respeto. Empezaba a abandonarse de una manera insoportable; su pelo, su cara, su ropa parecían no tener dueño, no pertenecerle ni siquiera a ella misma. Intentamos comprender lo que experimentaba; fuimos amables, extremadamente considerados con cada una de sus nuevas y desagradables costumbres. Aceptamos su manera egoísta de ocupar la casa como si nosotros fuésemos cualquier cosa. No saludaba, no se bañaba, ni siquiera se lavaba los dientes. Se ponía todos los días el mismo vestido hasta que paulatinamente se iba llenando de manchas e impregnaba la casa de un olor a sudor ácido que no nos dejaba dormir en las noches.

Se nos iba muy, pero muy para abajo. "No sé qué le pasa a esta huevona", dijo Sonia, "parece que lo único que buscara es que nos caguen. Ni siquiera se preocupa de calentar a los viejos culiados". Sonia tenía razón. Y Enrique también empezaba a evidenciar una inclinación adversa hacia ella que inevitablemente terminaría por perjudicarla. Una mala disposición que estaba incrustada en la mirada penetrante que le lanzaba, en esa rabia temblorosa y oscilante que nos sumía en un irreprimible sobresalto. Porque a nosotros nos alteraba esa mirada de Enrique que presagiaba el advenimiento de un riesgo desconocido.

Isabel estaba cansada. Su porte había cambiado, se empezaba a inclinar, a curvar por una mala maniobra de sus rodillas huesudas y punzantes y su rostro también huesudo (más y más) se iba transformando en una afilada cara de pájaro e iba adquiriendo esa expresión indeterminada que trasladaba un tipo de ausencia que no podíamos soportar. Necesitábamos de su cariño y de su cara antigua, sus piernas, sus brazos y su porte, (necesitábamos) a la que antes nos miraba con un afecto que nos resultaba suficiente y apaciguador. Y también necesitábamos con una urgencia impostergable que se levantara más temprano, que sonriera, que caminara como la gente, que se lavara el culo, que limpiara y planchara su vestido para recorrer el súper, bien presentada, como les gustaba a los supervisores más viejos e indecentes, a los guardias y a los que controlaban las cámaras de video. Especialmente a los vigilantes de las cámaras, porque Andrés había escuchado lo que decían; ese comentario tan descalificador e hiriente en la sala de los monitores: "Esa huevona ya no calienta a nadie".

Andrés se lo contó a Enrique. Se lo comunicó de manera sigilosa en un borde del pasillo, casi fundido a las botellas. Afuera, arreciaban las filas de candidatos a los trabajos por horas. Mujeres con guaguas o mujeres bonitas o feas o pasables o gordas o irritadas compartían la fila con jóvenes de corbata o con viejos o lisiados o enfermos, agotados todos después de un viaje previsible y obligatorio, esperando entrar al súper y sobrevivir a los últimos males. Pero Isabel parecía no tener la menor conciencia. Nuestra Isabel que no conseguía despertar del sueño lúgubre que la adelgazaba y la afeaba día a día. Pobrecita. Hasta que Enrique se vio obligado a intervenir. Tuvimos que hacerlo. No nos quedó más remedio.

Fue verdaderamente desconsolador. Conminamos a Enrique para que actuara con una energía definitiva. (La habíamos soportado en silencio demasiado tiempo.) Asintió. (Se veía meditabundo, hosco.) Es que nos resultaba urgente que Isabel volviera sobre sus pasos. Salimos y los dejamos solos. Nos lle-

to fóbico a las colas, a los supervisores, a las borracheras, a los uniformes y a las casetas de los guardias. Fóbico a los clientes, a los paquetes. Fóbico a sí mismo. Por eso cuando Gabriel nos dijo: "estos culiados empiezan a tomar como carretoneros en cuanto oscurece", se lo comunicarnos de inmediato a Enrique para que él decidiera y pudiera encontrar una solución definitiva.

Pedro trabajaba como guardia en el súper. Vigilaba los robos que se sucedían a cada instante. Porque segundo a segundo una mano rapaz escondía un chocolate o birlaba un plato o un paquete de pollo o un cosmético o un cuchillo. "Cualquier cosa del súper, incluso la más imbécil, la más mierda de todas la sacan estos chuchas de su madre", nos decía Pedro destilando una amargura inamovible. Junto a sus compañeros no daba abasto para vigilar a los clientes que se escabullían del seguimiento de las cámaras. Hasta el súper llegaba una horda creciente que aprendía, con una inteligencia sutil, nuevas técnicas para robar lo que parecía imposible. Pedro era quien más capturas conseguía: era un cazador brillante, un experto en pistas, en rostros, en modales, en gestos, en intenciones, en formas. No había nada que se escapara a su visión. Por eso era el último de los guardias que pervivía de los viejos equipos. Sí. Él formaba parte de los nuestros. Era uno de los antiguos.

Lo respetábamos y lo queríamos por sus agudas capacidades. Porque no había nada que lo hiciera desistir. Implacable, no lo conmovían ni los llantos ni las amenazas ni los ruegos ni la fragilidad de los niños o la abyección de las embarazadas. Su paso sigiloso y animalizado por los bordes de los pasillos, conseguía sorprender a los falsos clientes que lo miraban con un brillo pánico en los ojos, mientras los cuerpos se estremecían por un temblor súbito cuando entendían que Pedro los había sorprendido y que ya no contaban con la menor escapatoria. Entonces, el rostro de Pedro gozaba, gozaba, gozaba con la mueca que tan profundamente le conocíamos. Esa mueca que nos impresionaba por su sabiduría enfermizamente oscura. Sí, porque en su cara estaba escrito un placer fanático y vertiginoso, una urgencia por halagar al público afiebrado ante la captura (los supervisores, nosotros mismos, los nuevos, los aspirantes, el círculo completo) un público exigente y fervoroso que se complacía en redoblar los insultos ante el triste intento de fuga del debilitado adolescente. Y después Pedro, con ademanes teatrales, desplegaba un examen deliberado a la mercadería. Un chequeo realizado especialmente para satisfacer la curiosidad malsana del público ante el chocolate chupado o la galleta mordida o el objeto oculto entre la ropa que Pedro había recuperado, a empellones, para exhibirlo a la concurrencia como parte de un trofeo que lo enaltecía.

Y en ese escenario se desencadenaba el minuto feliz (siempre cuando estaba a punto de precipitarse la oscuridad). Una ceremonia que le pertenecía al mismo Pedro porque se trataba de su minuto feliz, su consagración absoluta. Él se encargaba de dirigir el remate de los productos a medio comer que se habían acumulado a lo largo de la jornada. Recibía las ofertas con un entusiasmo histérico, una algarabía secundada por Isabel que lo apoyaba con su sonrisa nueva, limpia, ligeramente desfasada de la expresión de sus ojos, pero que funcionaba como un valor adicional del remate. Porque también Isabel rematata su sonrisa y Pedro rematata sus gritos destemplados, dolorosos, angustiados, salvajes. Esos alaridos insoportables que llenaban de júbilo a los compradores que se precipitaban, se empujaban, atropellando a los niños y a los viejos, mientras Pedro seguía gritando, aullando el precio ascendente de la galleta o el valor del chocolate mordido. "Del chocolate culiado que estos chuchas de su madre sólo pueden comer si está baboseado", decía Gabriel ostentando una palpitación desagradable y visible en el ojo derecho. Una palpitación que enfurecía a Enrique, a Sonia, a Gloria, a Andrés, a todos nosotros. Nos enfurecía y nos degradaba. Salvo a Isabel que amaba de manera inexplicable esa horrible palpitación y la estimulaba con un tono delicadamente enfático: "Es que el ojo le late a este concha de su madre porque todavía está vivo, respirando".

El asco y la náusea

Sin embargo, debíamos aceptar (sumidos en un inquietante dolor mezclado con intermitentes sensaciones de perplejidad) que Pedro era un borracho. Parecíamos condenados a presenciar cómo arrastraba a Andrés en sus malos hábitos. Lo arrastraba y abusaba de su insignificancia. Sí. Lo dominaba para destacar así la levedad que recorría a Andrés. Ese era su procedimiento: disminuirlo hasta el paroxismo y, de esa manera, garantizar una tenue y cómoda compañía. Andrés realizaba todo lo que Pedro le ordenaba. Sin rabia (sin el menor atisbo de rencor). Sin rencor y sin rabia, Andrés, tomaba vino con desenfreno mientras emitía señales cada vez más evidentes de una creciente y considerable repugnancia.

Tomaban vino tinto o vino blanco. Con su actitud devastadora nos demostraban una indecorosa falta de cariño. Una imperdonable ausencia de respeto hacia nosotros. "Estos maricones desconsiderados, culiados de mierda, dejan todo el piso manchado con el vino tinto estos curados chuchas de su madre, maricones recontraculiados", murmuraba Gloria casi desplomada por el cansancio de los últimos días.

Casi desplomada por el cansancio. Pobrecita Gloria. Atrapada en el rigor de la casa o corriendo detrás de las ofertas, infatigable detrás de las ofertas, con la lengua afuera detrás de las ofertas. Pálida, provista de unos gestos que nos parecían insoportables y terminaban por hacernos la vida imposible. Nos amargaban esos rictus que la deformaban por la avidez ante la irrupción de las ofertas a un precio irrisorio que nos iban a permitir paladear un ligero sabor decente en nuestras comidas. "Esta concha de su madre cocina puras huevadas sin gusto a nada. Hasta cuándo vamos a soportar que nos dé esta cagada de comida", decía Gabriel con ese tono realmente agresivo que nos avergonzaba porque Gloria, claro, estaba allí, allí mismo, encima de sus palabras y lo escuchaba, pálida, agotada, con un destello de ira en la mirada. El brillo de una furia tan consistente que la obligaba a bajar la cabeza para no responder. Para no contestar con insolencia. Pero Gabriel tenía razón. La comida de Gloria realmente era una mierda. "Porque esta maricona es floja la culiada. Flojea de lo lindo mientras nosotros nos sacamos la chucha y, después, nos da estas mierdas que me dejan la guata vacía o me enferman del hígado, de la vesícula, de todo el estómago. Sí. Me hincho tanto que parece que me voy a reventar, a reventar y por eso me paso la noche entera cagando en el baño, sentada, ovillada, doblada, soportando los embates de un increíble dolor por culpa de la flojera de esta culiada irresponsable", decía Sonia, la trozadora de pollos.

Era verdad. Rigurosamente cierto. Sonia, la trozadora de pollos, se pasaba cagando en las noches y todos dormíamos mal por los ruidos y por los quejidos que le provocaban los dolores. "La huevona me echa la culpa a mí y en realidad está enferma o capaz que se haga la víctima. Cualquier cosa se puede esperar de esta chucha de su madre", nos dijo Gloria una mañana. "Si sigue así hay que sacarla. La casa está fétida, hedionda a mierda por todos lados. En todas partes la mierda y la culpa es de la maricona culiada que no se cuida", añadió, sabiendo el efecto que iba a provocar en nosotros, especialmente en Enrique porque Isabel (que era tan buena) nunca reclamaba por nada (ni por la caca, ni por la comida ni por el espantoso olor a vino que se incrustaba entre las murallas). Pero Gloria tenía razón. Sonia tenía que hacer algo: ir al médico, aguantarse o mejorarse o acudir a algún medicamento o dejar la casa para siempre. Enrique tomaría el desagradable tema entre sus manos. Ya estaba bueno.

Ya estaba bueno. Enrique se iba a encargar de nuestras dificultades. Él entendía de problemas. Se había convertido en un experto en encontrar soluciones. En el súper era capaz de disimular el impacto de una botella rota, comprendía cómo esquivar a los supervisores o mantener a raya a los clientes. Conseguía verse siempre bien. (A pesar de todo, pasara lo que pasara.) Bien con su porte, su ropa, con esa sonrisa regia e inalterable que nos encantaba y que tanto queríamos. Se trataba de lucir impecable. Excelente. El sabía portarse como un príncipe con los supervisores y decirles a todo que sí, a lo que fuera, a cualquier antojo y luego vigilar sin conmiseración a Isabel y (él sabía también) mantener en alto el desprecio que le ocasionaba Sonia ante la caída inexcusable que la había empujado al ritmo absurdo de un hacha parcial que caía y caía junto a una saliva descontrolada que se le deslizaba por el mentón abajo hasta fundirse con el filo del hacha (abiertamente sangrienta y grasosa y ya dañada) una saliva que al carnicero más próximo le resultaba intolerable. "Límpiate la boca huevona o te van a cagar."

Sonia, Sonia enferma del estómago por los espasmos y por el olor a vino rancio, avinagrado el vino, de la peor calaña imaginable el vino pasado que Pedro obligaba a Andrés a consumir. Ese vino (de mala muerte) que le provocaba ruidosas arcadas al pobre Andrés. Pobrecito.

Y Andrés, por cariño, por respeto, por imbécil no se atrevía a decir que no. Que más vino no, que no quería, que no podía, que no le gustaba, que odiaba más que a nada en el mundo ese vino abiertamente descompuesto, ese líquido maloliente que los clientes habían devuelto furiosos por la estafa y que le impedía el sueño y la calma y cuando a primera hora llegaba al súper todavía radicaba en él ese eco a vino (malo, malo) refugiado en el pecho, instalado en su pecho, justo al lado de su corazón.

"Curado culiado concha de tu madre, por lo menos limpia la cagada que dejaste huevón", le dijo Enrique esa noche inolvidable cuando se levantó furioso en plena oscuridad. (Enrique jamás se levantaba en la noche.) Y Andrés se asustó. Se vio apresado en el centro de un miedo tan poderoso que volvió a vomitar justo encima de los pies de Enrique. Vomitó de asco, de pena y de pánico. Y, por la fuerza de sus sensaciones, se abalanzó a los pies de Enrique sin atreverse a levantar la cabeza. No la levantó porque no era necesario. Permaneció inclinado a los pies de Enrique para intentar limpiarle los vómitos con la lengua. Pero definitivamente se trataba de un gesto inútil y excesivo porque, aunque nosotros nos esforzamos por parecer sorprendidos, ya sabíamos perfectamente lo que iba a suceder.

TE CORTAN CUALQUIER COSA

"Y AHORA SI no pagai las cuentas de inmediato, te cortan la luz o el gas o el agua los conchas de su madre, maricones culia-dos. Lo hacen así, rápido, para cobrarte las reposiciones, para cagarte pues. Te cortan todo sin el menor remordimiento estos maricones chuchas de su madre. Llegan abyectos con sus caras congeladas y te cortan lo que sea, impávidos y grises, idénticos los hijos de puta, sin que se les mueva un pelo a los culiados. Te cortan la luz, el agua o el gas con una sonrisa en la boca las mierdas éstas. Te la cortan, diciendo que ellos cum-plen órdenes, que están ahí para eso, para cumplir las órdenes de mierda (y) te dicen que ese es su trabajo porque a los recon-traculiados éstos les pagan por servicio cortado, les dan un porcentaje a los maricones y estos chuchas de su madre se ríen cuando cortan, se ríen a carcajadas mientras nos dejan a oscuras o sin agua. Y menos mal que alcancé a llenar las ollas y les tengo el balde con agua, porque estos culiados hijos de puta hace poco rato nos cortaron el agua las mierdas éstas", nos dijo Gloria cuando llegamos en la noche.

Sí. Estábamos sin agua. Antes, ya nos habían cortado la luz. A menudo quedábamos sin gas. Enrique sufría y se desvelaba ante las noticias de los cortes. Sufría por la falta de agua o de luz o de gas. Se ponía pálido. Incluso se enronchaba entero. Dormía mal con los cortes. Se veía rabioso Enrique y lo peor era que se dejaba caer sobre nosotros (su furia). Su furia y su malhumor nos dañaban más que la falta de agua o de luz o de gas. Nos hería Enrique. Nos desesperaba su gesto vencido como si a él le hubieran cortado la luz o el gas o el agua, sin entender Enrique (enojado/ rabioso/ ciego) que todos nos que-dábamos a oscuras o sedientos o sin comer. Pero Enrique no pensaba que a cada uno de nosotros nos dolía y nos ofendía la actitud de los cortadores, esa actitud indecente que adquirían cuando se bajaban "corriendo de una camioneta culiada, sí, corriendo y sin una gota de compasión cuando nos dejan completamente indefensos sólo porque uno se atrasa un día", dijo Gabriel, "un solo día de mierda y llegan estos culiados, abusadores los huevones, felices con sus trabajos estas mierdas porque lo que pasa es que los chuchas de su madre se sienten importantes, se sienten algo los culiados y además les pagan pero en realidad lo harían gratis sin cobrar un cinco porque son ellos los que se ofrecen con júbilo, estas mierdas culiadas se ofrecen a cortar lo que sea, cualquier cosa los culiados". Tenía razón Gabriel. Era así. Se ofrecían. Lo habrían hecho gratis.

Y ahora estábamos sin agua. Isabel sacó a la guagua de la pieza. Pasó delante de nosotros con la guagua en brazos y atravesó lentamente el pasillo como si fuera necesario exhibirnos su dolor. De esa manera salió a la calle. Nosotros la observamos nerviosos (con el corazón en la mano) ante la sola posibilidad que no volvieran, porque Isabel (que era tan cuidadosa con la plata), (Isabel que detestaba los atrasos y los cortes) podía decidirse a abandonar la casa para siempre y dejarnos solos "porque el culiado de Andrés es un tramposo, no pone la parte que le corresponde el culiado y nos perjudica a todos el irresponsable de mierda", dijo Gloria con lágrimas en los ojos. Lo expresó así justo en el momento en que Isabel (pálida, ojerosa, envuelta en un silencio aterrador) salía con la guagua al frío de la calle, se iba como una loca, con la guagua, calle abajo, como si huyera de nosotros y de nuestro cariño, como si estuviera cansada (de nosotros), como si nos hubiera perdido la última gota de respeto. Isabel salía con la guagua en brazos a la noche fría. La noche que ponía fin al día más crítico de la historia del súper, el mismo día en que habían despedido al contingente más grande de trabajadores del que se tenía noticias. Ese exacto día en que sacaron a todas las cajeras, a un equipo casi completo de empaquetadores, despidieron a los aseadores y, ese mismo día inconcebible, las pesadoras de frutas fueron expulsadas de sus puestos de trabajo. Removidas en el instante definitivo en que el jefe de los carniceros, famoso por su infamia y la permanente burla que esgrimía, no pudo resistir el impacto y fue arrastrado en el último despido. Y cayó de bruces en la lista. (Nos alegramos, nos reímos.) Pero Isabel ("la huevona, maricona, culiada y egoísta") (dijo Andrés) pensaba en ella, en ella no más, sin ayudar a Gloria con el balde para que todos juntos nos hubiéramos tomado una taza de té para calentar el cuerpo. Una tacita de té mezclada al agua sucia y pegajosa del balde. Un té porque ese día el miedo había sido infernal y corría vertiginosamente a lo largo de cada uno de nosotros el pavor a la lista, al nombre, al apellido, mientras veíamos cómo entraban los nuevos trabajadores: los empaquetadores, las cajeras, las aseadoras, los pescaderos y el nuevo carnicero jefe. Un número más que considerable de flamantes empleados se encontraba haciendo la larga fila, cabizbajos, sorprendidos, mientras examinaban, asombrados y titubeantes, los delantales que les pasaban los supervisores y luego, con los uniformes puestos, se dirigían, iluminados por las luces, de manera pausada, a sus puestos de trabajo.

Iluminados por las luces del súper, en fila, listos para recibir una paga que no merecía perdón de Dios. En fila, percibiendo que ellos también tenían los días contados, que se trataba de una trampa, pero que, finalmente, era la única posibilidad de la que disponían para sobrevivir un tramo de tiempo. Sobrevivir vestidos con el signo monótono del uniforme y su marca desmesurada brillando bajo las luces de los focos del súper.

Pero nosotros resistimos el increíble despido. Parecíamos indestructibles. Gabriel estaba pálido. Sonia estaba pálida. Sin embargo nuestro sufrimiento parecía no tener fin porque Isabel ahora se iba con la guagua en brazos, enojada, herida, como si el corte la hubiese trastornado. Había salido "sin decir una palabra la concha de su madre. Lo hizo intencionalmente la maricona para hacernos sentir que todo se lo debemos a ella y a sus influencias con los supervisores. Lo que quiere esta huevona es cagarnos", dijo Sonia con la voz más apagada que nunca. Enrique estuvo de acuerdo y, en medio de una desproporcionada lentitud, se inclinó para encender la tele. Nosotros nos acomodamos y empezamos a mirar el programa.

SONIA SE CORTÓ EL DEDO ÍNDICE

ISABEL SALIÓ con la guagua a la calle, sin decir una palabra, porque sabía que con su abierto gesto de abandono (y de desprecio) iba a causarnos una herida en cada uno de nuestros agotados corazones. Se fue con la guagua a la calle, justo cuando se ponía fin a una hora siniestra. Y mucho más tarde, mientras yacíamos inquietos, tristes, desvelados, escuchamos sus pasos (elegantes y sutiles) que tan bien conocíamos.

Volvió helada porque hacía un frío indescriptible. (Volvió con la guagua convertida en una miseria.) Así transcurrían los últimos días. Así las noches. Así los minutos infames. Así se portaba Isabel con nosotros. Así despreciaba a Sonia que estaba transida y parecía encolerizarse más y más a cada instante. La (pobrecita) Sonia.

Sí, la pobrecita Sonia, aún incrédula ante la pérdida de su dedo índice. Sí, ella misma (la pobre Sonia) mutilada por la maniobra fatal realizada con el filo de su propia hacha. Y, allí, en el centro del mesón, su dedo (insignificante) rodando impune, después que se hubiera desencadenado un corte profundo, limpio, perfecto, quirúrgico. Y, claro, ella no pudo sino observar, estupefacta e indecisa, su mano atropellada y velada por la sangre (a borbotones, a borbotones). La pobre Sonia condenada al fluir de su sangre (impura/ humana/ inadmisible) que inundaba, con un nuevo espesor, el mesón de la carnicería. Y su dedo, al final de una loca y repugnante carrera, terminaba confundido con los aborrecibles restos de pollo.

Sí, porque Sonia permanecía doblada ("la culiada torpe") después de un descuido absurdo que había enfurecido a los carniceros y a los supervisores, enardecidos ante los gritos de dolor (y de pánico) que salían por su boca abierta (y monstruosa), una boca imperfecta que se entregaba, enteramente, a un estúpido y peligroso descontrol. Ay, Sonia clamaba por su dedo desde el fondo de la carnicería, asustando a los clientes mientras nosotros, más aterrados todavía que los supervisores y los clientes, pensábamos que se avecinaba un final irremisible porque Sonia había ejercido una traición con su hacha (y con su dedo) para que, finalmente, consiguieran partirnos en pedazos a cada uno de nosotros.

Pero sobrevivimos al error de Sonia.

Lo logramos gracias a la miseria laboral del dedo perdido que le permitió a Sonia el último traslado posible y la condujo directamente a la sección helada de la pescadería. Pero, a pesar de la nueva ignominia, y más allá de una mano que trastornaba la mirada, ella contaba aún con su magistral exactitud. El estricto rigor que se necesitaba para desollar y limpiar los pescados: el congrio, la merluza, la reineta, el salmón, la sierra, la corvina, el lenguado. Sí, más allá del estigma indesmentible de la pescadería, donde se acumulaban los olores finales y proscritos, ella aún mantenía el poder amenazador de una mirada atómica y la destreza (salvaje) de un cuchillo nuevo que remplazaba, con su filoso estallido, el lugar apático de su dedo.

Pero no, no, nunca la tristeza nocturna que la embargaba mientras caminaba hasta a su pieza con una impronta de mansedumbre ovina, aunque finalmente, comprensiva hacia el rencor que nos provocaba. Porque Gabriel tenía razón "es culpa de la culiada", una culpa que nos hacía todavía más infelices y redoblaba el malestar ante Isabel que, pese a todos nuestros intentos, ya parecía estar confinada en la parte interna de un fragmento más que débil de sí misma. Lejos, porque la casa ya no la representaba. No la representaba, mientras la pobrecita Sonia se ponía la toalla entre sus piernas, encuclillada en un borde del pasillo "la culiada cochina y exhibicionista" porque le había bajado la regla y la sangre corría arrastrando unos coágulos densos, una masa viscosa y móvil que hedía con una degradación sin límites.

La sangre y los coágulos parecían recordarle a Sonia el peor momento de su dedito. Y doblada en el pasillo "esta chancha hedionda quiere que la miremos" ya sólo era capaz de aferrarse a la toalla con ese rictus conocido que la hacía mascullar unas frases sin sentido que nos alteraban los nervios: "los culiados, estos maricones chuchas de su madre, caras de pico, ay, ¿qué se creen? Los maracos. Pero, ¿qué diablos es lo que se creen estos huevones, conchas de su madre? Y ahora me ataca esta sangre. Como si fuera poco, como si fuera poco, como si fuera…"

EL MINUTO COMERCIAL DE LAS PAPAYAS EN CONSERVA

EL CARIÑO y el respeto huían de la casa ahora que Gabriel se encontraba al límite de sus fuerzas y envolvía los productos con un empecinamiento agresivo que permitía atisbar una rabia inútil hacia los productos. Gabriel empezaba a abandonar las reglas que tanto nos esmerábamos por cumplir. Les alcanzaba las bolsas a los clientes mientras se permitía la evidencia de una mirada soez que tarde o temprano nos iba a comprometer. Y más agudos todavía los supervisores, con sus uniformes perfectos, recorriendo los monumentales pasillos, atestados de clientes, mientras, a través de los parlantes, se inauguraba el minuto comercial de las papayas en conserva.

Ese minuto violento e intransferible en que los clientes se abalanzaban sobre el producto y se disputaban los tarros con la fruta. Sí, corrían hasta los tarros impulsados por los gritos destemplados de Enrique que, encerrado en la minúscula caseta, chillaba promoviendo el milagro de la oferta con su cara enrojecida por el esfuerzo. Pobrecito Enrique, cómo se despeinaba por el bamboleo que le imprimía a su cuerpo el grito urgente con que se celebraba la papaya durante ese domingo atroz que liquidaba el exceso de tarros amontonados en los estantes. Una abundancia que estaba a punto de caducar en el interior de esos metales corroídos por el exceso de azúcar. Y nuestro Enrique, con la garganta arruinada, se convertía en un vendedor de baja estofa porque el supervisor le había ordenado gritar con una fuerza y un entusiasmo que desconocíamos "porque si no, concha de tu madre, te echamos cagando de aquí y cambia la cara culiado, cámbiala, ¿me oís? O te vai ahora mismo, salís cagando en este instante porque estos marico-

349

nes tienen que comprar las papayas ahora mismo ¿entendiste, huevón?, y aperra el micrófono, de buenas ganas, sin ponerme esa cara de poto. Ya, con más pino, huevón, antes que los tarros culiados se vayan a la misma chucha".

Ese preciso domingo en que Isabel, detenida en un punto del súper, continuaba promoviendo la minúscula máquina para pelar papas, más pálida que de costumbre, con un traje que ahora lucía mezquino, fundiéndose a su rostro provisto de una inexistencia radical. Porque sabíamos que Isabel prácticamente no había dormido la noche anterior, sumergida en una dulce e inexplicable abulia. Insomne por quizás cuál imagen de nosotros que le había extirpado las ganas, el sueño, su sonrisa, su cuerpo. Y ahora permanecía así, apagada y común, como si fuera una promotora más, sin ganas, ajena al entusiasmo. Ay, Isabel parada en la esquina del pasillo realizando una inocua demostración con el frágil utensilio para pelar papas que los clientes dejaban de observar mientras nosotros ya habíamos entendido que ella ya había perdido, quizás, para siempre, ese brillo estelar que nos había llenado de júbilo ante las expresiones admirativas que despertaba.

Porque era esa admiración la que antes nos permitía comprender y aceptar los empellones de los clientes. Pero en este domingo infausto en que se ponía en marcha el minuto comercial, nadie se fijaba en Isabel porque el gentío luchaba por llegar hasta los tarros ubicados en el pasillo 2 donde radicaba la oferta que Enrique dirigía desde la caseta con ganas, con bronca, con un impulso que no nos imaginábamos y que conseguía que los clientes se abalanzaran por el pasillo, gracias a la convicción impostergable que emanaba de la voz de Enrique. Una voz que conseguía darle una categoría nacional a los tarros de papayas e impregnar de fervor patriótico a los clientes y lograba, especialmente, que el jefe de los supervisores se sintiera seguro, satisfecho, conmovido por la respuesta de la multitud a la voz terriblemente convincente y exitosa de Enrique.

Y gracias a él, por un día, por unas horas quizás, podríamos volver a la casa sin pensar en las listas, para encontrarnos en el umbral con una Gloria traspasada por la expresión dura de su cara. Una Gloria insoportable que ya vivía en medio de un constante malhumor. Esa Gloria maldita que nos iba a cubrir de reclamos porque la plata no le alcanzaba "la cagada de plata que me dan y yo tengo que batallar con la escoba culiada que ni ramas tiene ya para limpiar la cochinada que dejan y cualquier día de estos, cualquier día ¿me escuchan?, me voy de aquí porque esta casa parece un chiquero y yo no estoy acostumbrada a vivir así ni menos que esta concha de su madre no me salude cuando le sirvo el plato de comida y, como añadido, tengo que ver cómo se mete la sopa en el hocico sin agradecerme, como si yo fuera no sé qué cagada, como si yo me hubiese convertido en un simple estropajo". Era verídico. Isabel no la saludaba, no la miraba, no le agradecía. Nosotros estábamos escandalizados. Estábamos heridos. Pero en esos días nuestra atención se concentraba en Pedro que parecía a punto de sucumbir en medio de una inquietud que sólo podía ser aminorada por su actitud crecientemente adictiva. Sí, Pedro se había entregado en cuerpo y alma a la pésima costumbre de un deseo insaciable que lo llevaba a aspirar lo que se le pusiera por delante. Aspiraba intensamente con su nariz dilatada y palpitante. Y esa nariz fatídica podía contaminar con su deseo a Gabriel o a Andrés, a todos nosotros y, entonces, si el vicio cundía en el interior de la casa, así lo dijo con su habitual sabiduría Enrique, iba a desaparecer para siempre la débil línea de cariño y del respeto culiado que nos mantenía unidos.

Enrique le gritó a Pedro

Ay, sí, Pedro se había entregado (en cuerpo y alma) a las más abyectas costumbres. No era sólo el vino. En realidad ya el vino era lo de menos. "Y se da el lujo de no dar un cinco porque toda la plata se la gasta en sus vicios el concha de su madre y ya no tenemos ni siquiera un pedazo de papel de diario con qué limpiarnos el culo". La queja de Gloria era acertada. No teníamos ni un miserable papel de diario.

No había caso con nuestros sueldos. El súper había entrado en una batalla definitivamente monetaria en contra de nosotros, exigiendo hasta lo indecible, imponiendo más y más funciones y, por eso, porque las ventas debían subir, subir, subir, el bombardeo de innumerables ofertas se presentaba como si fuera la última oportunidad, promocionándose como una ganancia a prueba de tontos o a prueba de pobres y nosotros teníamos que correr y volar por los pasillos para reponer los tarros, las legumbres, las alcachofas, las merluzas, las mermeladas, los cuadernos que bajaban en un increíble 25% y había que apurarse, teníamos que convertirnos en verdaderos atletas porque ese sí que era un verdadero regalo, una ganga, una donación, que por unos contados y estrictos minutos, el súper le otorgaba a sus fieles compradores.

Una oportunidad que daba cuenta de una generosidad sin límites de "estos culiados mentirosos que rebajan las mierdas que están de más y el montón de conchas de su madre se precipita a comprar las cagadas que les meten y se van felices los imbéciles, sin darse cuenta que estos maricones se los están pichuleando hasta por las orejas".

Gabriel no cesaba de imprecar, severamente afectado por el dolor en uno de sus brazos. Experimentaba un dolor lacerante que le bajaba desde el hombro hasta su mano derecha "y la culpa la tiene la cama dura y los llantos de la guagua en la noche, esos llantos que malogran mi brazo que ya no me obedece cuando tengo que empaquetar y el supervisor me mira y me ronda porque se da cuenta que apenas puedo levantar los paquetes culiados".

Y Enrique, verdaderamente fuera de sí, sobrepasado por una irreprimible angustia, intentaba imponernos nuevas reglas que no estábamos en condiciones de obedecer porque la casa ya estaba fuera de control. Devastada, porque Pedro "este maricón vicioso concha de su madre" parecía más y más acelerado y nos miraba con una expresión que nos asustaba cuando lo veíamos llegar demacrado, con los ojos hundidos y brillantes, invadido por una ansia irreverente. Sí, porque él se presentaba prácticamente con la lengua afuera. Un pedazo de carne rosada perruna, acezante y no podíamos dejar de observar, asombrados, cómo se le aglomeraba la saliva endurecida en las comisuras de la boca y así, en ese estado, invadido por la cantidad apabullante de una baba espesa, con su lengua suelta, agresiva y puntiaguda, entraba en la casa y nos observaba fijamente como si no nos conociera.

Y después de esa mirada abrumadora e inexplicable, se precipitaba a buscar algo en su pieza impulsado por una desesperación ya demasiado desbordada. Y nosotros, enmudecidos, escuchábamos, luego que cerraba su puerta, cómo se daba unas tremendas vueltas de carnero o golpeaba súbitamente las paredes y, entonces, no podíamos dejar de oír unos quejidos que nos alertaban e impedían que Enrique siguiera disfrutando de su programa favorito, ese programa preferencial que le mejoraba el carácter y que, de vez en cuando, le provocaba una sonrisa amable. Ah, sólo entonces resurgía su sonrisa luminosa que hacía tanto que había desaparecido de su rostro, una sonrisa que únicamente los humoristas de la tele parecían capaces de proporcionarle.

Nosotros nos sentíamos alarmados por la falta de cariño,

por las caras desencajadas y estábamos apenados porque Enrique amenazaba con golpear a Pedro, "sí, matar a este concha de su madre que no se da cuenta que los supervisores están a punto de cagarlo porque el huevón anda con la cabeza no sé dónde y hoy casi se le escapa el ladrón culiado con unas sopas metidas en la chaqueta y si no fuera por mí, que le avisé, lo habrían echado".

Ay, así era. Pedro había llegado demasiado lejos. Y Enrique, sentado en su silla, más enrarecido que nunca, retiraba la vista de la tele para mirarnos a todos con desprecio, como si cada uno de nosotros tuviéramos la culpa del descuido y nos gritaba y conseguía que nos sintiéramos mal, aunque, después de todo, el pobre Pedro tenía que darse sus gustos luego de pasar gran parte del día en el cuarto de registros revisando a los falsos clientes que se metían los productos en cualquier parte "hasta en el hoyo del culo se meten la mercadería estos ladrones culiados". Pedro tenía que soportar, con una expresión profesional, los insultos o los llantos, los alardes o el escándalo infinito con el que pretendían ocultar los delitos.

Pobrecito. Y ahora Enrique parecía haberle perdido el respeto y el cariño. Sin una gota de comprensión le gritaba a Pedro delante de nosotros para avergonzarlo abiertamente cuando entraba desesperado, con las aletas de la nariz temblorosas e hinchadas, mientras, desde el interior de sus fosas nasales, le goteaba la sangre hasta el labio y él (pobrecito Pedro) se limpiaba la sangre con el dorso de su mano "le sale sangre a este concha de su madre de puro vicioso que es" y Pedro se alejaba, con su mano sangrienta, a buscar con urgencia un poquito de paz en el interior de su pieza. Caminaba hasta su pieza para encontrar esa molécula de estímulo que necesitaba su nariz y, así, reparar el día.

Pero todos nosotros ya estábamos afectados por el tiempo que nos apuntaba con su dedo inflexible y prácticamente no teníamos manera de resistir. Por ese motivo, cuando Enrique se iba a dormir y, escuchábamos el estertor definitivo de sus ronquidos, nosotros aspirábamos con Pedro en su pieza. Aspirábamos (ahhhhh) (ahhhhh) con los ojos completamente en blanco, como si nos hubiesen dado un palo en la cabeza o una descarga eléctrica o nos sorprendieran con la violencia de un manguerazo. Aspirábamos, sí, sí, para alegrarnos y, por una vez, lograr conversar y reírnos con el afecto, la decencia y la sinceridad que caracteriza a los seres humanos.

El capitán

Pero cómo podríamos haber adivinado que Enrique se estaba preparando para darnos un golpe que iba a convertirse en el definitivo. Sí, Enrique. Nuestro Enrique, el que estuvo dispuesto a causarnos una herida tan salvaje que echó por tierra la ilusión final de un mínimo atisbo de cariño entre nosotros. Sí, el mismo Enrique a quien tanto quisimos y en el que confiamos nuestros destinos. Enrique, nuestro padrino cacho, nuestro sirviente, nuestra máquina de guerra. Enrique, que había sido elegido por todos nosotros para protegernos y mantener una férrea organización escudado tras una presencia taciturna e impecable.

Lo supimos. Fuimos empujados frontalmente hasta una realidad que nos pareció insoportable. Ah, experimentamos, en esos momentos, una ráfaga de dolor (y de ira) tan contundentes como si nos hubiesen mantenido colgados de las muñecas por más de cien horas. Pudimos ver, con nuestros propios e infelices ojos, el efecto mortal de un plan más que siniestro que se había urdido con una premeditación que nos sumergió en una insaciable ferocidad.

Salimos temblando del súper con cada uno de los productos aún impresos en nuestras pupilas, salimos traspasados por un hielo que provenía de una reserva pétrea instalada en nuestro propio interior. Vencidos, sí, victimizados por un arma que nosotros mismos habíamos construido. De esa manera, agrupados como banda indigente, caminamos de manera penosa por las calles que tanto despreciábamos (y temíamos) y que ahora empezaban a resultarnos insoportablemente familiares. Caminamos sin tregua para entrar, por última vez, a la casa y erradicar los restos de nuestros enseres.

Nuestra casa ya carecía de sentido. No era. No nos contenía. Isabel se mantuvo en silencio, en ese silencio conocido y que en ella ya no significaba nada. Pálida, ajena, invadida por una indiferencia enferma, dejó que su mirada vagara sin la menor dirección como si intentara extraer algún detalle (inofensivo) desde las paredes (agrietadas) de la casa. Se daba vueltas, así, mirando sin ver nada en particular, con la boca ligeramente abierta, la nariz hinchada y sangrante y sus piernas enflaquecidas a un nivel que apenas lograban sostenerla. A pesar de todo se veía magnífica. No pudimos sustraernos a Isabel que caminaba por la casa (con la guagua en brazos) dejando impresa su belleza estropeada o más bien la copia imperfecta de una belleza que se negaba porfiadamente a abandonarla del todo.

Sabíamos que Isabel (con la guagua en brazos) encabezaba un ceremonial que carecía de precedentes para nosotros. Entendíamos también que, después de todo, Gabriel no se había equivocado. Sí, que había sido Gabriel quien había advertido los signos apresurados de un destino fatal. Pero Sonia estaba anonadada, presa de una extenuación impúdica que nos empujaba a recriminarnos por nuestra estupidez, por la ceguera que nos había invadido; esa ceguera y esa estupidez que se encarnaban en Sonia que sólo era capaz de percibirse a sí misma sepultada por una compasión estrepitosa.

Ah, después de cultivar una atención inconmensurable, finalmente no habíamos visto que justo a nuestro lado se estaba rompiendo el eslabón que sostenía nuestra estabilidad. No sabíamos nada. Carecíamos de imaginación.

Nosotros, los últimos sobrevivientes, sólo habíamos servido a Enrique como un campo humano para una cruel experimentación, apenas unas cuantas ratas apresadas para ser utilizados en una experiencia clandestina. Únicamente eso. Y Gloria, con un bulto insignificante entre las manos que contenía el conjunto apretado de su ropa, parecía, sin embargo, poseedora de una lucidez severamente perturbada. Su mirada atenta vigilaba que todo quedara en orden, meticulosa ella, en medio de un vacío perfecto y pulcro. Incluso, dejó su bolso en el suelo y se volcó a eliminar los restos de polvo que dejaban nuestras últimas pisadas. La observamos sorprendidos. Pero alcanzamos a entender la distancia que nos separaba, porque entre Gloria y nosotros se interponía el súper y una violencia que siempre resultó desconocida para ella. Limpiaba, se preocupaba de los últimos detalles, entregada a su mente que la cubría de una forma de responsabilidad banal que le era característica.

Andrés continuaba temblando, parado en el centro de la habitación, exhibiendo los palpitantes contornos nerviosos de su disminuida figura. Pedro, demasiado eufórico, no cesaba de dar vueltas y vueltas como un angustiado pájaro que hubiese quedado preso en un espacio que le constreñía las alas. Nuestros pensamientos no terminaban de castigarnos y, por eso evitábamos mirar a Gabriel. No queríamos que fuera, precisamente, él, quien diera rienda suelta a una cadena de acusaciones que, en esos momentos, íbamos a ser incapaces de soportar. Pero Gabriel, estaba al acecho, sí, él esperaba la oportunidad para lapidarnos con sus palabras. Lo sabíamos.

Gabriel no se iba a privar de recordarnos que había sido él quien nos había susurrado, sugerido, insistido, presionado, con una insistencia que nos enloquecía, Gabriel quien remarcaba que Enrique estaba empeñado en expulsarnos de su vida. Sí, y claro que se había cumplido su siniestra profecía. Gabriel lo dijo, lo repitió, nos abrumó con sus advertencias. Pero es que Enrique, en esos días, aún estaba en cuerpo y alma con nosotros. Nuestro Enrique, alto, blanco, ceñudo, preocupado de todos nuestros movimientos. Gritándonos como un capitán de ejército o paseándose por la casa con la obsesión de un marino o con la distancia fría del guardián de un campo. Entonces, de qué manera íbamos a sospechar que ya estaba exactamente en la frontera opuesta del súper y que, inclinado laboriosamente en el mesón de la oficina más desgraciada, organizaba la lista con el mismo rigor apasionado que antes nos proveía de un destino.

Todavía bajo los efectos de un doloroso sopor, nos parecía que habíamos sido cautivados por un espejismo, que todo finalmente podría recuperarse, que se trataba de un juego o de un simple ensayo con que el súper pretendía sorprendernos y atemorizarnos.

El segmento más afiebrado de nuestras conciencias nos dejaba un mínimo espacio para suponer la existencia de una burda maniobra que perseguía la rebaja aún más radical a nuestros salarios, una tarea perversa a la que se había prestado Enrique molesto por nuestra conducta. Irritado Enrique, malhumorado, inquieto por las nuestras frecuentes hemorragias nasales que ensuciaban las sábanas, esas goteras que arruinaban el aseo de Gloria, una sangre que caía directo sobre la cabeza de la guagua que, en ese tiempo irreparable, no cesaba de llorar. Porque Enrique, hastiado por las manchas y la guagua, seguramente había puesto en movimiento una nueva e imprevista representación para asustarnos o prevenirnos o enderezar nuestras conductas.

Pero, sin embargo, en otra orilla de nuestras cabezas, continuaban los ecos de las palabras incesantes de Gabriel asegurando, una y otra vez, que Enrique ya no nos pertenecía, advirtiéndonos, con su cara desorbitada y los ojos empañados, que nuestro Enrique siempre estuvo volcado a sí mismo y que su deleznable campaña estaba llegando a su fin. Insistía en que los ojos de Enrique observaban de otra manera las mercaderías (de una manera impropia, ilegítima), que su vista se elevaba de manera significativa hacia las oficinas y que, en el impulso de esa mirada ascendente, nosotros ya no le competíamos.

La maligna versión de Gabriel se había impuesto con una lógica dotada de una simplicidad apabullante. Sí, porque había sido nuestro Enrique (ahora convertido, después de un ascenso inédito, en el nuevo supervisor de turno) quien nos borró de las nóminas y nos empujó hasta una extinción dolorosamente dilatada.

Mientras salíamos desolados de la casa hacia lo que se iba a convertir en un nuevo destino para nosotros, Gabriel empezó a decir las primeras palabras después que se hubiera desatado la catástrofe. El estallido de su ira callejera nos devolvió una inesperada plenitud. Gabriel dijo que teníamos que querernos, lo ordenó con un tono parco, duro, mirándonos con un grado de reconocible inquina. Aseguró que iba a implementar con urgencia una nueva organización. Sin entender del todo sus palabras, pero muy avergonzados de nosotros mismos, le contestamos que sí, que sí. Estábamos fascinados por la seguridad que destilaba Gabriel. Lo miramos extasiados y anhelantes porque ahora nos percatábamos que Gabriel, en realidad, se veía mucho más alto (como si hubiese crecido mágicamente en las últimas horas). Ah, sí, Gabriel lucía impecable, entero, distante, con su mirada furibunda pero, al fin y al cabo, respetuosa hacia nosotros.

Porque Gabriel siempre nos había querido y era (ahora lo notábamos gracias a la luz natural) un poquito más blanco que todos nosotros. Ah, sí, él tenía el porte y tenía la presencia que necesitábamos para la próxima forma de organización que, sabíamos, nos iba a indicar una ruta posible. Por eso, por el cariño y el respeto que nos inspiraba, asentimos cuando nos dijo: "vamos a cagar a los maricones que nos miran como si nosotros no fuéramos chilenos. Sí, como si no fuéramos chilenos igual que todos los demás culiados chuchas de su madre. Ya pues huevones, caminen. Caminemos. Demos vuelta la página".

Tres novelas, de Diamela Eltit, se terminó de imprimir y encuadernar en febrero de 2011 en Impresora y Encuadernadora Progreso, S. A. de C. V. (IEPSA), Calzada San Lorenzo, 244; 09830 México, D. F. La edición consta de 1 200 ejemplares.